邊荒傳說

卷11

黃易

異俠大系　新編完整版

邊荒傳說

卷11

目錄

第一章　命中注定

邊荒集，夜窩子。

荒人有一個習慣，就是不和陌生人搭桌同坐，儘管酒樓飯館常賓朋滿座，但對陌生人佔據的桌子，縱仍有空位，荒人都會視若無睹，情願擠也要擠到荒人的桌子。

特別在座的是美麗的獨身女子，荒人更具戒心。敢孤身在邊荒集活動的美人兒，不是武功高強，便是有點兒來頭，且荒人最討厭採花淫賊，一個不小心惹得人家姑娘不悅，更易觸犯眾怒，是荒人的禁忌之一。

所以當慕容戰步入位於夜窩子西北角，鄰靠黃金窩的著名胡菜館馴象樓，雖然全樓客滿，但朔千黛卻是一人獨佔一張大桌子，令她更顯得鶴立雞群，惹人注目。

向慕容戰此起彼落請安問好的聲音，令朔千黛銳利的眼神朝他看去，慕容戰露出一個燦爛的笑容，筆直走到她身旁，拉開椅子，從容坐下道：「公主你好！」

朔千黛嘟起嘴兒，不悅道：「到現在才來找人家，你滾到哪裡去了？」

慕容戰以充滿侵略性的眼神上下打量著她，欣然道：「我是個公私分明的人，辦妥正事才會做私事。」

朔千黛絲毫不因他把自己放在次要的位置而生氣，別過頭來白他一眼，道：「現在你有空了嗎？你怎知我在這裡的？誰告訴你我是公主呢？」

慕容戰從容答道：「公主好像忘了這是甚麼地方，邊荒集是我的地頭，若想找一個人都找不到，我們荒人還用出來混嗎？邊荒集更是天下間消息最靈通的地方，公主既賜告芳名，我們當然可以查出來哩！」

朔千黛道：「聽說這裡的羊肉湯最有名，對嗎？」

此時夥計把熱氣騰升的羊肉湯端上桌，朔千黛閉目狠嗅了一記，讚道：「很香！」

夥計爲慕容戰多擺一套食具時，慕容戰表現出荒人男士的風度，親自伺候她，笑道：「聽說你們柔然人最愛吃天上飛翔的東西，眞有這回事嗎？」

朔千黛毫不客氣捧起羊肉湯，趁熱喝了幾大口，動容道：「辣得夠勁。」

然後朝他瞧來，道：「我們柔然族是最愛自由的民族嘛！所以最愛在天上自由飛翔的鳥兒。我們的箭技因此亦冠絕大草原，你們鮮卑人也要甘拜下風呢。我們找個地方比比射箭好嗎？」

慕容戰啞然笑道：「你試過我的刀法還不夠嗎？還要比其他？你在選夫婿嗎？」

朔千黛漫不經意的聳肩道：「是又如何呢？」

慕容戰微笑道：「那你該另覓對象了。我慕容戰從來不是安於家室的人，就像你們柔然人般，只愛自由自在的生活。而且身爲荒人，今天不知明天的事，只有沒甚牽掛，我才可以不把生死放在眼裡，放手去做自己喜歡的事。」

朔千黛沒有半分被傷害的神態，抿嘴笑道：「那我們便走著瞧！想當我的夫婿，你認爲是那麼容易嗎？還須有最出色的表現才行，憑你現在的成就，只是勉強入圍。哼！說得那麼清高，你今晚爲何又來找人家呢？」

慕容戰大感有趣的道：「問得好！如果我告訴你我是見色起心，看看今晚能否佔公主一個大便宜，事後又不希望負上任何責任，公主相信嗎？」

朔千黛舉起湯碗，淡然道：「大家乾一碗！」

慕容戰舉碗和她對飲，到喝至一滴不剩，兩人放下湯碗。

朔千黛嬌媚的道：「答你剛才的問題哩！我不信！邊荒集的確有很多色鬼，例如高彥、紅子春，又或姬別，但卻絕不是你慕容當家。既然不是爲了人家的美色而來，又是爲了甚麼呢？」

慕容戰微笑道：「我今次來找公主，是要看看公主屬哪一方的人。」

朔千黛愕然道：「你懷疑我是哪一方的人呢？」

慕容戰雙目射出銳利的神色，道：「公主今次到邊荒集來，是否與秘族有關係？」

朔千黛現出驚訝的神色，眉頭緊皺的道：「秘族！怎麼會忽然扯到他們身上去？」

慕容戰淡淡道：「因爲秘族已投向了我們的大敵慕容垂，而柔然族則世代與秘族親近友善。」

朔千黛不悅道：「你在懷疑我是否奸細了。那就不是爲私事而是爲公事，你是何時收到這消息的？——我明白了！消息是從燕飛得來的，所以你到今晚才肯來找我，且來意不善。」

慕容戰苦笑道：「若我當見你是公事，就不會親自來此，現在我親自來見你，即是我把你的事全攬到身上去，不讓我其他的荒人兄弟插手。」

朔千黛神色緩和下來，白他一眼道：「這麼說，你是對我有興趣了，但爲何卻不立即來找我呢？對柔然的女性來說，這是一種很大的羞辱。」

慕容戰道：「因爲我怕你是認眞的，而我卻不想認眞。哈！夠坦白了吧？」

朔千黛忿然道：「我眞是那麼沒有吸引力嗎？」

慕容戰嘆道：「如我說公主你對我沒有吸引力，便是睜眼說瞎話。事實上你的性格很合我慕容戰的喜好，恨不得立即抱你到榻子上去，看看你是否眞的那麼夠味兒。」

對慕容戰直接和大膽的話，朔千黛不但絲毫不以爲忤，還展露出甜甜的笑容，欣然道：「既然如此，爲甚麼還要有這麼多的顧慮？或許我只是追求一夕歡娛呢？」

慕容戰道：「全因爲你特殊的身分。公主擇婿，怎同一般柔然女的選郎，只求一夜歡娛？好哩！請公主先解我的疑問，究竟公主屬哪一方的人？」

朔千黛微笑道：「換過是別人問我，我會把剩下的羊肉湯照頭的往他潑過去，對你我算網開一面哩！你給我好好的聽著，我只說一次，不再重複。我朔千黛只屬於自己，既不會理秘族的意向，更沒興趣管你們荒人的事。清楚了嗎？」

慕容戰笑道：「公主一言九鼎，我安心哩！」

看到他準備離開的姿態，朔千黛皺眉道：「你這麼忙嗎？」

慕容戰本已起立，聞言坐回位子裡，訝道：「既弄清楚公主的心意，我還留在這裡幹甚麼？」

朔千黛生氣道：「你們荒人沒有一個是正常的。眞恨不得你們輸個一塌糊塗，和拓跋珪那混蛋一起吃大苦頭。」

慕容戰笑道：「誰敢低估我們荒人，誰便沒有好的下場，以前如此，現在如此，將來也不會例外。」

朔千黛抿嘴笑道：「今次不同哩！因爲你們的敵人除慕容垂外，還多了個秘女明瑤。我和她自幼相識，最清楚她的本領。在她的領導下，秘族戰士會發揮最可怕的威力，慕容垂透過他們，將對你們和拓跋珪的一舉一動瞭如指掌，所以雖然未眞正開戰，我已曉得你們和拓跋珪必敗無疑，而且還會敗得很慘。識時務的便另謀棲身之地，否則終有一天後悔莫及。」

慕容戰長笑而起，道：「讓我借用公主那句話如何？大家走著瞧吧！」

說畢瀟灑地走了，氣得朔千黛乾瞪眼，卻又無可奈何。

燕飛捧著雪澗香坐下來，後面五里許處便是天穴所在的白雲山區，他沒有順道探訪的興趣，因爲他的煩惱已夠多了，不願再被天穴影響他的心情。

他需要酒。

自與萬俟明瑤分手後，酒一直是他對抗內心痛苦，沒有辦法中的唯一辦法，特別是雪澗香。他無意識的捏碎密封罈口的蠟，拔起罈塞，酒香撲鼻而來。

只有酒可令這個「眞實」的世界變得不那麼「眞實」，不那麼逼人。

燕飛舉罈灌了三口，然後放下酒罈，順手把塞子按回罈口去。

愛得愈深，傷害愈深，對此他有至深的體會。他本以爲永遠不能復元，直至遇上紀千千。當他處於最痛苦的時刻，她像一道熾熱耀目的陽光，射進他本已黑暗寒冷的內心世界。

千千你明白我嗎？你明白我的傷痛嗎？

你該比任何人更明白我的，因爲我們相識時大家都各有所痛，同病相憐。

醇美的雪澗香，變成身體內的暖流，撫平他起伏的情緒，卻沒法撫平內心深處的遺憾。

萬俟明瑤是他少年時心裡的一個美夢，也是拓跋珪的一個夢。當時他們爲逃避柔然人的追殺，驚慌失措的在大漠上迷失了，誤闖沙漠邊緣處一個綠洲，誤打誤撞的參與了秘族的狂歡節。就是在那裡，他們遇上心中的女神，過了畢生難忘的一夜，其時的情景仍歷歷在目。到天明時，秘族的人已去如黃鶴，不留半點痕跡，只剩下他們兩個宿醉未醒的小子，和伴隨他們終生疑幻似真的「夢」。

他和拓跋珪自此一直沒法忘掉萬俟明瑤，接著的幾年，還多次在差不多的季節，回大漠去尋找那綠洲，卻每次都失敗而回。綠洲似已消失無蹤，又或根本不存在，彷彿他們兩個人只是因炎熱的天氣，而作了相同的海市蜃樓的美夢。

當然他曉得那是曾在現實發生過的事，在長安重遇她時，縱然隔了近七年，他仍一眼認出她來。他首次感到失控了，儘管身負行刺慕容文的使命，他仍身不由己的投向她，瘋狂地追求她、愛她，至乎爲她犧牲一切，卻沒有得到應得的回報，換來的只是傷心絕望。不過他並沒有後悔曾那樣的熱戀她。

離開長安時，他心中下了決定，永遠不會回頭，更不會找她。可是造化弄人，他們注定要在這虛幻的人間再次碰頭，誰都沒法逃避。

沒有人比他更清楚萬俟明瑤的厲害，她不但是可怕的刺客，更是高明的探子。當時燕飛的劍術與她尚有一段距離，輕身功夫更是瞠乎其後，每次比試都以燕飛受辱告終，也因而被她戲弄和恥笑。

現在又如何呢？

慕容垂有萬俟明瑤出手助他，肯定如虎添翼。如果不是安玉晴仗義提醒，可能他們輸個一敗塗地，仍不清楚發生了甚麼一回事。

他從沒有想過會與萬俟明瑤處於敵對的情況，但這已成眼前的事實。爲了救回紀千千主婢，爲了拓跋珪復國的大業，他和拓跋珪都沒有別的選擇。

慕容垂有了他的神奇探子，他也有紀千千這靈奇的一著，最後究竟誰勝誰負？燕飛有點不敢再想下去。

燕飛提起酒罈，展開腳法，全速朝淮水的方向狂掠而去。

姚猛和十多個夜窩族的兄弟，隨高彥策馬馳上鎮荒崗，朝南面無盡的荒野山林極目搜索。

其中一人嘆道：「高少！都說小白雁不會這麼快到達邊荒集，你偏不相信，害得大家陪你白走一趟，今晚我肯定沒法到洛陽樓去赴小翠的約，她昨晚還千叮萬囑要我今晚去見她。」

高彥的頭號跟班小軻怪笑道：「清輝你放心吧！小翠近來這麼紅，何用你來擔心她獨守空房。哈！」

叫清輝的氏族小子大怒道：「我去你的娘，小翠和我的恩情，豈是你明白的。」

姚猛笑道：「今趟肯定是清輝你錯哩！你和小翠的所謂感情，我們全是過來人，怎會不明白。哈！言歸正傳，我們可以打道回集了嗎？」

高彥道：「你們怎會明白我的小白雁，她聽到我的死訊，登時心焦如焚，不顧一切的全速趕來，憑她超卓的輕功，又是不眠不休的沒片刻停留，只會落後鴿兒一天半日的，現在隨時都可能出現眼前。我到這裡來，是讓她可以快點投進我強而有力的溫暖懷抱裡，明白嗎？」

小軻忙拍馬屁道：「對！我支持高大哥。」

另一人咕噥道：「除非小白雁眞的會飛，否則在這裡再等三天三夜也不會有你所說白雁投懷的情況出現。回去吧！要來的總會來，如小白雁的輕功像你說的那麼了得，投懷的時間頂多延長個把時辰。」

姚猛道：「高少你想想吧！與其在這裡讓她投懷，還要跑大段路才可以回邊荒集成親，不如在邊荒集等她送抱，立即可以洞房，小白雁還沒把終身大事想清楚，便糊裡糊塗把女兒家最珍貴的東西失在你手上，你說哪個策略划算點呢？」

眾人立即哄然大笑，怪叫連連。

高彥嘆道：「你們這群酒肉損友，他奶奶的，平時跟我發財時一副義薄雲天的姿態，現在吃一點苦個個原形畢露，只有小軻有點義氣。你老子的！說到底就是不肯陪我迎接小白雁。」

清輝一把拉著高彥坐騎的馬韁，掉頭便去，意欲連馬帶人硬扯他從西面下崗，高彥尚未有機會抗議，眼尾捕捉到一道黑影，正從面向邊荒集的崗岸處現身，迅如輕煙的朝他們投來。

如果不是剛巧隨馬轉身，恐怕到來襲者出手他們方驚覺過來，但那時肯定悔之已晚。

高彥大嚷道：「刺客！」

今次隨高彥來的，姚猛固然是第一流的高手，其他人亦全是夜窩族的精銳，人人過慣刀頭舐血的日子，又都是身經百戰，格鬥經驗豐富，精通江湖門道，反應當然是一等一的快捷。

姚猛首先狂喝一聲，竟跳上馬背，掣出長刀，其他人不是翻到馬肚下，便是離馬躍往地上，又或從馬背彈往半空，總言之是立即改變現狀，要教這突然出現的刺客不能依擬定的戰略突襲。

姚猛視野最廣，第一個看到刺客，心中立即湧起異樣的感覺。對方全身包裹在夜行衣裡，只露出一雙眼睛，像融入了黑夜的幽靈，從暗黑裡走出來。且因其驚人的速度，令姚猛生出疑幻疑眞的感覺，彷彿對方不具實體，只是一個虛幻的影子。

雖然對方投來的路線飄忽難測，搖晃不定，姚猛直覺刺客是以高彥爲目標，連忙狂喝一聲，人刀合一的投往高彥前方，攔截敵人。

「噹！噹！」

刺客以虎入羊群的姿態，投進眾人的戰圈去，忽然身爆劍芒，兩個朝其撲去的兄弟立即吃虧，踉蹌跌退，接著撲上去的也無一倖免被殺退，沒法形成合圍之勢。

姚猛此時落在滾落地上尚未彈起來的高彥前面，眼前已盡是寒氣森森的劍影，一時間目眩眼花。姚猛拋開生死，全力一刀劈出，取的正是劍勢最強處。

「叮！」

長刀砍中對方矯若遊龍的劍刃，以姚猛底子的扎實，亦登時血氣翻騰，受不住對方的劍勁，往後挫退，正好撞在跳起來的高彥身上，令他再變作滾地葫蘆，但已成功阻截了敵人。

其他兄弟不顧生死的擁上來，待要拚個生死，刺客倏地橫移，殺出重圍，翻下斜坡去。

眾人面面相覷，交手到此刻，連對方是男是女都弄不清楚。

小軻舉起剩下的半截斷劍，咋舌道：「眞厲害！」

姚猛神色凝重的道：「天下間竟有如此可怕的刺客，難道是萬俟明瑤來了？」

第二章　秦淮戰雲

風帆駛離烏衣巷，沿秦淮河向淮月樓駛去。王弘和扮作他隨從的劉裕，立在船首處，均聚精會神留意河區的情況。說到底，兩人都不知乾歸會採何種手段進行刺殺，一切純屬猜測。

劉裕有感而發道：「沒有了紀千千的秦淮河，建康是否大爲遜色呢？」

王弘以帶點擔心的語氣道：「只聽劉兄問這句話，便曉得劉兄不明白我們。」

劉裕大訝道：「這和是否明白你們有甚麼關係呢？」

王弘道：「當然大有關係，我們建康子弟，最大的本領就是玩世不恭，沒有甚麼事情是不可以接受的，大至改朝換代，小如紀千千離建康而去，我們總可以找到寄情之法。最重要是我們能保持我們的生活方式。我們害怕孫恩、顧忌劉牢之，卻不怕桓玄，因爲桓玄與我們是同類的人。」

稍頓續道：「坦白說，以前我也是這種人，到慘敗焦烈武手上，才幡然醒覺過來，否則我仍會在回建康後，繼續縱情放任、醉生夢死的生活。那的確是令人容易投入和沉溺的方式，說是逃避現實也好，不滿現狀也行，反正這樣生活才不會有煩惱。」

劉裕心神一震，暗忖自己的確不明白建康的高門子弟，虛心求教道：「王兄可否就這方面指點我呢？」

王弘沉吟片晌，道：「只要你明白清談是甚麼一回事，便可以清楚掌握我們士族的心態。首先是自東漢末年天下大亂，士大夫既不滿現實社會，偏又無能改變，更看破人世間種種醜惡諸事，矛盾就是這般形成的。至我大晉偏安江左，屢次北伐均無功而回，國業已到令人絕望的地步，我們只能夠從精神上找尋出路，在心靈上或行爲上希冀得到自由和解脫。清談便是循老莊和佛門的思想找到歸宿，離開殘酷的現實，藉談論各自領悟來的觀點，剖析妙理，以寄託精神。」

劉裕聽得一知半解，搖頭道：「我仍不太明白。」

王弘微笑道：「劉兄因未曾參加過我們的清談宴會，所以沒法憑我幾句話了解箇中妙況。過了今晚，劉兄會有新的體會。」

劉裕駭然道：「今晚如果眞的是一個清談的聚會，教我如何去應付？」

王弘道：「今晚絕不是一個爲清談而設的宴會，可是清談已成了我們士人生活的一部分，任何聚會也會在不自覺下充滿清談的氣氛。不過我深信以劉兄的智計見識，必另有一套應付的方法。」

劉裕本對清談沒有半點興趣，但爲了在即將來臨的宴會上不那麼窩囊，只好多問幾句，增加對清談的認識。道：「王兄剛才說及清談的源起，似是意尙未盡，對嗎？」

王弘點頭道：「對！清談之所以能成氣候，還有其他的原因。清談又叫玄談，因爲清談離不開『三玄』。」

劉裕開始感到腦瓜發脹，他雖因清談之風盛行而略有所聞，到底不是讀書人，故一竅不通，苦笑道：「甚麼是『三玄』？」

王弘解釋道：「『三玄』就是《老子》、《莊子》和《周易》，合稱『三玄』。這種風氣始於曹魏正始年間，以朝中名士何晏、王弼爲首，人稱『正始玄風』。其實這是士人對傳統儒家經學的一個反動，因厭倦了傳統僵化了的道德觀和禮教的束縛，改而仰慕老莊一切任乎自然的思想，於是由此玄虛的言論，進而對放誕的行爲也不以爲非，最重要是品高心潔，至於能否救國濟民，再不是他們關心的事。」

劉裕訝道：「就如此談玄說理，便可以歡娛整夜嗎？」

王弘欣然道：「沒清談過的人，是很難明白箇中妙趣。清談一開始，大家便攜手進入了另一境界，把冷酷的現實拋到九霄雲外，現實對清談者再沒有任何關係和影響，更不受任何禮教的束縛，大家放誕不羈、縱情酒樂，有些人更服食五石散，通過種種手段，達到自由自在的忘憂境界。清談虛無至極，但也風雅至極。」

劉裕審視著他道：「王兄似乎非常享受清談之樂。」

王弘頹然道：「說不享受是騙你的。不過我也知道這是飲鴆止渴，偏是別無他法，也許這算是自覺保命的最佳辦法。所謂棒打出頭鳥，你看所有想在現實裡有一番作爲的名士，有哪個是有好下場的？包括安公和玄帥在內。王恭和王國寶就更不用說了。現在你該比較明白我們，除非在非常特殊的形勢裡，否則建康高門將一如既往的袖手旁觀，不願放棄他們那種醉生夢死的生活，對現實情況根本缺乏面對的勇氣。幸而現在正是一個非常特殊的情況，如果讓孫恩攻入建康，南方本土豪門的積怨會氾濫成災，將僑寓世族徹底毀掉，我們正在害怕，渴望有救星，而劉兄現在已成了我們其中的一個選擇。」

劉裕淡淡道：「另一個選擇是否桓玄呢？」

王弘道：「正是如此。桓玄本身也是僑寓世族，與孫恩代表的本土豪門仇深似海、勢不兩立。他是否成爲另一個桓溫並沒有關係，最重要是他能否保障我們的利益。不過他害得淡眞小姐自殺身亡，卻激起了我們的公憤，令桓玄在我們心中的地位大跌，也令劉兄在彼消此長下，威勢大增。」

劉裕道：「他們敢相信我這個布衣嗎？高門和寒門間亦是矛盾重重。」

王弘道：「說得好，我們不但不信任布衣寒士，更看不起布衣寒士。可是劉兄並非一般布衣，而是玄帥親手挑選出來，又經安公首肯的人。劉兄這方面的背景，令我們感到你會是顧全大局的人，會保障我們的利益和生活方式，回復安公和玄帥當權時的社會穩定和興盛。」

劉裕苦笑道：「你很坦白。王兄說的顧全大局，指的是哪方面呢？」

王弘道：「我心中的大局，是指整個社會的結構和安定。高門的出現和成爲統治階層，並非一朝一夕的事，而是始於東漢末年品評清議的風氣和九品中正制，根深柢固。任何人想徹底改變這情況，將會令整個社會架構崩潰、人人無所適從、南方四分五裂，更難抗禦北方的胡族。」

又嘆道：「這番話我憋在心裡很久哩！一直不敢向你直言。事實上我爹也有同一的疑問，劉兄你究竟是現有制度的支持者還是破壞者呢？」

到此刻劉裕方清楚王弘是借題發揮。說到底王弘終是高門子弟，並不會因劉裕的救命之恩而置家族利益不顧，盲目地追隨家世和他有天壤之別一介布衣的自己。

而他能成爲謝玄的屬意者，事實上亦代表高門大族的衰落。清談風氣的形成，令魏晉公卿，雖負國家重任，但只知空談玄理，不顧實務，志氣消沉，競尚老莊的虛無，又縱情物慾，飲酒服藥，生活敗壞頽廢。兵權因而旁落在他們這些寒門將帥手上。

如果玄帥能在高門大族的子弟裡尋到人選，肯定不會挑他劉裕。嚴格來說，謝玄實爲高門最後一個英雄豪傑。

王弘提出的問題，事實上他從沒有認眞的想過。現在的他，只是走一步算一步，摸著石頭過河。而身爲寒門之士，他更缺乏高門子弟在家風政治上的傳承，而此更爲他劉裕最弱的一環。

他清楚此刻只要話中含糊其詞，會令王弘萌生退意。登時又記起屠奉三所說的，當你處在某一位置時，就必須說在那一個位置應說的話，而不受個人喜惡左右。

眼前顯而易見的是，如果他擺出得勢後，會革除高門大族享有不公平權勢的姿態，建康的高門會立即投向桓玄，成爲他的敵人，而他更會從領導者變爲司馬道子的附庸。所以如何選擇，已是清楚分明。

劉裕斷然道：「王兄放心，你擔心的情況是絕不會出現的，我會繼承安公和玄帥的遺志，振興漢統，把胡人逐出中原，以社會穩定繁榮爲大前提，其他一切我未曾想過。」

王弘舒一口氣欣然道：「我果然沒有看錯劉兄。」

劉裕笑道：「我們是否扯得太遠呢？一句『沒有紀千千的秦淮河』，便扯到國事艱難的大題上。」

王弘道：「沒有了紀千千，代之而起的是淮月樓有『清談女王』之稱的李淑莊，她和紀千千的風姿完全不同，充滿江湖味，且是淮月樓的女老闆，說到她如何致富冒起，更是充滿志怪傳奇的況味。」

劉裕道：「甚麼是志怪傳奇？」

王弘微一錯愕，顯然沒想過劉裕連這般普通的東西亦不知道，皺眉想了片刻，解釋道：「志怪傳奇，就是東漢人班固所說的諸子十家中第十家，所謂『小說家者流、蓋出於稗官，街談巷語，道聽塗說之所造也』。以前的志怪小說，是以神話、傳言和寓言的方式存在著。到了現今，由於時興追求長生之術，靈異之說遂應運而生，使人們能寄託心中欲打抱不平、弔民伐罪的願望，顯示出大家對否極泰來的渴想。像劉兄的『一箭沉隱龍』，便正是志怪小說的好題材，充分體現出志怪小說背後的精神。」

劉裕大感茅塞頓開，原來卓狂生那本天書的起草，是有其淵源和背景的，他不但是說書能手，更是引領文化潮流的佼佼者。

王弘談興大發的道：「小說的興起，其實與清談息息相關。『志』是記錄的意思，志怪是記錄靈異的事；所以志怪外尚有志人小說，記錄的是清談名士們精妙的旨論、奇特的行爲。」

劉裕哪有興趣深究，回到先前的話題道：「李淑莊有多大年紀，長得是否美麗，她究竟憑甚麼可以成爲淮月樓的大老闆？」

王弘道：「沒有人知道她的年紀，看外表該比紀千千大上四、五歲，紀千千的美麗在建康是沒有對手的，李淑莊卻勝在懂得賣弄風情。說到她如何起家，告訴你恐怕你仍沒法相信，她是憑賣五石散而發大財的。」

劉裕失聲道：「甚麼？」

船速放緩，終抵達淮月樓。

乾歸確如所料，沒有在他們赴淮月樓途中下手。

屠奉三來到司馬元顯身旁，和他一起透窗外望對岸的淮月樓。沉聲道：「今次我們可能勞而無功。」

秦淮河熱鬧起來了。

泊於這截河段的七、八艘畫舫，全都燈火通明，照得秦淮河亮如白晝，管弦絲竹之聲在波光閃閃的河面飄蕩於兩岸廣闊的空間，益顯這天下最著名煙花勝地十年如一夢的繁華。河上舟楫往來不絕，騷人墨客似要趁執行戒嚴令前盡情享受人生。

此處是紀千千的雨枰台。自紀千千離開後，雨枰台便被空置了，並沒有讓其他青樓姑娘佔用，事實亦沒有人敢進佔這秦淮河的聖地。今次是由宋悲風出面，借用雨枰台作為他們的臨時指揮部。

司馬元顯正看得入神，心中思量，要在穿梭往來的眾多船隻中，尋找到乾歸的座駕舟，他本人實在沒有這種本領。

此時聞言心中劇震，色變道：「屠兄何有此言？」

屠奉三神色凝重的把目光投往右方入長江的河口方向，道：「乾歸的監察網全無異動，似是完全不曉得淮月樓之會，如果情況如此保持下去，我們將沒法調動貴府內的精銳部隊。」

司馬元顯忍不住問道：「屠兄說的監察網，究竟指的是甚麼呢？」

屠奉三道：「指的是七、八個被證實是乾歸派出來做探子的人，他們每天都扮作不同的外貌身分，從事對貴府、謝家等地點盯梢的任務。」

司馬元顯皺眉道：「如何可以證實他們確是乾歸的人呢？」

屠奉三道：「因為他們輪值完畢，會回到大碼頭區，以類似任青媞的手法回到船上去。」

司馬元顯道：「我們可否以迅雷不及掩耳的方式，一舉將監視的敵人全抓起來，再調動人馬？」

屠奉三道：「乾歸的人全是經驗老到的好手，要一把逮著所有人，是近乎不可能的事，如被對方以煙花火箭傳出訊息，更是打草驚蛇。」

司馬元顯頭痛道：「究竟發生了甚麼事？我們現在該怎辦好呢？」

屠奉三道：「更令人疑惑的是直到這一刻，我們仍沒有在淮月樓附近發現任何疑人，也不覺有任何可疑的活動，確是耐人尋味。」

司馬元顯道：「會否是我們眞的猜錯了，乾歸根本不曉得淮月樓之會，我們是捕風捉影，白走了一趟？」

屠奉三道：「我仍認爲我們沒有猜錯，問題在猜不中他刺殺的手段。」

司馬元顯心焦的道：「可是如果我們沒法調動人馬，萬一乾歸眞的出手，我們憑甚麼殺死他？」

屠奉三目光投往淮月樓第五層燈火燦爛臨河廂房的窗子，隱見人影閃動。道：「現在我們必須冷靜，然後把高手全集中到這裡來，靜候形勢的發展。我們並非完全沒有機會的。」

司馬元顯道：「如果乾歸的人混入淮月樓的賓客裡去，我們如何應付？」

屠奉三道：「淮月樓方面由王弘的人負責。今晚隨他到淮月樓的八名隨侍，只有兩人是他的家將，其他六人是透過他爹的關係請來的，均爲一等一的好手，有足夠能力和經驗防止敵人在樓內發難。」

司馬元顯道：「樓外又如何呢？」

屠奉三道：「我們有四艘快艇在附近河道巡邏，每艇四人，由宋悲風指揮。公子該不會懷疑他在這方面的能力？」

司馬元顯無法不同意，說到防刺客、反刺殺，建康該沒有比宋悲風更出色的人。

司馬元顯道：「現在隨我來的有十六個好手，其中有兩人是我爹爲這次行動特別派來的，主要負責貼身保護我。屠兄方面有多少人？」

屠奉三道：「我手上只有十九人，已全投入今次的行動去。哼！乾歸比我猜想中的還要高明，雖然我已盡量高估他。」

司馬元顯道：「或許淮月樓之會確實與他沒有關係。」

屠奉三搖頭道：「他用的可能也是『一切如常』，致令我們生出錯覺的招數，我們千萬不要掉以輕心。」

司馬元顯露出頗有點意興索然的神態，嘆道：「現在我們該怎麼辦？」

屠奉三道：「我們仍要著手準備，一方面請陳公公秘密趕來，另一方面通知劉裕目前的情況，讓他清楚內情。」

司馬元顯道：「正在府內候命的人馬又如何呢？」

屠奉三道：「讓他們繼續候命，不得妄動。」

司馬元顯道：「我們可否派戰船堵截秦淮河和大江的交匯處？」

屠奉三嘆道：「如果公子如此做，乾歸還肯來嗎？」

接著欣然笑道：「江湖鬥爭的苦與樂正在於此，未到敵人眞正發動，你是不會曉得敵人所採取的策略手段，這便叫鬥智鬥力，只有當勝負分明，你才會知道究竟是做對了還是做錯了。」

第三章　淮月之會

淮月樓位於秦淮河南岸，與另一齊名的青樓秦淮樓夾岸對峙，樓起五層，高起聳立於附近樓房之上，為以楠木為主的建築，用料渾厚，翹角飛檐，氣勢雄偉，樓頂形如蝴蝶，配合其節節升高、寬敞軒昂的姿態，直似臨河振翅的飛蝶，更加上靠河基部用石樑柱架空，宛如懸浮河面，靜中藏動。

樓外遍植桂樹，形成高牆深院的布局。樓內用的是清一色紅木家具，令人甫進樓下迎客大廳，即有木香盈鼻的感覺。而不論樑柱槅窗、門道階梯，均以浮雕、圓雕、鏤空雕、陰陽雕等種種雕刻手法美化裝飾，意境高遠，樸實中見華麗，令人嘆為觀止。

劉裕扮作侍從，混在王弘的「家將」裡，下船後隨王弘進入淮月樓，一切自有王弘這識途老馬去應付。

與王弘途上的一席話，令他更深入掌握建康高門名士的心態、開闊了視野，也更清楚明白自己身處的位置。

因朝廷的猜忌、天下四分五裂的情況、胡人的威脅、政局的不安，令士人既不滿現實，但又怕出頭惹禍，故相率務高談、尚遊樂，以擺脫現實的煩惱。他們對現實沒有改革的勇氣，只希望能從清談中得到精神上的解脫和慰藉，想逃離現世去尋找那精神上的桃花源，過憧憬中的神仙生活。東晉如果不是先有王導，後有謝安，又出了謝玄這位不世出的無敵統帥，現在眞不知會變成怎樣。現今謝安、謝玄先後辭世，人心渙散無依，亂象已現，所以東晉由上而下，都在找尋應時而起的另一個救國英雄。

這個人會是他劉裕嗎？

對建康的高門來說，他們需要的絕不是撥亂反正、翻天覆地的改革者，而是一個可讓他們繼續眼前生活方式的保護者。這才是今晚聚會背後的意義。

說起來他崇拜的祖逖實為這時代的異種，深知清談誤國，欲以堅苦卓絕、夙夜不懈的精神，出師北伐，收復中土，然終因未能上下一心，致功敗垂成。

「不論世事，唯詠玄虛」的清談，有朝一日會把漢人的江山斷送嗎？他劉裕能否以一介布衣，在以高門大族為當然統治者的情況下，力挽狂瀾呢？

王弘停下腳步，別頭向劉裕微笑道：「到哩！」

原來已抵第五層樓的東廂門外，隨行高手人人露出如釋重負的神色，當然是因沒有刺客於登樓之時施襲。

劉裕心中湧起古怪的念頭，不論來此或離開的途中，人人都會提高戒備，只有在廂房內風花雪月、酒酣耳熱之際，才會放下戒心。如此豈非最適當的刺殺時機，該在廂房內而非其外嗎？

可是在高手環護下，誰能於他們在廂房喝酒之時進行刺殺？那根本是不可能的。

事實上當晚宴開始後，整座淮月樓都會置於己方人馬的嚴密監視下，任何異動均瞞不過他們的耳目。

劉裕自被謝玄看中後，連番出生入死，已培養出高度的警覺性，雖仍猜不到乾歸的手段，但已暗自留神。對看似安全的地方更特別有自危之感。

門開。

王弘領先進入廂房。

快艇沿河緩駛。

划艇的是屠奉三的手下，精通江湖伎倆，不待宋悲風指示，已知該採取哪條航線，如何不引起敵人注意。

宋悲風和蒯恩扮作騷人墨客，詐作喝酒遊河。這是秦淮河上慣見的情景，此時如他們般遊河的小艇便有十多艘。

今夜是個月明風清的秋夜，皓月當空，銀光瀉水，茫茫名河，萬古如斯。

宋悲風似是自言自語的道：「不妥當！」

蒯恩的目光正搜索淮月樓的對岸，聞言道：「會否是敵人尚未展開行動呢？」

宋悲風反問道：「如你是乾歸，會曉得劉爺何時離開嗎？」

蒯恩坦白地搖頭，道：「不曉得！但是會猜劉爺怎都該在樓內逗留上半個時辰或更長的光陰。」

宋悲風道：「既然如此，敵人便該在劉爺抵達淮月樓後，立即展開行動，進入精心策畫的攻擊位置，那不論劉爺何時離開，都可以進行刺殺。可是現在秦淮河附近全無敵人的蹤影，這是不合理的，唯一的解釋是我們錯估了敵人的刺殺方式。」

蒯恩思索道：「可能敵人根本不知道今晚的約會呢？」

宋悲風道：「你相信直覺這回事嗎？就是不需要任何道理，你總覺得事情會隨你的感應發展。」

此時小艇經過一艘泊在離南岸十多丈處的畫舫樓船，船上的燈火照得艇上人和物清晰起來，歌舞樂聲充滿他們的耳鼓，比對起他們此刻的心情，感覺更是古怪特異。

蒯恩銳利的目光掃視樓船，道：「另一個可能的解釋，是敵人並不準備在河上進行刺殺。」

宋悲風道：「這也是不合理的。敵人定有派出探子監視王弘，見他從水路出發往淮月樓去，劉爺又扮作侍從，自然會推想劉爺會從水路離開，想不在河裡發動攻擊也不行。」

蒯恩一震道：「那照現在的情況看，敵人該是選擇在樓內進行刺殺。」

宋悲風皺眉道：「但那將不再是刺殺，而是強行硬闖。參與今夜聚會的人，全是建康高門赫赫有名的名士，個個有高手家將隨行，即使以乾歸的實力，亦沒法在那樣的情況下得手，是智者所不為。」

蒯恩苦思道：「敵人必有混入東廂之法。」

宋悲風嘆道：「如果我們想不破此點，今晚會是白忙一場。」

蒯恩訝道：「宋爺似乎一點不擔心劉爺本身的安危。」

宋悲風理所當然的道：「事實上我們從沒有擔心過劉爺會被人殺死。對屠爺來說，劉爺乃真命天子，怎可能窩囊得壯志未酬身先死？對我來說，如果劉爺是福薄早夭的人，安公是不會點頭讓他作玄帥的繼承人。」

蒯恩聽得呆了起來。

小艇駛離畫舫燈光籠照的範圍，重投月夜。

宋悲風微笑道：「你不相信他是真命天子嗎？」

蒯恩垂首道：「小恩怎敢呢？」

宋悲風道：「是否相信並不打緊，至少劉爺和你持相同的看法，他自己並不相信自己是甚麼真命天子，所以他一定會提高警覺，亦因此他今夜絕不會沒命。」

蒯恩再次抬頭望向宋悲風，雙目射出沉痛但堅定的眼光，沉聲道：「我蒯恩今夜在此立志，會像對侯爺般忠心追隨劉爺，爲他效死命。」

宋悲風仰望天上明月，徐徐道：「好！男兒本該有大志向，我可以肯定的告訴你，你將來絕不會後悔的。」

蒯恩目光投往淮月樓第五層東廂臨河的四扇特大窗，忽然目射奇光，劇震道：「我想到了！」

宋悲風一呆道：「你想到了甚麼呢？」

蒯恩道：「我想到了敵人的刺殺手段。」

淮月樓頂層只有東西兩個大廂房，也是淮月樓最尊貴的兩個廂房，等閒者休想可以踏足此層半步，只有建康最有地位和顯赫的權貴才能進入，其中又以東廂的景觀最佳，即使有資格蒞臨的貴客，仍須及早預訂。

劉裕等走入東廂的範圍，還要經過一個呈長方形的待客廳，十多名隨主人來的家將便在此候命，同時有四名俏婢迎前伺候客人。

王弘著眾家將扼守各處門道窗戶後，偕劉裕進入名聞建康的淮月樓第五層東廂貴賓房，入目的情景，以劉裕的沉著老練，亦不由看呆了眼，因爲從沒想過會有眼前般的情況。

東廂大致是廣闊達十五步的方形房，寬敞舒適，滿鋪地蓆，左右牆壁各有一聯。左壁是「一池碧水，幾葉荷花，三代前賢松柏寒」。右壁則「滿院春光，盈亭皓月，數朝遺韻芝蘭馨」。向河的一邊，有四扇落地大槅牆，於入門處已可盡見建康宮城燈火輝煌的壯麗美景，秋寒透窗而來。

房內不見一柱，屋頂爲硬山捲棚式，敦實渾厚、樸素大方。房內陳設簡潔，除茶几等必需物外，最引人注目是置有七個花架，上放各式盆栽，便像把大自然搬進了房裡來。

但令劉裕意外的不是物而是人。

今次約會的五個人全到齊了，最令他側目的是其中一人正躺在一角，胸口放著一罈酒，也不知他是醉倒了還是小睡片刻。

另一人則背門臨窗，撫弄著一張七弦琴，卻沒有發出任何樂音，可是看其背影搖曳的姿態，似是隨樂音擺動，一副樂在其中、迷醉而不能自返的樣兒。

一人則挨北壁而坐，敞開衣襟，露出胸膛，閉目喃喃自語，神態迷離，若不曉得他是當今名士，還以爲他是哪來的瘋子。

劉裕可以清楚曉得對方在幹甚麼的，是在一角以小炭爐煮酒的人，不過此人不但臉上傅粉，有點不男不女的模樣，嘴角還叼著根長菸管，對劉裕的到來，似是視如不見，聽若不聞。

最正常的一個人，正面對著進來的劉裕和王弘席地而坐，不過他的扮相確是一絕，頭戴白綸巾，身穿鶴氅裘，身旁放了雙木屐，手持麈尾，見兩人進來，麈尾「呼」的一聲揮動一下，打了個「噤聲」的手勢，壓低聲音道：「待我們聽罷此曲再說話。」

劉裕從未遇過像眼前般的場面，一時也不知是好氣還是好笑，更感到自己與他們格格不入，不但無法了解他們，還生出想掉頭便走的衝動。

王弘輕拉他的衣袖，要他一起坐下。廂門在後方關上。

持麈尾者閉上眼睛，身體輕輕擺動，全神聽那無音的琴奏。

王弘湊到劉裕耳旁道：「這是名士聚會的神交節目，來自老子的『大音希聲』，意思是最動人的音樂是聽不到聲音的，而莊子則指必須不以耳聽，而聽之以心。大家都認爲只有這種無聲之音，才能不受任何樂器和技巧的約束，捨棄了外在的形跡，直取心意，從重重制約解放出來，得到最大的自由。」

見到劉裕露出一臉不以爲然的神色，忙加一句道：「劉兄喝過酒服了藥後，將會比較明白我說的話。」

劉裕當然不能離開，不單因爲今夜並非普通的聚會，更可能是殺乾歸的唯一機會。此時他面窗而坐，緩緩解下厚背刀，置於左方地蓆上，只要左手拿刀鞘，右手可以迅速拔刀，應付任何突襲。

他和王弘前方均擺有一張方几，置了一套飲食的用具，几面四尺見方，頗爲寬大。

他自問沒有「心中有耳」的本領，去聽那人彈的「希聲」的「大音」，不過於此美景迷人的高樓之上，仍可以享受秋風清、秋月明的雅趣。

百聞不如一見。

他現在徹底明白甚麼叫清談誤國。

清談並不止是一場討論辨正、談玄說理那般簡單，而是一種處世的態度和生活方式，且是一種奢靡、肆意妄爲至極點的風尚，對禮教約束的反動變爲矯枉過正，致放誕不羈、腐敗透頂、節操墮落，令大晉政權走上窮途末路、苟延殘喘的困境。

眼前諸子正是放蕩縱慾、玩物喪志的典型例子，他們的內心究竟是快樂還是痛苦呢？

劉裕很難想像他們之中有一個是與乾歸有關係的人。

在不認識他們之前，他可依據常理作出猜測，可是當弄清楚他們是哪類人，他對自己的猜測已失去信心，因為根本不能把眼前五子當作常人來對待。

有些東西是裝扮不出來的，世家名士是其中之一。開始之時，所謂清談，或許只是名士們藉之以別尋方外、佯狂避世的集會，但當這種雅道相傳的風尚不住重複，會確立而成一種思想行為的範式，得到傳承與延續，變為一種牢不可破的風氣和傳統，而眼前五子正是這種習尚的體現。他們根本缺乏「入世」的勇氣，哪會為桓玄賣命，幹這類動輒惹來殺身之禍的蠢事？

難道今晚只是一場誤會？鬧了個大笑話。

驀地喝采狂呼怪叫響徹東廂，原來「琴奏」已告結束。

「奏琴」者在喝采聲中志得意滿的站起來，吟道：「得象在忘言，得意在忘象。」

王弘乾咳一聲，引得人人朝他瞧去，閉目者張開眼睛，臥地者坐了起來，然後道：「讓我們歡迎劉裕劉大人。」

眾人又一陣喝采。

那頭戴白綸巾的華服公子，又把麈尾「霍」的一聲拂了一記，道：「晚生諸葛長民，請劉大人恕我們早來之罪，皆因東五層便像紀千千的雨枰台般，乃秦淮河的聖地，千金難求，所以不敢浪費，自申時中我們便齊集此處，盡歡享樂。」

劉裕聽得心中一動，正想追問為何這間廂房如此難求，卻可於短短數天內安排好，那臉上傅粉、予人妖冶感覺的公子提著酒壺站了起來，走到劉裕席前跪坐，一邊為劉裕斟酒，邊笑道：「在下郗僧施，劉大人是首次參加我們建康六友的聚會，或許會不慣我們放浪形骸、披襟狂嘯的行徑。不過當劉大人了解只有超越世俗禮教的羈絆，才能展現出人的情性，便可以明白我們。」

直到此刻，劉裕仍不知該說甚麼話才好，唯一知道的，是與他們格格不入，完全談不上意氣相投。更有點糊塗他們要見他所爲何由，除非是想把他變成「六友」外的「第七友」。

郗僧施爲劉裕的杯子斟滿酒後，續往王弘的杯子注酒，口中仍叼著那枝長菸管，難得他仍是說話清晰，可見是熟之生巧。

原先躺在一角的人，默坐一會兒站了起來，酒罈隨手擱在一旁，原來此人長得頗爲魁梧健碩，風神懾人，如不是劉裕剛目睹他放浪的形態，眞想不到這麼一個看起來該大有作爲的年輕人，竟會借這種頹廢的生活來麻醉自己。

王弘介紹道：「這位便是曾向劉兄提及的朱齡石朱兄，說到文武全才，建康眞找不出多少個像他這般有本事的人。」

彈無聲琴者啞然笑道：「王兄你這樣就不對哩！竟厚此薄彼，只提朱兄，難道其他人竟不值一提嗎？」

王弘笑道：「劉兄不要怪他直腸直肚，毛修之一向如此。」

劉裕終找到說話的機會，向仍靠壁而坐，衣襟坦露的青年道：「這位定是檀道濟兄，可知王兄並非是只提一人。」

諸葛長民的麈尾扇又拂一下，笑道：「劉裕果然是劉裕，一句話便解了王兄可能受群起攻訐之災。好哩！淮月樓東五層之會，可以開始了。」

第四章　公才公望

高彥和姚猛返回邊荒集後，立即到北騎聯找慕容戰，報告在鎮荒崗遇襲的經過。此爲鐘樓議會的決定。任何事均須首先通知主帥，由他統籌處理。

慕容戰並不閒著，正在北騎聯位於西門總壇內的大堂與呼雷方、江文清、王鎭惡和劉穆之議事。聞報後人人心情變得沉重起來，想不到今天才收到秘族投向慕容垂的消息，入夜即有秘族戰士現身邊荒。

呼雷方皺眉道：「秘人這樣做有甚麼作用呢？如果讓他得手，殺了高彥，只會惹來我們的反擊。」

慕容戰向王鎭惡道：「鎭惡是現時在邊荒集，除朔千黛之外對秘族最熟悉的人，你對此有甚麼意見？」

王鎭惡沉吟道：「秘人是看準我們的弱點，要破壞我們的優勢，令我們剛開始振興的經濟崩潰。」

江文清冷哼道：「有這麼容易嗎？」

姚猛問道：「偷襲我們的人會否是萬俟明瑤？」

由於王猛曾與秘族作戰，又曾生擒秘族之主，帶返長安囚禁，眾人相信作爲王猛之孫的王鎭惡，對秘族的情況和作風，一定有所了解。

王鎭惡道：「這個可能性很低，萬俟明瑤是秘族近百多年來最傑出的領袖，如果眞是她出手，恐怕高公子已給人抬著回來。」

慕容戰訝道：「萬俟明瑤眞的這麼厲害？」

王鎭惡道：「萬俟弩拿當年被囚禁在長安宮的天牢，由氐族高手看管，可是萬俟明瑤仍能憑慕容垂提供的情報，入宮把被廢去武功的萬俟弩拿救出，於此便可見她不論才智武功，均如何了得。」

高彥道：「可是今晚出手偷襲我們的那個傢伙功夫相當不錯呢。連姚猛也給他一劍震退，全賴我扶著他。哈！」

姚猛沒好氣瞪他一眼。

王鎭惡道：「這是秘族之能成爲最可怕刺客的武功心法，能藉著獨門的運功秘法，在刹那間將功力提升至極限，再於短時間內把全身功力發揮出來，卻不能持久，故數擊不中後，必須立即遁逃，待功力復元。」

姚猛點頭道：「對！刺客來得快，走得亦非常突然，正是王兄說的情況。唉！這秘族小子令我想起花妖的身法。」

王鎭惡道：「姚兄說出了一個我們長久以來的懷疑，就是花妖極可能是來自秘族的高手，花妖武技強橫不在話下，但最厲害的還是他的遁術，使他能屢次陷入包圍網裡仍能成功突圍。」

呼雷方倒抽一口涼氣道：「我的娘！如果秘族的戰士人人像花妖般厲害，這場仗如何能打？」

王鎭惡從容笑道：「如果花妖確是秘人，那他肯定是秘族出類拔萃的高手，像他那般了得的秘人不會有很多個，各位可以放心。」

江文清道：「我們該如何應付他們呢？」

劉穆之淡淡道：「首先我們要弄清楚敵人的意向，他們究竟有甚麼意圖呢？爲何要對高少出手？」

慕容戰道：「該是秘人要對我們下馬威吧！」

劉穆之道：「既然只爲下馬威，隨便殺幾個人便成，但他今晚的刺殺行動，卻似只針對高少一人。」

呼雷方道：「難道他是從邊荒集一直跟蹤高彥，到鎮荒崗才下手嗎？」

此時拓跋儀來了，一臉喜色，訝道：「怎麼都到齊了？」

慕容戰欣然道：「拓跋當家請坐，我們遇上頭痛的事哩！」

拓跋儀在他身旁的椅子坐下，道：「先報上一個好消息，我接到北方來的好消息，我們族主決定派人押送五車黃金來邊荒集，著我們在途上接應。」

眾人聽得發起呆來，不知該高興還是驚惶。

拓跋儀訝道：「這不是天大的好消息嗎？我們現在最欠缺的就是營運的資金。」

劉穆之道：「我想先問個題外話，要建立這麼一個可把消息傳達至千里之外的飛鴿傳書系統，需要多少時日？」

拓跋儀雖對他的問題摸不著頭腦，仍按下疑惑，答道：「花了我們大約兩年的時間。」

劉穆之向眾人道：「這便是答案，秘人是沒有可能在短時間內，建立一個完善的通信系統。到了邊荒後，他們的探子想把消息送返泗水以北的地方，必須靠人來傳遞，不但曠日廢時，亦使秘族難以發揮他們的作用。要扭轉這種劣勢，他們可以在兩方面下工夫，首先是要摸清楚邊荒的情況，設法建立一個迅速有效的傳遞情報系統；另一方面，則要破壞降低我們傳達情報的能力。高少是邊荒集最出色的風媒，更是負責探聽敵情的頭子，除掉他，將會大大削弱我們知敵的能力，此消彼長下，敵人便可減少和我們在收集情報上的差距。」

拓跋儀一呆道：「高少被秘人刺殺嗎？」

高彥苦著臉道：「我究竟走甚麼運呢？總是別人刺殺的目標，以後還用安心睡覺嗎？」

江文清先向拓跋儀解釋了情況，然後道：「劉先生確實思慮縝密，從對方對高小子的刺殺行動，推斷出敵人的方略。不過保護高小子容易，要保護整個邊荒集和往來的商旅卻是難比登天。眞怕明天起來，會有消息傳來，某隊商旅在來邊荒的途中全體遇害，又或有邊荒遊的團友在集內被殺，我們邊荒集便要糟糕哩！」

拓跋儀嘆道：「難怪你們聽到有人送金子來，仍是愁眉苦臉了。唉！我現在也擔心被秘人收到關於運金子的風聲。」

劉穆之輕鬆的道：「兵來將擋，當今之世，沒有我們荒人應付不來的敵人，也沒有我們荒人解決不來的事。因爲邊荒集乃天下精英集中的地方，要甚麼人才有甚麼人才。各位請容我說出己見。」

眾人對他超凡的才智已是心悅誠服，連忙問教。

劉穆之道：「萬變不離其宗，說到底仍是『知己知彼』四字。慕容寶今次遠征盛樂，全軍覆沒，對燕國的實力是嚴重的打擊，更使大燕陷入立國以來最大的危機裡。可以這麼說，燕人能保著都城中山一帶的城池已相當有本事，遑論收復平城和雁門。」

眾人知道這只是開場白，都沒有插話，聽他繼續說下去。

劉穆之稍停片刻，觀察各人的反應，油然接下去道：「唯一能反擊拓跋族的軍力，正掌握在慕容垂手上，可是因剛破慕容永，大局雖定，但要盡殲慕容永的殘餘力量，還須一段時間，如果慕容垂驟然抽空兵力反攻雁門和平城，被其他霸主乘虛而入，千辛萬苦得來的戰果便要拱手讓人，實非智者所爲。而慕容垂最大的顧慮，是重蹈兒子的覆轍，勞師遠征，卻摸不著拓跋軍的影子，所以才有求秘族報恩助拳之舉。」

拓跋儀讚道：「先生分析得非常透徹，有如目睹。」

江文清道：「照先生的說法，恐怕沒有一年半載，慕容垂仍難對我們邊荒集用兵。」

劉穆之道：「應該是這麼說：就是不到慕容垂完全掌握眞確局勢的一天，慕容垂一天也不敢輕舉妄動。」

高彥立即雙目放光，道：「那是否若我們能不讓秘人探知我們的虛實，慕容垂便不會來攻打我們了？」

呼雷方苦笑道：「這又談何容易？」

王鎭惡道：「劉先生指的是全局的情況，那包括北方的形勢、拓跋族的戰略布置，只要慕容垂看準一個機會，會以奇兵突襲，一戰功成。這正是他看中秘族的原因，因爲秘族擁有天下無雙的探子和最可怕的刺客。」

慕容戰沉聲道：「邊荒集是一個沒有關防和完全對外開放的城集，對秘人更是防不勝防，這是我們沒法補救的弱點和破綻。」

劉穆之仍是神態輕鬆，微笑道：「我從不認爲有不能補救的破綻，我們的方法就是人盡其才，物盡其用。」

慕容戰道：「我是畢生首次因有人反對我的看法而高興，究竟如何人盡其才，物盡其用呢？」

七個坐席，以半月形的方式設於廂房裡，面向四扇落地窗，讓人人可欣賞窗外建康宮城的風光。

劉裕居於主賓的中間席位，左方依次是毛修之、諸葛長民和郗僧施；右方是王弘、朱齡石、檀道濟。

眾人首先舉杯對飲，乾盡一杯。

酒至咽喉，劉裕立知酒中沒有下毒。雖說有高彥的例子在前，可是劉裕對自己是否確有抗毒的能力，是處於懷疑的不安心情，且能否在敵人發動前，把入侵體內的毒素驅散，仍是未知之數，所以酒中無毒，當然是好事。

王弘正容道：「今晚我王弘能邀得劉兄來此，並不是容易的事，大家該清楚明白我在說甚麼。而劉兄是不宜在此久留，爲此我定下了今夜聚會的規則，大家必須嚴格遵守。」

這番話是劉裕和王弘事前商量好的，盡量減短劉裕在淮月樓逗留的時間，好讓劉裕能以最佳狀態應付敵人的刺殺，否則如劉裕飯飽酒醉，又因警戒的時間過長而鬆懈下來，均對劉裕有害無利。

朱齡石道：「我們當然明白，請王兄劃下道來。」

在這五位建康的年輕名士裡，劉裕印象較佳的是朱齡石和檀道濟，至於爲何有此印象，則純粹出於直覺，沒有甚麼道理可說的。

王弘道：「今夜劉兄只喝一杯酒、不上菜、不服藥、不清談、不召妓，而各位每人只可以問一個問題，劉兄答過便離開，此後大家當作沒有見過劉兄。」

毛修之皺眉道：「我有滿腹疑難，希望劉兄能爲我解決，一個問題怎夠呢？」

檀道濟笑道：「大道至簡。王兄開出只准問一個問題的條件，事實上充滿道法禪機的況味，更考我們問難的功力，其中趣味盎然，就看你的問題涉及的範圍。例如問我大晉今後何去何從，劉兄可能說到天亮仍未能脫身。哈！」

王弘笑道：「我的話仍未說完，就是問題絕不可以涉及朝代更迭的方面，否則今晚之會後，這裡的人都犯了殺頭的大罪。」

諸葛長民道：「道濟只是在說笑，我們會懂得拿捏輕重，劉兄和王兄可以放心。」

劉裕有點心不在焉的聽他們說話，因爲一半心分了去聽廂房外的動靜，理該有最新的情報傳來，讓他可以掌握乾歸方面的情況。

王弘道：「好！大家清楚規矩了，誰先發問？」

郗僧施道：「我可不可以先解釋我們爲何想見劉兄呢？如此劉兄在回答我們的問題時，才能心中有數。今夜說的話，只限於在這裡，不會有隻言片語傳出去。」

王弘向劉裕瞧來，示意由他決定。

劉裕不得不把心神收攏回來，點頭道：「好！你們爲何想見我這個不得志的北府軍小將呢？」

諸葛長民道：「劉兄的聲望怎止於一個北府兵的普通將領。我和劉兄的同鄉兼同僚劉毅將軍頗爲稔熟，從他那裡得知劉兄在軍內的令譽，是軍中之冠，劉牢之也遠未能及。至於原因我不說了，亦爲了守規矩故不宜說出來。我們今夜是把心掏出來，希望劉兄信任我們。」

劉裕心中大訝，劉毅這麼爲自己說好話，究竟是想害他還是捧他。如是前者，便是借捧他以轉移朝廷的注意了。

諸葛長民不敢說出來的，人人心中明白，就是劉裕升任謝玄繼承人的身分和「一箭沉隱龍」的讖言。

劉裕笑道：「諸位勿要對我期望過高。好哩！明白了！誰要問第一個問題？」

眾人你看我我看你，都在猶豫應否第一個發問。

王弘道：「由劉兄點名如何？」

劉裕快刀斬亂麻的道：「就道濟兄吧！」

檀道濟欣然道：「本來人人想爭著說話，現在則變成人人惜字如金，因怕浪費了寶貴的問題。現在建康人心惶惶，既害怕天師道的燎原亂火燒到建康來，又怕桓玄造反，所以人心不安，希望可以有神奇的轉機，更懷念以前安公、玄帥在世時的太平盛世。唉！這話扯遠了，我想問的是謝琰是否像謝萬般只是另一個白望？」

又道：「我問這個問題是有用心的，希望劉兄能拋開顧忌坦言相告，令我們能知所適從，且使今晚的聚會言可及義，不致淪於空談。」

謝萬是謝安之弟，聰慧俊秀、善於炫耀，名聲雖遠比不上謝安，但在士林亦頗具名氣。當時有「攀安提萬」之說，意思是須攀登方可到達謝安的高度，攀登中則可提拉著等而下之的謝萬，於此可看到人們心目中兩人的差距。

謝萬雖是心高氣傲的疏狂名士，但對統軍卻一無是處。被朝廷任命為西中郎將、豫州刺史兼領淮南太守，仍不改平時風流放誕的名士習氣，整日飲酒作樂，不把軍務放在心上，結果慘敗在胡人手上，單騎逃歸，被貶為平民，不久病故。謝安因此不得不復出東山，出掌朝政。

劉裕當然知道謝萬有甚麼內才，檀道濟以謝琰來比謝萬也不是甚麼好話，卻不明白何謂「白望」，問道：「白望是甚麼意思？」

王弘解釋道：「這是建康流行的用語，『白望』就是虛名、空名。與『白望』連在一起說的，就是『養望』，只要高談玄虛，飲酒放達、縱情背禮、成爲名士，便有機會得到官職。」

毛修之道：「自漢末以來，當官的唯一途徑，便只這『養望』一法，故有所謂『選官用人，不料實德，唯在白望，不求才幹』。」

郗僧施道：「這叫『先白望後實事』，像安公和玄帥均是此中的表表者。但謝萬卻是徹頭徹尾的白望，道濟兄是害怕謝琰是另一個白望，那朝廷危矣。」

王弘道：「劉兄現在該明白我們建康六友都是有心人，不像其他只懂辯口利舌、抵抗現實的名士，我們仍希望能有一番作爲。請劉兄放心直言。」

劉裕卻是心中爲難，他如果說出不滿謝琰的言詞，傳了開去，會否被人指是忘本呢？他反不擔心這裡說的話傳到司馬道子耳中去，因爲司馬道子早清楚他對謝琰的看法。

就在此時，他聽到外面傳來敲壁的暗號。

劉裕微笑道：「我先到外面打個轉，回來才答道濟兄這個問題。」

眾皆愕然。

只有王弘明白是爲了何事。

第五章　人盡其才

劉穆之道：「秘族的眞正實力，恐怕除其本族的人外，誰都不清楚，其『永不超過一千之數』之摽說，恐怕亦是以訛傳訛，不能作準。不過人數也不該很龐雜，否則不會有此誹言。」

江文清道：「這個看法有道理。神秘的種族，總能引起別人的好奇心，遂加上種種的穿鑿附會，道聽塗說。」

劉穆之道：「能出來助慕容垂打天下的秘族戰士，人數會有一定的限制，因爲必須留下足以戒護的戰士，以保護老弱或捍衛他們在沙漠的地盤。若以全族千人作估計，能動員一半五百人已相當不錯。」

拓跋儀同意道：「這個估計雖不中亦不遠矣！如先生先前所言，這批秘族戰士會分散到不同戰線。可是以慕容垂的戰術謀略，肯定會把秘族戰士集中到對付我族和邊荒這兩條戰線上。其中當以邊荒爲主，因爲朔北乃秘人熟悉的地方，少數戰士便足夠負擔各式偵察滲透的任務。」

慕容戰動容道：「拓跋當家的看法有道理，秘人將會集中力量來對付我們荒人，進行種種偵察、破壞的勾當，務令邊荒集不但無法復原，且遭到嚴重的損害。當我們自顧不暇時，慕容垂便可把矛頭指向拓跋族。如拓跋族被破或驅趕回大草原去，我們也完蛋了。」

呼雷方吁出一口氣道：「這是慕容垂現在破壞我們聯盟最有效的策略，如運用得宜，根本不用對邊荒集用兵。」

姚猛道：「劉先生對此有甚麼應付的方法？」

劉穆之平靜的道：「我們要和秘族打一場針鋒相對的硬仗。」

高彥抓頭道：「對著來無蹤去無影的秘人，如何可以硬撼呢？」

他的話說出所有人心中的疑惑，如果雙方擺明車馬正面決戰，肯定秘人會全軍覆沒，但秘人最難纏的是他們習慣了在最惡劣的環境下作戰，神出鬼沒，任敵人實力如何強大，也沒法摸著他們的邊兒，利用敵明我暗的優勢，發揮出最可怕的破壞力。

劉穆之道：「今晚偷襲我們的秘人該是他們的先頭部隊，今回試圖刺殺高少，是突發性的行動，並沒有預謀，只因忽然得到一個機會，希望一擊成功。從這可以看到秘人現在只能掌握到我們的皮毛，遠說不上瞭如指掌，我們若能在秘人掌握我們的情況前，擊垮他們正不住潛進邊荒來的部隊，慕容垂的如意算盤將打不響。」

人人目不轉睛地瞧著劉穆之，皆因直到此刻，仍沒法猜到他的應付之策。

劉穆之微笑道：「如果秘人對我們有更深入的了解，要殺的首個目標就不是高少而是我們的方總巡。」

各人均感他這個分析峰迴路轉，也使人更摸不著頭腦。

江文清訝道：「先生竟清楚方總的特殊本領，眞教人想不到。」

劉穆之欣然道：「這是『知己』的問題，這幾天我一直在設法了解邊荒集，對方總爲何能成爲邊荒集的總巡捕，又有資格列席窩會感到興趣。」

姚猛道：「方總可以在這樣的情況下發揮甚麼作用呢？」

劉穆之道：「如果我們要對付的不是秘族，方總的靈鼻是難以派上用場。可是對秘族，方總的鼻子正是剋星。像秘族數代以沙漠爲家，其生活習慣和飲食均有異於生活在沙漠外的其他民族，所以會有其特異的體味。這是可以證明的，只要立即領方總到鎮荒崗去，他或可在氣味消散前，掌握到那秘族刺客的體氣。」

高彥大喜道：「如此我們便可以立即追上他，趁他功力未復前將他生擒，哈！果然是高招。」

劉穆之續道：「這般去追搜敵人，既難有把握，更是廢時失事。比較明智的做法，是在方總把握到秘人特殊的體味後，返回邊荒集進行鼻子的搜敵行動，只要布置得宜，我們是可以把已潛入集內的敵人來個一網打盡。完成這第一步後，我們便可以把行動擴展到整個邊荒，化被動爲主動。」

眾人同聲叫好。

劉穆之道：「一方面我們要反擊秘族入侵邊荒的戰士，另一方面我們要對邊荒集的軍事作新的分配。第一步我們可把製造戰船的工作，轉移到鳳凰湖去，讓鳳凰湖變成邊荒集外另一個軍事中心，既可與邊荒集遙相呼應，防護上更容易，又可以隨時支援壽陽，一舉兩得。當然，這需要龐大的資金，但只要北方的五車金子能成功運到邊荒集來，所有資金運轉的難題可迎刃而解。」

江文清道：「我們一向有以鳳凰湖作軍事基地的構想，就是缺財。」

呼雷方道：「這是個非常高明的策略。」

王鎮惡道：「我願意負責運送黃金，進行另一誘敵之計。」

劉穆之欣然道：「王兄果然是明白人。」

慕容戰和拓跋儀交換個眼神，均對王鎮惡思考力的敏捷感到驚異，他們剛想到運金可作誘敵之計，已給王鎮惡早一步說出來。

劉穆之道：「對抗秘族的行動便在今夜此刻開始，一方面煩拓跋當家立即以飛鴿傳書，知會貴族族主有關運金的事宜，另一方面請方總動駕往鎮荒崗去，明天早上，敵暗我明的情況會徹底的扭轉過來。」

壽陽城。

潁口幫總壇大門外，來了個以帽子遮壓至雙目，背著一個小包袱，左手提劍身穿青衣的小夥子。把門的兩名漢子見他似要闖門而入，連忙伸手攔著，其中較高的漢子喝道：「小子想找誰呢？」

小夥子粗聲粗氣道：「我是來參加邊荒遊的。」

兩漢借院門掛著的風燈用神一看，只見這年輕小夥子長得俊秀絕倫，與他的聲音絕不匹配，一時都看呆了眼。

小夥子續道：「你們兩個先答我的問題，邊荒遊是否有一條規矩，只要是來參加邊荒遊的，縱使是敵人，也須竭誠招待？」

這小夥子說話毫不客氣，且帶著命令的口吻，不過兩人被他風神所攝，都生不出反感。另一人道：「確有這麼一條規矩。哈！但像你這種乳臭未乾的小子，有甚麼資格作荒人的對頭？」

小夥子雖被指爲乳臭未乾，卻不以爲忤，喝道：「那就成了！少說廢話，我要立即參團，坐明天的船到邊荒集去。」

兩漢對視大笑。

先前說話的漢子道：「要報名該到邊荒大客棧去，不過接著來的三十多團全額滿哩！」

小夥子怒道：「我不管！明天我定要到邊荒集去，否則本姑娘把你們穎口幫……噢！」

兩人同時瞪大眼睛瞧她，齊嚷道：「本姑娘？」

小夥子一把揭掉帽子，如雲秀髮立即如瀑布般垂在兩肩，變成個活色生香的小美人兒，鳳眸含嗔的道：「本姑娘便是本姑娘！我行不改名坐不改姓，『小白雁』尹清雅是也，夠資格當荒人的死對頭吧！我到邊荒大客棧報名參團，卻說甚麼今天已關門，明天請早的氣人話，要本姑娘打得那三個壞傢伙趴在地上，始肯說出到這裡來辦手續。你們現在又說要我回那鬼賊店去，當我尹清雅是好欺負的嗎？我不管，上不了明天到邊荒集的船，我就把你們的勞什子總壇都拆了。」

她再不粗聲粗氣說話，雖然仍是蠻不講理，句句罵人，可是經她如出谷黃鶯的嬌聲說出來，只能直搔進人心底裡去，還希望她可以繼續罵下去。

高漢忙道：「尹小姐息怒，是小人有眼不識泰山，尹小姐要坐哪條船便上哪條船，一切全包在小人身上。」

接著暗踢仍目瞪口呆看著尹清雅的矮漢，喝道：「呆在那裡幹啥？還不立即通知老大，說小白雁大小姐她老人家來了。」

尹清雅「噗哧」笑道：「甚麼小白雁大小姐她老人家，你是否忽然發瘋了？」

矮漢見她嬌笑的動人神態，彷如嬌艷欲滴的鮮花盛放開來，口雖應是，但腳卻像生了根般不能移動半寸。

高漢也忘了怪他，道：「尹小姐曉得高爺的事了嗎？他……」

尹清雅打岔道：「不要嘮嘮叨叨，煩死人了。高彥那小子是甚麼道行，當我不曉得他是詐死騙人嗎？伸手出來。」

高漢尚未曉得反應，矮漢已像著了魔的伸出雙手。

尹清雅探手懷裡，取出幾錠金子，擲在他手上，笑道：「交了團費了！依江湖規矩，再不能反悔，明天甚麼時候開船？」

高漢恭敬的道：「明天辰時頭開船。」

尹清雅歡天喜地的轉身便去。

高漢叫道：「尹小姐聽過在邊荒大客棧〈高小子險中美人計〉那台說書嗎？」

尹清雅宛妙的聲音傳回來道：「鬼才有興趣去聽那些騙人的東西。」

燕飛攀上一座高山之頂，夜涼如水，陣陣長風吹得他衣衫飄揚，似欲乘風而去。

淮水在前方看不見的遠處，緩緩流動著。草野山林隱沒在黑暗裡，似是這人間夢境除廣袤深邃的天空外，其他甚麼都不存在。

人間是如此的美好，爲何又總是那麼多令人神傷魂斷的事。

離開萬俟明瑤的那一個晚上，令他感受到與娘生死訣別的悲痛和哀傷，他有失去一切的感覺，變成個沒有魂魄只餘軀殼的走肉行屍，生命再沒有半丁點兒意義。

亦正是在這種不再戀棧生命的心境下，他成功在長安最著名的花街行刺慕容文，完成他在娘墳前許下的誓言。

如果這一切只是某個入世大夢的部分，他可以接受嗎？

有一個事實他是沒法否認的，就是在曉得仙門的存在後，他再不能回復到先前的心境，他一直在懷疑——懷疑眼前的一切。

所以他眞的不明白孫恩。

他針對謝道韞的襲擊，擺明是向燕飛公開挑戰。

他爲甚麼會做這種蠢事呢？

孫恩不論道法武功，都只在他之上而不在他之下。他既感應到仙門，孫恩也該感應得到。既曉得確有破空而去這一回事，這人間的鬥爭仇殺，於他還具有哪種意義？何不好好朝這方向下苦功？練成古老相傳秘不可測的絕技「破碎虛空」，成仙成聖，白日飛昇而去，卻要搞這種小動作。

他眞的不明白。

殺了他燕飛又有何用？難道這樣便可破空作神仙去了嗎？

燕飛隱隱感到其中必有他難以理解的原因，孫恩不但不是蠢人，且是有大智大慧之士。對他創立反晉的天師道，他亦難以褒貶與奪。所謂對與錯，只是個立場的問題。對司馬氏王朝來說，孫恩當然是大逆不道，可是在備受剝削壓迫的本土南人來說，他卻是救星。

無論如何，與孫恩的決戰，已是上弦之箭，勢在必發，不論戰局如何變化，誰勝誰負，都不能影響這場超乎一切、牽涉到生命最終秘密的決戰。

他是絕不可以輸的，否則一切都完了。

屠奉三和司馬元顯並肩站在雨枰台的二樓，透過槅窗注視高聳對岸的淮月樓，一切是如此安寧祥和。舟來船往，朱雀橋在右方橫跨秦淮河南北兩岸，以鐵山、鐵柱拉著鐵鏈，巨大的鐵鏈繫著數十船隻，其上疊著高起橋板，形成建康最著名的浮橋。它的存在或毀壞，正代表著建康的和平與戰爭。

蒯恩的猜測，已傳入他們耳中。

看似不可能的情況，成了未來最有可能發生的事，否則解釋不了為何直至這一刻，仍沒有敵人的動靜。

另一個解釋是乾歸根本不曉得有淮月樓的聚會。

足踏梯階的聲音傳來。

兩人轉身望去，出乎兩人意料之外的，不但是陳公公來了，權傾建康的司馬道子也來了，還有六、七名一看便知是第一流好手的近衛隨來。全體夜行勁裝，擺明司馬道子會親自出陣。

近衛留在登樓處，司馬道子和陳公公則朝兩人走過來，後者落後少許，神態冷漠，反是司馬道子現出笑容，道：「情況如何？」

屠奉三恭敬施禮道：「奉三向王爺請安。」

司馬道子來到兩人中間，道：「不用多禮，我橫豎閒著無事，所以來湊熱鬧。」

陳公公站在司馬道子身後靠近屠奉三，如果他忽然和司馬道子同時出手，肯定以屠奉三之能，也難逃一死。

司馬元顯喜道：「有爹來指揮大局，今晚將更萬無一失。」

司馬道子忽然想起王國寶，當日親手殺他的情景在腦海裡重演著，道：「我難得有舒展手腳的機會，錯過實在可惜。」

說不提防司馬道子和陳公公便是完全違背屠奉三的性格，可又知對方是存有試探自己之意，不但不敢暗中防備，還要盡量表現得毫無戒心，不會引起對方任何警覺，洩露出心中的敵意。那感覺確不好受。

屠奉三更清楚盧循今晚再難混水摸魚佔便宜，因爲有司馬道子在場助陣，不單令他們實力遽增，更使陳公公難以暗助盧循，至乎沒法向盧循傳遞信息。

當然，這是假設陳公公確與孫恩有關係而言。

盧循或許正埋伏在附近，但由於他沒法掌握最新的情況，只能伺機而動，隨機應變。但如果事情如蒯恩所料般進行，盧循肯定沒有機會。

蒯恩確是不可多得的人才，難怪侯亮生著他來投靠自己。

司馬道子充滿威嚴的聲音傳入耳中道：「現在情況如何？一切看來非常平靜，沒有絲毫異常。」

司馬元顯答道：「到此刻爲止，我們尚未發現敵人的影蹤。」

司馬道子一呆道：「是否情報有誤？」

屠奉三目光投往淮月樓的聖地東五層，道：「這正是乾歸高明處，也是最超卓的刺殺策略，事前不見半點徵兆，到他發動時，主動完全掌握在他手上，且是雷霆萬鈞之勢，如我們到那時才醒悟，一切都遲了。」

司馬道子沉聲道：「好！你們猜到乾歸的手段了，快說出來讓本王參考。」

屠奉三微笑道：「這方面當然該由公子親自道出。」

此正爲屠奉三的高明處，乘機送司馬元顯一個大禮，故意含糊其詞，說得好像是司馬元顯識破乾歸的刺殺計畫，只要司馬元顯接受了，事情便與蒯恩無關。否則如牽扯到蒯恩身上，不但須費唇舌解釋蒯恩的來龍去脈，還暴露了己方人才輩出，對他們有害無利。

果然司馬元顯立即胸膛一挺，神氣地把蒯恩的猜測，當作自己的見地般說出來向他老爹邀功。

第六章　刺殺行動

劉裕返席坐下，不知如何，包括王弘在內，眾人都感到他和先前有點不同，卻又說不出不同在何處。

王弘道：「剛才你到外面去，我們藉機會交換意見，都認爲該對你坦白點，說出我們的心聲，讓劉兄進一步了解我們。」

檀道濟道：「由我代表大家把話說出來。我們六個人之可結成意氣相投的朋友，是因爲我們和其他高門子弟，有一個很大的分別，就是我們均認爲不能如此荒唐下去，有很不妥當的感覺，而天師軍的勢力擴張得這麼快，也令我們心中響起警號。對司馬氏朝廷我們已經絕對失望，對桓玄的所作所爲也不敢恭維，所以劉兄是我們最後的一個希望。」

劉裕平靜的道：「你可知若這番話傳入司馬道子耳中，你們六位肯定不得善終。」

郗僧施道：「只要我們表面上保持消極隱遁的名士生活方式，是不會有人懷疑我們的。剛才我們是故意裝出放縱的樣子，讓劉兄親睹。而當時看劉兄的神情，肯定被我們騙倒了，深信不疑我們是無可救藥的高門子弟。」

劉裕爲之愕然，想不到適才親眼所見的竟是個幌子。眼前六人不但是建康新一代名士裡「眾人皆醉我獨醒」的有心人，且是懂得謀術的有志之士。不過心忖也難怪自己看走眼，因爲他的心神全放在殺乾歸一事上。

王弘道：「我們建康六友絕不會有賣友求榮的卑鄙小人，六人志向一致，請劉兄明白。」

劉裕曉得懷疑他們中有內奸一事，已深深傷害了王弘。說到底，王弘始終深具名士性情，不像他這般清楚人心的險惡。

毛修之道：「我本是四川大族，被另一大族譙縱害得家破人亡，而背後支持譙縱的，正是桓玄。此仇不可不報。劉兄已是我們唯一能指望的人，只要劉兄一句話，我們建康六友會全力匡助劉兄。沒有人比我們更清楚建康的政治，且我們人人身居要職高位，對建康年輕一代有很大的影響力，否則王兄不會因遭司馬道子之忌，致差點沒命。」

劉裕心中同意，他現在最缺乏的，正是建康高門的支持，特別是年輕一代的擁護。眼前正是一個打進建康高門子弟圈的機會，但他眞的可以完全信任他們嗎？如果他們之中確有人暗地爲桓玄出力，只要把今晚他說的話洩露給司馬道子，來個借刀殺人之計，他肯定完蛋大吉，還會死得很慘，屠奉三、宋悲風等全要陪葬。

可是如果他不接受他們，對他們的滿腔熱情澆冷水，後果同樣堪虞。

殺乾歸當然重要，但他們的「投誠」亦是舉足輕重，影響到將來的成敗。他們看中劉裕，是因爲他在軍中的影響力；而自己看上他們的地方，便是他們在建康政壇上的實力。軍事政治，缺一不可。

劉裕忽然道：「郗兄爲何不點燃菸管，享受呑雲吐霧之樂呢？」

眾皆愕然，不明白劉裕在談正事之際，爲何忽然扯到無關的事上去。

郗僧施苦笑道：「我是想得要命，可是今晚有不准服藥的規矩，我只好忍著。」

一直很少說話的朱齡石笑道：「郗兄菸管裝的並非普通菸絲，而是非常難求的『流丹白雪』，是丹家以七返九還的文武火提煉而成，最佳服食方法莫如燃燒後吸取其煙氣，服後神清志明，煩惱盡去。」

檀道濟訝道：「劉兄爲何忽然問起此事來？」

劉裕道：「郗兄這『流丹白雪』，是否新近才得到呢？」

郗僧施大奇道：「劉兄怎猜到的？我是今天才以重金向李淑莊購入一小瓶，這好東西在建康長期缺貨，而今次更是最上等的貨色。」

劉裕沒有直接答他，再問道：「你們在我來之前服用過了嗎？」

朱齡石答道：「只是人人淺嚐一口，本待劉兄到來，讓劉兄可以品嚐箇中妙趣，讓大家可以開懷暢談，拋開所有顧忌。」

劉裕又道：「郗兄通常在甚麼情況下，吸服此丹藥呢？」

眾人開始感到劉裕鍥而不捨追問這方面的事，其中大有深意。只有王弘明白到可能與敵方用毒有關。

郗僧施道：「當然是在清談的場合裡，沒有這東西，總像缺了甚麼似的。」

檀道濟道：「請劉兄明白，對甚麼五石散、小還丹諸如此類的丹石，我們早停止服用，唯獨這『流丹白雪』，我們仍有興趣，是因其沒有甚麼後遺症。」

劉裕笑道：「那麼李淑莊豈非最清楚建康名士服藥的情況？」

諸葛長民點頭道：「劉兄思考敏捷，實情確是如此，而我們仍不斷向她買此藥，也是掩人耳目的手段。當點燃丹粉時，其香氣可遠傳開去。」

劉裕整個人輕鬆起來，笑道：「言歸正傳，各位該明白我現在艱難的處境，是不能輕信別人，幸好我找到了一個大家可推心置腹的方法。」

眾人大訝，王弘奇道：「這也有方法可以證明的嗎？」

劉裕欣然道：「沒有不可能的事，現在請郗兄到窗旁去，點燃丹粉，吸一口後只把煙氣噴到窗外去，稍待一刻便會有非常刺激的事發生。」

小艇停在淮月樓上游二十多丈處，可以監察目標河段的情況。

蒯恩正把玩一把大弓，像把弄心愛的珍玩般，愛不釋手。

宋悲風道：「只看小恩拿弓的手法，便知小恩是善射的人。」

蒯恩道：「全賴侯爺的提點，所以我在騎射上特別下了苦功，每天清早都到郊野練習騎射，不敢懈怠。」

宋悲風目光投往秦淮河入大江的水口去，沉聲道：「你還有信心認爲乾歸會來嗎？」

蒯恩點頭道：「侯爺常訓誨我，作出判斷後，要深信自己的看法，堅定不移的直至達成目標。在兵凶戰危的情況下這態度尤爲重要，因爲如臨陣仍三心兩意，成功也可能變爲失敗。這既是乾歸唯一刺殺劉爺的機會，而刺殺的方法只有一個，所以我深信乾歸不但會來，且是以我們猜想的方法行事，而我已做好了準備。」

宋悲風道：「小恩你或許仍未察覺，如果今晚確能成功捕殺乾歸，你便是立了大功，對你的前途會有很大的幫助。你與侯爺的關係，令你可以加入我們，但是否得到重用，還要看你的表現，今晚是一個大好的機會。」

蒯恩恭敬的答道：「小恩明白，多謝宋爺指點。」

宋悲風一震道：「眞的來了！」

蒯恩朝河口望去，一艘兩桅帆船正貼著北岸全速駛來，這艘船令人生出特異的地方，是其他船駛進秦淮河這交通頻繁的河道，都會減速以避意外的碰撞，只有它卻在不住增速，益顯其不尋常之處。

宋悲風喝道：「準備！」

負責划船的兄弟將船槳伸進河水裡，禁不住喘了一口氣。

司馬道子雙目瞇起來，語氣仍保持冷靜，道：「乾歸果然中計！」

屠奉三、司馬元顯和陳公公同時看到從大江駛進來的敵船，正如所料的靠著北岸逆流而上，迅速接近。

陳公公道：「這是乾歸的船。」

司馬元顯咋舌道：「逆流而上仍有此速度，可見操舟的必是高手。」

屠奉三沉聲道：「除非乾歸的手下裡有比他身手更高明的人，不用他親自出手，否則今晚乾歸是死定了。」

司馬道子喝道：「大家準備！」

乾歸一身夜行黑衣，立在近船首的位置，雙目閃閃生輝的盯著前方右岸高起五層的淮月樓，身旁是一台經改裝的投石機。

河風吹來，令他感到意滿志得。

他感覺自己正處於最巔峰的狀態，有把握完成今晚經精心策畫的刺殺任務。今夜的行動，絕不容有失，不但能大大提升他在桓家的地位，更可以使他名震天下，粉碎劉裕是殺不死的眞命天子的神話。

他左手提著是只要是凡人，不論其武功如何高強，也沒法消受的殺人利器「萬毒水炮」，乍看只是個長三尺、寬半尺的圓鐵筒，可是裡面盛著的卻是由四川譙家煉製而成，具有高度腐蝕力和毒性的萬毒水，設計巧妙，只要他以內勁催逼，毒水會裂封而出，向劉裕灑去，僅須有十分之一的毒水命中劉裕，保證他會死得很慘，如噴到眼睛，他肯定立即變成瞎子。

這會是最精采的刺殺行動，來如閃電去似狂風，當投石機把他送上劉裕所在的東五層，他會發動雷霆萬鈞的一擊。

那時小船已在河面掉頭，當他功成身退，船身應剛抵達最靠近淮月樓的下方，而他則可從容投往船上由手下拉開的大網裡，不會因過高而跌傷。

接著當然是揚帆入江，溜回江陵去。

手下叫道：「一切如常，沒有敵人的形跡。」

乾歸仍不放心的細心以雙目掃視遠近河面，認爲一切妥當後，提氣輕身，躍上「投人機」發射「人彈」的位置。

如此進行刺殺，肯定是創舉，說不定可以在刺客史上留下千古傳誦的威名。

當乾歸想到如果劉裕死了，看荒人還怎把甚麼「劉裕一箭沉隱龍，正是火石天降時」的故事繼續說下去，戰船已抵淮月樓的河段。

乾歸心神專注，把所有胡想雜思全排出腦外，心中不著一念，喝道：「發射！」

「砰！」

投石機爆起激響，乾歸像石彈般斜斜射往上方，越過廣闊的河面，朝淮月樓的頂層投去。

這種騰雲駕霧的感覺他已非常熟悉，因爲在過去兩天，他曾在荒野處反覆練習，此次雖多了風浪這因素，他仍可以憑本身的功夫補其不及處。

秦淮河的美景盡收眼底，不過他的心神卻全集中在東五層處。

倏忽間他來到了四十多丈的高空，彈勢轉弱，離東五層仍有七、八丈的距離。

乾歸運轉體內眞氣，重新操縱控制權，「颼」的一聲朝東五層其中一窗撲上去，雙手提起「萬毒水炮」，準備對劉裕作出致命的一擊。

下一刻他已升至其中一個落地窗的位置，仍未弄清楚情況，一個黑影物體已迎頭照面的撞過來。

以乾歸的鎭定功夫，亦要立即嚇得魂飛魄散，曉得不妙，危急間他本能地發射水炮，毒水一蓬急雨般朝前噴射，卻盡射在飛來物之上，此時他才看清楚是張方儿。

劉裕的聲音傳來道：「乾兄不請自來，理應受罰！」

乾歸心知糟糕，哪還有時間思量爲何形跡會敗露，縱曉得小船仍未趕到接載他的位置，也不得不立即退卻。他也是了得，大喝一聲，伸腳一點，正中方儿，方儿立即反方向投回破窗裡去，他即借力一個翻身，往下面的秦淮河投去。

那一腳用盡了乾歸積蓄的眞氣，不但化去了劉裕蓄勢以待的眞勁，還使方儿倒飛而回，令對方沒法續施突襲，但也令他氣血翻騰，眼冒金星。

剎那間他下墜近二丈，就在這時，他聽到弓弦急響。

乾歸心叫救命，聽風辨聲，勉強在空中借彎曲身體避開少許，但仍難逃一劫，驀然左肩椎心劇痛，長箭挾著凌厲的眞勁，從肩膀處射入，透背而出。

乾歸慘哼一聲，被勁箭的力道帶得往北岸的方向拋落過去，再拿不著「萬毒水炮」，任它脫手下墜。

不用刻意去看，他已知敵人闖上自己的戰船，正展開屠戮，兵刃交擊之聲從上游河面處傳入耳內。

乾歸右手抓著長箭，運勁震斷近箭鋒的一截，硬把箭拔出來。

此時他正頭下腳上的往下掉，離河面不到二十丈，只見數道人影從雨枰台臨河的平台處斜掠而起，擺明要在空中攔截他，其中一人正是陳公公。

不論乾歸如何堅強，此刻也禁不住英雄氣短。一切彷若在沒法掙扎逃避的最可怕夢魘裡，本來天衣無縫的刺殺行動，變成了反令自己陷入敵人陷阱的愚蠢之舉，事前哪想過事情會朝這沒法接受的形勢發展。

乾歸暴喝一聲，反手拍在自己天靈蓋上，骨裂聲立即響起。

縱然要死，亦不能假手於人。

最後一個念頭是如果不是被不知名的敵人射中一箭，令內腑受重創，功力大打折扣，他該還有一拚之力，只要遁入水中，便有逃生的機會。

兩劍一刀一掌，同時命中他的身體，但他再沒有任何感覺。

劉裕和王弘等人，在東五層居高臨下，清楚看到乾歸退走、中箭、自盡的整個過程，似是在眨眼間已告結束。

王弘等固是看得目瞪口呆，動魄驚心，劉裕也是心中感慨。

不是你死，便是我亡。

如果不是任青媞提醒他，今晚死的大有可能是他劉裕。

建康六友沒有內奸問題，問題該出在有「清談女王」之稱的李淑莊身上。她不但讓他們可在東五層聚首，還在聚會前把「流丹白雪」賣給好此道的六友。這可令人忘憂快樂的丹粉肯定被乾歸的人加上毒粉，能削弱他應變的能力，令他更避不過乾歸的突襲。如任乾歸厲害的水器朝廂房內噴發，其他人也要遭殃。

在下層廂房該有乾歸的人，嗅得香氣後立即以手法通知在附近的同夥，輾轉知會乾歸，使他能及時趕來進行刺殺。

他該如何對付李淑莊呢？雖然仍拿不著可指控她的真憑實據，可是只要和司馬元顯說一聲，李淑莊肯定難逃一死。不知如何，他感到這並不是明智之舉。

他還隱隱感到任青媞並不是一意助他殺死乾歸，而是希望他們兩敗俱亡。

關鍵處就在李淑莊身上。

如果明天她沒有逃亡，他會去拜訪她，看她究竟是如何有辦法的一個女人。

今夜甚麼都夠了。

第七章　芳心難測

邊荒集，老王饅頭舖。

高彥、姚猛、慕容戰、小軻等十多人霸佔了整個店內吃早點。如換了是平日，這時候肯定他們每一個人仍在睡覺，或是才要準備上床睡覺。只因昨夜他們陪同方總到鎮荒崗「嗅敵」，到曙色初現才回來。

姚猛道：「那姓劉的傢伙果然有點道行，想出來的東西比卓瘋子更難以置信，豈知竟給他押中了，贏了漂亮的一手。方總眞的掌握到那秘族高手的氣味，且證實是類似花妖所有，印證到我們懷疑花妖是秘人是猜對了。今次方總的鼻子將可大顯威風。」

慕容戰教訓他道：「對劉先生尊重點好嗎？甚麼這傢伙那傢伙的直嚷，眞沒有分寸。」

高彥邊嚼饅頭，嘴裡含糊不清的道：「花妖的氣味原來這麼管用，這事交給方總，他是駕輕就熟。他奶奶的，我們見一個殺一個，直至把秘人趕離邊荒，如此才可顯出我們荒人的手段。」

姚猛還待說話，忽有所覺，朝入門處瞧去。

實際上店內沒有人不往店門處瞧去，因爲狀若瘋狂的卓狂生，正像一股旋風般捲進店內，一個箭步衝到高彥身後，雙手抓著他的肩膀，一把將他從椅子上像小雞般提起來，嚷道：「小子你今次走運了，還不好好感謝我？」

眾人先是靜了下來，接著轟然起鬨，知道事情肯定與小白雁有關。連老王也從灶房趕出來，問道：「甚麼事？甚麼事？」

高彥喜形於色道：「我的娘！是否她來了？」

卓狂生放下高彥，欣然道：「差不多是這樣。你的小白雁昨夜在壽陽報團參加邊荒遊，今早已乘船往邊荒集來。哼！看你這小子是否還會整天埋怨我。」

一時歡聲怪叫雷動，差點把老王的店子震塌了。

高彥聽完便往店門衝過去。

卓狂生一個閃身，搶先一步攔著門口，喝道：「你發瘋了嗎？到哪裡去？」

高彥捧頭嚷道：「不要攔著我！我要立即去會老子的小雁兒。」

慕容戰喝道：「抓他回來！」

當場有幾名兄弟幫忙，拉拉扯扯的把他硬按回原位去。

卓狂生罵道：「你這小子眞是成事不足敗事有餘，面對這麼一個關係到你終身幸福的大關口，怎可魯莽行事？今次成功失敗，全看我們能否謀定後動，一旦給你弄砸了，所謂覆水難收、破鏡難圓，到了那樣的田地你可不要怨人。」

老王老氣橫秋的道：「卓館主說得對！你該虛心請教在這方面有成功經驗的人士。女人的心不是那麼容易捉摸的，像你這樣，明明喜歡你也會被你愛得發瘋的駭人模樣嚇怕。想當年我……」

王嫂的聲音從灶房傳來道：「老王你給我立即滾回來！」

老王聞聲立即在眾人的噓笑聲中，似鬥敗公雞的回灶房去。

高彥喘息道：「我現在該怎麼辦？」

姚猛道：「情場如戰場，首先是要知己知彼，弄清楚小白雁究竟是尋夫還是找仇人算賬？你這樣趕去會她，會是吉凶難料。」

高彥咕噥道：「當然是尋夫，難道眞爲到邊荒集來觀光嗎？」

卓狂生在他桌子另一邊掉轉椅子坐下，抓著椅背油然道：「事情頗爲離奇，穎口幫的人問她知否你的情況，她卻嗤之以鼻說她曉得你的道行，肯定你只是詐死；問她聽過正傳得沸沸揚揚的〈高小子險中美人計〉沒有，她竟說本姑娘沒有興趣。嘿！她的小腦袋究竟在轉甚麼念頭呢？」

小軻道：「老大你確要冷靜點，先弄清楚她的意向，見招拆招。照道理憑她的身手，根本不用參團到邊荒來。」

卓狂生道：「此正關鍵所在。她先問邊荒遊是否有一條規矩，儘管參團的是敵人，只要恪守邊荒遊的規矩，我方便須竭誠招呼。」

慕容戰拍腿道：「那她肯定沒聽過〈高小子險中美人計〉，還以爲我們仍當她是敵人，而你則是救命的英雄。今次糟糕哩！女人最討厭不老實的男人，最恨人騙她，如給她發現眞相，肯定會親手殺夫，事後我們可沒法爲你報仇。哈……」

眾人齊聲起鬨大笑，場面混亂熱烈。

高彥哭著臉向卓狂生道：「好的壞的全是你這傢伙弄出來的，快給我想辦法解決。」

卓狂生搖頭嘆道：「你這小子只懂怨人，你奶奶的，都說要謀定後動了！有甚麼可怕的，全集的人都站在你這一邊，豈有我們辦不到的事？你先給我冷靜下來。大家不要那麼吵！」

店裡立即靜至落針可聞。

清輝怪聲怪氣的道：「我認爲高少只有兩個選擇：一是繼續扮英雄；一是做回原來的狗雄。」

眾人沒法控制的狂笑起來，把僅有一點嚴肅正經的氣氛破壞無遺。

「砰！」

眾人收止笑聲，看著慕容戰拍在桌上充盈著力量的手掌。

慕容戰道：「現在豈是胡鬧的時刻？小白雁之戀已成天下皆知的事，更關係到我們荒人的榮辱、老卓的天書。」

姚猛苦忍著笑的道：「對！爲了大局著想，高小子雖然一向得罪人多，得人心少，但我們好應拋下私人間的恩怨，爲他最渴望的洞房花燭夜而努力。」

高彥怒道：「去你娘的恩怨，我是你的殺父仇人嗎？」

眾人又笑起來，不過已比先前克制多了。店內充滿歡樂、嬉鬧和唯恐天下不亂的熾熱情緒。

卓狂生道：「總而言之，不論小白雁因何而來，事實上她終究來了，來了便有機會。如果高小子不好好掌握這個機會，小白雁之戀恐怕到此爲止，高小子只能在傷心絕望下，孤單抱憾的度過下半輩子。」

清輝道：「怎樣才算是把握到這機會呢？任何行動，必須定下清晰明確的目標，才能運籌帷幄。今次高小子的目標是甚麼呢？」

另一人怪叫道：「當然是把小白雁騙到榻子上去，把生米煮成熟飯。」

店內再爆哄堂大笑，人人你一句我一句的爭著獻計，鬧得天翻地覆，亂過當今的天下形勢。

卓狂生大喝道：「全都給我閉嘴！」

眾人乖乖的再不敢吭聲。

卓狂生道：「首先我們要決定高少該留在邊荒集等候未來嬌妻，還是敲鑼打鼓的乘船去迎接？何者爲利？何者爲弊？」

慕容戰道：「你接到的飛鴿傳書，說的是昨夜發生的事，但小白雁今天是否登船，仍未能證實。或許她的參團只是買一個我們荒人的安全保證，事實上她昨夜早趕往邊荒集來了。」

小軻點頭道：「有道理！以她的腳程，若昨夜動身，肯定可比樓船早一天到達。」

清輝道：「那便要看她是否愛夫情切，又或報仇心切了。」

姚猛嘆道：「不要再耍高小子了，你們看看他的可憐樣兒，怎忍心呢？」

高彥怒道：「你才可憐，老子現在的鬥志不知多麼旺盛，甚麼情況都可以應付。」

卓狂生劇震道：「對哩！贏取小白雁芳心的方法，就是扮可憐，讓小白雁看到高小子對她無私的奉獻和犧牲，看到高小子爲愛她而不顧一切。」

高彥搖頭道：「這一套在小白雁身上是不管用的。她最在乎是否夠刺激好玩，如果我變成個扮可憐的悶蛋，肯定她會一腳把我踢出邊荒。」

慕容戰道：「高小子還是做回自己好哩！紙終包不住火，給她拆穿眞相只會弄巧成拙。幸好至少尚有兩天的時間，我們大家好好爲高少想辦法。」

高彥痛苦的道：「這幾天我怎麼去捱呢？明明可以早些兒見到她，卻要在邊荒集苦守。」

小軻道：「如果老大你迎船去了，小白雁卻從陸路趕來，豈非是失之交臂。我們可沒有本領纏她，被她到說書館聽到〈小白雁之戀〉的那台說書，更是吉凶難卜。」

高彥向卓狂生怨道：「要裝神的是你，叫扮鬼又是你，弄到現在我進退兩難，快給老子將功贖罪。」

卓狂生待要說話，王鎭惡出現在門外，進來道：「幹活的時候到哩！」

店內人人收斂笑容同時起立，登時殺氣騰騰隨王鎭惡離開老王饅頭店。

方總的以鼻搜敵有結果了。

建康城，青溪小築。

宋悲風、屠奉三和劉裕在廳內吃著司馬道子遣人送來的糕點，顯示司馬道子對昨夜成功殺死乾歸，非常滿意。

三人亦心情大佳，所以雖然睡了不到兩個時辰，仍感精神飽滿。

宋悲風道：「唯一的遺憾，是沒法試探到陳公公和盧循的關係。」

屠奉三淡淡道：「我卻認爲有點不足才好，滿反招損，如果我們一下子把乾歸和盧循都收拾了，會令司馬道子心中更顧忌我們。留下盧循這個威脅，對我們是好事。」

劉裕向蒯恩道：「小恩感覺如何？」

蒯恩道：「我心裡舒服多了。」

屠奉三道：「小恩昨夜的表現非常出色，但千萬勿要因此而自滿，人要謙虛才能有進步。」

蒯恩恭敬答道：「小恩會謹遵屠爺的訓誨。」

宋悲風笑道：「小恩的箭術出乎我意料的好，不論掌握的時間、角度和勁道，均無懈可擊，已臻大家的境界。」

劉裕道：「小恩好好的幹，我會給你盡展所長的機會。」

屠奉三道：「小恩除射箭外，還有甚麼特長？」

蒯恩謙虛的道：「我曾當馬僮，熟悉馬性。到侯爺手下辦事，更兼管馬廄，在養馬、牧馬方面算是有點心得。」

屠奉三笑道：「我會記著。」又道：「小恩你立即到馬舖去，看看有沒邊荒集來的消息。」

蒯恩領命去了。

宋悲風和劉裕知他是故意遣開蒯恩，靜下來待他說話。

屠奉三沉吟片刻，道：「李淑莊該不是桓玄的人，此女三年前已在建康生根，以當時我和桓玄的關係，她如是爲桓玄辦事，是沒有可能瞞過我的。」

宋悲風道：「到現在我仍不明白，爲何昨晚我們不直接尋她晦氣，還讓她有逃走的機會，說不定此刻她早遠離建康。」

屠奉三道：「這就叫礙於形勢，事實上我們仍拿不到她的把柄，更不得不考慮她在建康的影響力。司馬道子的確可將她治罪正法，亦沒有人敢爲她出頭，但必招致建康朝野的反感，連累我們聲譽受損，故智者不爲。最聰明的方法，是反過來控制她，而此事必須劉爺親自出馬。」

劉裕從容道：「我已要王弘去約她見面，該快有消息來哩！」

宋悲風道：「最怕她已畏罪潛逃。」

屠奉三搖頭道：「我肯定她仍在建康。在計畫反行刺行動時，我曾查過她的底細，綜合各方面來的情報，她是個八面玲瓏的女人，在黑白兩道非常吃得開，對朝野均有一定的影響力，和司馬道子的關係也相當不錯。」

劉裕訝道：「難道司馬道子也好五石散嗎？」

屠奉三道：「桓玄也好，司馬道子也好，服食五石散便像你和我喝酒般普通正常。這是南方高門的陋習，我也嚐過幾次，確有令人樂而忘憂神遊飄然的感覺，你試過一次便明白了。」

劉裕道：「屠兄爲何把小恩支走？」

屠奉三道：「因爲我想談任青媞的事，不宜有他在場。」

劉裕道：「你是否猜測任青媞和李淑莊有關係呢？」

屠奉三道：「你不覺得任青媞走得非常突然嗎？」

劉裕道：「屠兄是不是懷疑李淑莊是逍遙教的餘孽？」

屠奉三道：「這個可能性微乎其微。李淑莊五年前到建康來，在秦淮樓當了三天青樓姑娘，便被淮月樓的大老闆古蒼看中，收了她作媵妾。由於她做生意的手段非常出色，辦事能力高不在話下，更擅長應酬建康的權貴，所以漸受古蒼倚重。三年前古蒼忽然因服食過量藥物而暴斃，淮月樓便落入她的手上，隨後她開始大做五石散的買賣，令財富暴增。憑著疏財仗義的慷慨作風，更令她成爲紀千千外建康最紅的名女人，這樣的一個人，該不是活動範圍限於北方的任遙能支持和控制的。她的後台該在南方，例如她五石散的貨源是從哪裡來的呢？」

宋悲風道：「李淑莊確是個有辦法的女人，不過安公生前對她印象很差，故從不肯踏足淮月樓半步。李淑莊出名愛俊俏郎君，不少高門子弟都曾和她偷期暗會，雖不致面首三千，但數目肯定不少。」

劉裕開玩笑道：「原來是個挑嘴的女人，那我該不合她的胃口了。」

宋悲風道：「這些事與任青媞有何關係？」

屠奉三道：「我在懷疑李淑莊是聶天還的人。」

劉裕一震道：「若是如此，所有以前想不通的事便可迎刃而解。」

宋悲風一頭霧水的道：「我仍不明白。」

屠奉三道：「桓玄和聶天還是合作的夥件，如果李淑莊與聶天還有關係，當然會在刺殺劉爺一事上助乾歸一臂之力。任青媞則因聶天還而與李淑莊暗中有往還，故清楚乾歸的計畫。李淑莊確有助乾歸的心，只是沒想過任青媞會出賣他們。而任青媞亦是不安好心，要乾歸在成功刺殺劉爺後，沒命回江陵去。不論誰生誰死，她都是大贏家。」

宋悲風吐出一口涼氣道：「這女人眞惡毒。」

此時王弘來了，欣然道：「眞想不到李淑莊想都不想的一口答應見劉兄，時間是今晚酉時中，地點是淮月樓後院臨河的望淮亭，條件是劉兄須單獨去見她。」

宋悲風嘆道：「奉三猜對了，她果然捨不得家當。」

屠奉三道：「她根本不怕我們能拿她如何，還要試劉爺的膽量。」

劉裕道：「如果我不敢去，以後還能在她面前抬頭做人嗎？」

屠奉三道：「如果你遇上盧循，有把握保命逃生嗎？」

劉裕微笑道：「你竟忘記了我是誰嗎？眞命天子是殺不死的。」

第八章　半把仙匙

巴陵城。

聶天還在當地著名的洞庭樓品茗之際，郝長亨親自送來由壽陽傳至的最新消息，聶天還看罷，露出除郝長亨外沒有人能明白的神色，其間糅集了既驚訝又失落，喜怒難分。

郝長亨低聲道：「眞令人難以相信。由前天開始，潁口幫請來說書先生，在邊荒大客棧每夜三台的說〈高小子險中美人計〉的故事，惹得全城轟動，荒人的怪招眞是層出不窮。」

洞庭樓臨湖而建，樓高兩層，兩人的桌子位於二樓靠窗的一角，透窗可將洞庭湖的美景盡收眼底。

聶天還沉吟不語，顯然一時間仍沒法接受信內傳達的現實情況。

郝長亨道：「如果〈高小子險中美人計〉內說的有七成是實情，那對桓玄會是個頗大的挫折，更可看出桓玄對我們亦非推心置腹，竟瞞著我們和巴蜀譙家勾結，否則譙縱之女譙嫩玉怎會爲他辦事？不過今次譙嫩玉眞是把譙家的臉丟光了。」

聶天還咕噥道：「譙縱！」

郝長亨道：「難怪桓玄能輕易控制巴蜀，譙縱是無名卻有實的巴蜀之王，自鏟除毛家後，獨霸成都，勢力擴展全蜀，控制著當地的經濟命脈，桓玄有他相助，確是如虎添翼，在資源上不虞匱乏，也把長江中上游完全置於其控制下，不可忽視。唉！想不到這麼重大的情況，竟是由荒人揭露出來。」

聶天還像聽不到他說話般，自言自語的道：「高小子竟大難不死？這是不可能的，他何德何能？竟能應付譙家名震天下的用毒奇技。」

郝長亨道：「此事確令人難以相信，不過我卻認爲理該屬實，因爲如果高彥已一命嗚呼，怎瞞得過人呢？」

聶天還深深吸一口氣，雙目射出茫然的神色，點頭道：「對！那高小子的確命大。究竟我們該高興還是失望？雅兒對此會有甚麼反應呢？唉！我操荒人的十八代祖宗，竟敢連我們和燕飛的賭約也乘機公諸於世，對我們的聲譽也造成打擊。」

郝長亨道：「在這方面荒人算是留有餘地，沒有提到燕飛在我們圍攻下成功救人贏得賭約……」

聶天還嘆道：「甚麼燕飛和我大戰一百回合，因不分勝負故識英雄重英雄，我爽快答應不干涉高小子和雅兒的戀事。他娘的！還有比這個更誇大失實嗎？傳入桓玄耳中他會有甚麼看法？」

郝長亨道：「這方面我們反不用擔心，只要桓玄的腦袋不是長在他的屁股上，就該明白荒人中，特別是卓狂生一貫誇張妄斷的作風，何況還是我們請他去殺高小子。我們該擔心的，是清雅知道此事後會怎麼想。」

聶天還道：「我的心很亂，你來告訴我該怎麼辦？」

郝長亨道：「最好是不要去想。」

聶天還失聲道：「甚麼？怎能不想辦法呢？」

郝長亨苦笑道：「事情的發展，已經失控，更是我們力所難及，只希望清雅能體諒幫主的心意，不致做出令幫主難堪的事。」

聶天還欲語無言。

郝長亨現出猶豫的神色，好一會兒後下了決心的問道：「高小子沒有死，大錯並沒有鑄成，假設清雅眞的投進他的懷抱，幫主可以接受嗎？」

聶天還呆了一呆，然後往他望去，頹然道：「我可以幹甚麼呢？如果可以由我決定，當然是絕不可以，可是女大不中留，唉！我怎忍心責罵她。」

郝長亨道：「假如高小子不是荒人，幫主會這般反對他們在一起嗎？」

聶天還道：「這不是他荒人身分的問題，而是人品的問題。這小子出名貪花好酒，色字當頭，最怕他是玩弄雅兒的感情，這樣的人怎會是好夫婿？」

郝長亨道：「說到貪花好酒，我們在江湖上打滾的誰不是這樣子？高小子兩次從荒人手上放走清雅，又敢到巴陵來，該是有誠意的。」

聶天還茫然的眼神轉爲銳利，瞪著郝長亨道：「你竟爲高小子說好話，是否想撮合他們？」

郝長亨忙道：「請幫主明白，我只是爲清雅設想，如她決定了一件事，誰都沒法子改變她。」

聶天還苦笑道：「你說得對！唉！雅兒是否眞的看上高小子呢？她不是最討厭花天酒地的男人嗎？若說外表，高小子——眞是不提也罷。如果雅兒愛上的是燕飛，我反更容易接受。論武功，十個高彥也打不過雅兒。對！嘿！非常對！最好是不要去想，聽天由命是在這情況下最好的辦法。」

稍頓又道：「北府兵出發了。」

郝長亨道：「北府兵一如所知的分兩路南下，第一場硬仗會在未來幾天發生。」

聶天還雙目閃動著凌厲的精芒，平靜的道：「我已和桓玄約好，當北府兵第一場大敗仗的消息傳來，便是我們剷除殷仲堪和楊佺期的時刻。」

郝長亨道：「我們已準備妥當，一百五十艘戰船正在候命，只待幫主一聲令下。」

聶天還連說了兩聲「好」，接著徐徐道：「長亨你去吧！我要獨自一人冷靜一下。」

孫恩從潛修的秘處飛掠出來，直抵俯瞰大海的高崖邊緣，精神攀上巔峰。

燕飛終於來了。

從邊荒回來後，他的黃天大法不住向上突破，已臻天人交感的至境。只恨他也清楚曉得，每精進一分，離開啓仙門便遠一分。

道理很簡單，只有太陽眞火和太陰眞水兩極相交，其產生的能量，始能破開虛空，飛昇而去，逃脫這人生幻夢的枷鎖囚籠。

他已具有太陽眞火之極，擁有破空而去的一半能力，卻欠另一半太陰眞水。

如果他能從頭練過，當然不會只偏重其一，可惜錯恨難返，他可以廢去武功重新開始嗎？這是不可能的，他的年紀也不容他這麼做。

太陽眞火本身也分陰陽，一切自備自足，豈知於開啓仙門來說，他現時擁有的只是半把鑰匙。

另外那半把在燕飛手上。

在太陽眞火上的修爲愈深，愈難於太陰眞水上著力，因爲這兩種極端相反的能力，在正常的情況下是互相排斥的，一個不好，便會走火入魔。

但這兩種相反的力量，在最極端的情況下，物極必反，會變成互相吸引，就像三珮合一時發生的情況。那種引力是凡世間任何力量也不能改變和阻撓的。

燕飛雖身具保持著某種微妙平衡的眞火和眞水，但仍未成氣候，尙未臻達開啓仙門的能力，可是如能破掉燕飛體內的眞火，逼他全力施展太陰眞水的奇功，他孫恩將可利用眞火和眞水間奇異奧妙的吸引力，一舉將燕飛的眞水奇氣吸個一滴不剩，據爲己有，再加降伏修煉，那破開仙門，當是指日可待的事。

燕飛來了，正不住接近，目的地該是建康。

在這世間，唯一一個能令他重見仙門的人來了。

他將會向燕飛送出戰書，約期決戰。

收拾了燕飛，天師軍將聲威大振，就算是他對自己一手創立的天師道盡最後一點心意好了。

慕容戰、卓狂生、王鎭惡、高彥、姚猛等一眾，來到北門的位置，拓跋儀、紅子春、姬別、陰奇和近五十名精銳高手正在等待，人人全副武裝，大部分人還帶備強弓勁箭。

他們聚集在驛站的廣場，百多匹戰馬在旁預備。

卓狂生道：「方總呢？」

方鴻生乃今次行動的靈魂人物，見不到他當然感到奇怪。

背上掛著大刀和短矛的拓跋儀欣然道：「來了！」

在江文清和費二撇左右護持下，方鴻生神氣地進入廣場，直抵眾人前方，道：「肯定藏在西北角其中一間荒宅內。」

西北角有百多間廢棄破落的房屋，荒人稱之爲北廢墟。

慕容戰問道：「如何發現敵蹤的？」

方鴻生道：「回來後，我沿著邊荒集的外圍走了個大圈子，到北廢墟時終有發現。爲了怕打草驚蛇，我不敢入墟搜敵，只沿著廢墟繞另一個小圈子，但再嗅不到敵人的氣味。我肯定現在躲在墟內的與鎮荒崗的刺客是同一個人。」

高彥狠狠道：「膽子夠大！惹了我們後還敢躲回邊荒集內。」

卓狂生道：「這叫藝高人膽大，如果我們能在他的邪功回復前找到他，可省卻很多氣力。所以行動宜速不宜遲，請戰帥下令。」

慕容戰目光投往戰馬，道：「蹄聲會令敵人驚覺，故我們棄馬不用。我和方總、拓跋當家、卓館主、紅老闆五人入墟搜人。其他人由大小姐指揮分配，務要把整個廢墟圍得密不透風。此人等於另一個花妖，或許便是秘族最厲害的萬俟明瑤，絕不可以掉以輕心。」

眾人不敢喧譁，點頭答應。

王弘去後，司馬元顯神采飛揚地來了。

經過昨夜一役，至少他在表面上和宋悲風再沒有芥蒂，此刻碰頭當然不會出現尷尬的情況。

司馬元顯坐下興奮的道：「乾歸今次是害人終害己，自食其果，更等若我們照面摑了桓玄一個清脆漂亮的大耳光，我爹不知多麼高興，但也奇怪我們可如此精確掌握乾歸的行動。不要瞪著我，我可沒有向他透露任青媞的秘密。噢！差點忘了，我爹問我建康六友裡哪個是奸細，我說要問過劉兄後才弄得清楚。」

劉裕生出司馬元顯是朋友的古怪感覺，坦然道：「他們之中該沒有奸細。」

司馬元顯大感錯愕。

屠奉三解釋道：「乾歸該是從別的管道得到聚會的消息。想想他那枝會噴毒水的水炮便明白，如果朝廂房正中的位置噴射，定會波及其他人，而那枝水炮噴射的範圍是可以調整的，我們在水底找到水炮，正調至可籠罩最大的範圍，由此可判斷乾歸的目標是廂房內所有人，如果裡面有他的人，他豈會這般做。」

司馬元顯點頭道：「還是你們想得周詳。」

宋悲風問道：「俘虜情況如何？」

司馬元顯道：「乾歸那批人全是悍不畏死的人，如不是宋叔親自出手，恐怕留不住活口。現在只傷未死的有三個人，待他們的情況轉好，我爹會派專人伺候他們，休想隱瞞半句話。我爹常說，人是不可能捱得過嚴刑逼供的，只看何時崩潰屈服吧！」

三人均感心寒，不是因司馬道子用酷刑，而是他對人的看法，顯示他是天性冷酷殘忍的人，才有這種信念。

尤其是宋悲風，長期生活在謝家詩酒風流的生活氛圍裡，更感難對一個活生生、有血肉、有感覺的人施刑。

司馬元顯道：「今次於這麼短的時間內成功殺死乾歸，我爹高興得不得了，正想著如何重賞你們，我告訴他說你們要的是能為朝廷建功的機會，我爹答應會好好考慮，還請劉兄、屠兄和宋叔今天到皇宮去和他共進午膳。我會陪三位去，負責領路。」

劉裕和屠奉三交換個眼神，均感眼前成果得來不易。從邊荒走進皇宮去，其中經歷過多少風浪，這條長路是多麼艱難。

當然不能排除有豺狼之性的司馬道子是要來個狡兔死走狗烹，乘機幹掉他們。可是如司馬道子眼光這麼淺短，認爲乾歸這狡兔比另兩頭狡兔桓玄和孫恩更重要，他們也只好認命。

這個險是不能不冒的，否則過去所有努力將盡付東流。

最大的可能性是司馬道子對他們完全改觀，認爲他們確是忠心爲他辦事，至少在桓玄和孫恩覆亡前，決定好好利用他們，故以皇宮的威勢懾服他們，以王朝的榮耀籠絡他們。這該是較合理的解釋。

司馬元顯忽然壓低聲音道：「有一件事我本不該告訴你們，但我眞的當你們是戰友夥伴，瞞著你們便太沒有江湖義氣。」

劉裕訝道：「究竟是甚麼事？」

屠奉三和宋悲風都聚精會神聽著，緊張起來。

司馬元顯道：「我爹現在才眞的對你們放心，以桓玄的爲人，你們這樣幹掉他手下最出色的大將，他定會報復。所以我們現在變得共坐一條船，榮辱與共。」

劉裕頓然輕鬆起來，隨口問道：「既是如此，王爺爲何不肯信任劉牢之呢？他不是殺了王恭嗎？」

司馬元顯冷哼道：「你們怎同於這個反覆難靠的小人呢？他可以背叛桓玄，也可以背叛朝廷，加上他沒有向爹報告見任青媞的事，爹對他已不存厚望。」

屠奉三道：「公子可以完全信任我們，大家講的是江湖義氣，那是永不會改變的。」

劉裕明白屠奉三並不是說謊，只是沒提出看準了與桓玄的抗爭，是先敗後求勝的情況，那時大晉朝早完了，根本不存在效忠的問題。更心忖如果能保住司馬元顯之命，自己肯定會這麼做。這便是江湖義氣。

司馬元顯嘆道：「昨晚我興奮得沒闔過眼，今次比那趟在大江應付郝長亨更刺激。最妙是一切全屬猜測，直到要行動仍是茫無頭緒，不住要隨機應變，至最後一刻才險以毫釐地先一步掌握到敵人的行蹤，過程又是驚心動魄，就像高手對決在瞬息間分出成敗，那種感覺眞是令人非常回味。」

宋悲風捧他道：「全賴公子領導有方。」

司馬元顯俊臉一紅道：「在你們面前我怎充得起英雄來呢？不過我的確學到很多東西。只要你們肯爲朝廷效力，我司馬元顯保證朝廷不會薄待你們。」

劉裕想起約了今晚見面的李淑莊，順口問道：「建康高門對昨夜的事有何反應。」

司馬元顯道：「當然是轟動全城，早朝時且有大臣問爹是怎麼一回事。爹只說出一半事實，當然沒有透露乾歸與桓玄的關係，更隻字不提各位，只說我成功擒殺一個爲禍巴蜀多年的巨盜，更指出乾歸是殺四川毛家之主的凶徒，會把他的屍首懸掛在午門示眾三天。」

宋悲風搖頭嘆道：「想不到縱橫多年的乾歸，竟落得如此下場。」

劉裕再問道：「淮月樓的大老闆有甚麼反應？」

司馬元顯雙目亮了起來，道：「我昨夜已親自向她賠不是，還答應爲她修補東五層。不如我們也找一天到東五層風流快活，好好回顧斬殺乾歸的壯舉。如何？」

三人都無言以對，深切明白到李淑莊在建康的影響力。

第九章　荒墟追凶

江陵城，桓府。

桓玄坐在書齋內，心中只想做一件事，就是殺人。

他今天先後收到兩個消息，一個比一個壞，以他的剛毅不屈，也感到承受不起，只有敵人的鮮血才可以鎮定他波動的情緒，讓斷玉寒飽飲敵人的血。

第一個消息是高彥竟然沒有死，且被荒人借說甚麼〈高小子險中美人計〉廣為傳播，既對他冷嘲熱諷，又暴露他與譙縱的緊密關係。

譙縱類似另一個聶天還，各有其實力，後者擁有龐大的戰船隊，譙縱則操控巴蜀富甲天下的資源。

與譙縱的關係並不是一朝一夕建立起來的，早在征服巴蜀前，他已和譙縱暗中往還，由他向譙縱供應巴蜀地區最缺乏的鹽，而譙縱則向他輸出鐵，這方面的事桓沖是知道的，卻沒有干涉他，因為沒有鐵，荊州軍在兵器供應上會出問題。

在某一程度上，譙縱是由他一手捧出來的。

所以淝水之戰後，荊州軍兵權落入他手裡，他立即趁勢揮軍伐蜀，譙縱則大力幫忙，在裡應外合下，收復巴蜀，譙縱在他奏請朝廷下封益州公，成為巴蜀第一大族。

譙縱雖比他年長十七年，但大家同是望族出身，意氣相投，均具大志。他桓玄是要取司馬氏而代之，譙縱則希望成爲天下第一衣冠，代替式微的王、謝二家，所以兩人一拍即合，惺惺相惜，與聶天還因利益而結合的關係，有天壤之別。

所以他信任乾歸，不住提拔他。

而乾歸這麼了得的人，竟然死了，這簡直難以相信，更難以接受，偏已成事實。這是接踵而至的另一個更壞、更令他震驚的消息，其震撼力僅次於王淡眞之死對他造成的打擊。

乾歸的人幾全軍覆沒，只有七、八個人倉皇逃離建康，並傳來飛鴿傳書，說出乾歸被殺的情況。

他曉得乾歸是栽在甚麼人手上，肯定是屠奉三。他太熟悉屠奉三了，只從手法便知道有屠奉三在暗中主持大局。

他重用乾歸，是看中乾歸與屠奉三是同類的人，深謀遠慮、冷酷無情、善於策畫，像永遠不會犯錯的模樣。豈知他以之代替屠奉三的乾歸，竟反被屠奉三宰了。這對他是極大的諷刺。

現在屠奉三已成他的附骨之蛆，無孔不入的來反擊他，且招招命中要害。侯亮生亦是因與他勾結被揭穿，而飲毒酒畏罪自盡。

如果侯亮生是他的左臂，乾歸便是他右臂，兩臂均被屠奉三斬斷了。

他的斷玉寒要飽飲的鮮血，是屠奉三的血，劉裕反變成次要。

「青媞小姐到！」

任青媞美麗的倩影映入桓玄眼簾，縱然在心情如此惡劣的時刻，桓玄仍感到心神鬆弛下來，舒緩了五臟六腑像倒轉過來的苦楚。

這難以捉摸的美女在他身前緩緩坐下，輕輕道：「青媞向南郡公請安問好。」

桓玄並不像平時般慣性以目光巡視她動人的肉體，反冷冷的瞅著她道：「劉牢之態度如何？」

任青媞平靜的道：「他怕你。」

桓玄愕然道：「怕我？」

任青媞道：「這麼丟臉的事，他當然不會親口說出來，而是奴家的感覺。不過他肯見我，已代表他有混水摸魚的想法。他要奴家轉告南郡公，現在的情勢仍未是與南郡公聯手的時候，當時機出現時，他才會考慮是否支持南郡公。」

桓玄冷哼道：「仍是那麼不識好歹。」

任青媞忽然垂下螓首，似枕邊細語輕柔的道：「南郡公今天有甚麼心事呢？」

桓玄心中湧起連自己也不明白的情緒，只想撲將過去，把這至今仍是欲迎還拒的狡猾美女按倒地蓆上，肆意猥褻，如此方能發洩心中恚憤之氣。但也知道時地均不適宜，因爲在曉得任青媞抵達江陵前，他已遣人去請譙嫩玉來，這位與任青媞有不同風姿的美女，可能隨時到達。

以桓玄的任性專橫，也感到如果乾歸的未亡人在門外苦待時，卻聽到他在裡面攜雲握雨發出的聲音，會是很失當的。

他也有點不明白自己，竟在這樣的情況下，生出原始的慾念。

桓玄壓下心中的渴望，沉聲道：「乾歸死了！」

任青媞嬌軀輕顫，抬頭朝他望去，失聲道：「甚麼？」

桓玄重複一次，頽然道：「乾歸今次確是智不如人，於行刺劉裕的行動裡反中了劉裕的奸計。我不想再說這件事，青媞路途辛苦，先到內院好好休息，我還有很多事處理。今晚再來看你。」

任青媞白他一眼，漫不經意的道：「今晚？」

桓玄不耐煩的道：「不是今晚？難道要等明晚或後晚嗎？去吧！」

任青媞沒再說話，嫋嫋婷婷的去了。

桓玄暗嘆一口氣，心中浮起譙嫩玉灼熱得可把人心軟化的眼神，眞不知該如何向她交代乾歸慘死建康的事。

慕容戰、拓跋儀、卓狂生、紅子春和方鴻生五人，越過邊荒集西北角坍塌的城牆，踏足廢墟內。與邊荒集的四大街相比，這裡就像完全不同的另一個世界，代表著邊荒集荒蕪潦亂的另一面目。

卓狂生有感而發的道：「本來我們的城牆是不會弄至如此田地，但以前邊荒集人人只爲自家設想，把城牆的磚石拆下來建自己的房子，令城牆更不堪破壞摧殘而倒垮。」

紅子春笑道：「現在豈是發牢騷的時候？仍留有氣味嗎？」

後一句是向方鴻生說的。

方鴻生挺起胸膛，變了另外一個人似的冷靜道：「如果沒有下雨、沒有颱狂風，兩天前的氣味也瞞不過我，人來人往的地方會比較困難，但在這種人跡罕至的荒墟，我有十足的把握。隨我來！」

慕容戰拔出長刀，拓跋儀則只取短矛在手，分別傍著方鴻生深入廢墟。

卓狂生和紅子春落在後方，分散推進。五人都是老江湖，在這樣的情況下，不用事前商量好亦曉得如何配合呼應。

江文清已率眾把整個區域包圍起來，以甕中捉鱉的手法對付敵人，又依王鎮惡的提議另備快馬隊，即使敵人能逃出廢墟，仍要拚贏馬兒的腳力才能脫身。

花妖既確實來自秘族，因有前車之鑑，對此秘族高手眾人自不敢掉以輕心。今次荒人是高手盡出，志在必得。能生擒對方最是理想，否則也要對方把小命留下。

廢墟滿目瘡痍，房舍大部分只剩下個遺址，僅可以憑想像去想及屋子完好時的情況，最完整的幾間也是坍塌了大部分，遍地頹垣敗瓦，火燒的痕跡處處可見，代之是野樹雜草，如在夜間進入此區，會如置身鬼域，但確是躲藏的好地方，屋路難分下，令人有迷失的驚惶。

方鴻生倏地在一個尚看得出從前具有大規模外貌的大宅，如今景象蕭條破落的門戶前停下，打手勢示意，表示敵人是藏身此荒宅內。

「颼！颼！」兩聲，隨後的紅子春和卓狂生，分別躍上兩旁破屋半塌的牆頭高處，嚴陣以待。

慕容戰示意方鴻生退後，後者不敢鬆懈，拔出大刀，退了近十步方停下來。

慕容戰和拓跋儀交換個眼色，同時搶入變成了一個大破洞的門戶。以兩人聯合起來的威力，就算裡面是孫恩、燕飛，也要應付得非常吃力。

驀地前方一團黑影迎頭罩來，勁風撲臉，這一著眞是出乎兩人意料之外，卻沒有因此而亂了陣腳。他們在行動之前，早有心理準備，因爲對方若確如高彥、姚猛等人形容般的高明，必會警覺有人來犯，只沒想過招呼他們的不是利器，而是一件披風。

拓跋儀短矛挑出，喝道：「你上！」

慕容戰往前疾撲，當胸口快貼近破堂內遍布磚瓦野草的地面，兩腿一曲一伸，箭矢般人刀合一的從披風下射往另一邊，動作爽快俐落，便如早已演習了數百遍，與拓跋儀配合得如水乳交融，不著半點斧鑿之痕。

拓跋儀短矛挑中披風，慕容戰已到了另一邊去，剛好看到一個黑衣人沖天而起，還擲出一把飛刀，閃電般刺向他面門，反應的迅捷準確，令人嘆爲觀止。慕容戰怒哼一聲，滾往一旁，險險避過飛刀。

左右兩方同時傳來卓狂生和紅子春的怒叱聲。

「霍！」

拓跋儀沒有直接挑向注滿眞勁的披風，使了個手法，以矛帶得披風「呼」的一聲繞了半個圈，披風才脫矛而去，一片雲般割向那秘族高手的雙腳，連消帶打，盡顯其身手和智慧。

接著騰身而起，與正從左右掠至欲凌空攔截的卓狂生和紅子春合擊敵人。

此時慕容戰已從地上彈起，長刀遙指上方，封閉了敵人的下方。

那人頭臉以黑布罩著，只露出雙目，精光閃閃，卻沒有半分驚懼之色，倏地一個翻騰，竟踏在拓跋儀回敬襲去的披風上，其身手的高明，儘管是處於對立的位置，仍令圍攻的四人心中佩服。

四人心叫不好時，那人已腳踏披風，騰雲駕霧般隨披風而去，避過卓狂生和紅子春凌厲的截擊。

卓狂生人急智生，喝道：「儀爺去追、老紅幫忙。」

此時拓跋儀剛來到兩人中間，紅子春會意，與卓狂生同時運掌拍在拓跋儀背上，拓跋儀得到這兩道生力軍眞氣，速度猛增，後發先至的朝敵追去。

秘族高手哈哈一笑，雙腳運勁，重施故技，披風離腳兜頭迎面朝拓跋儀罩過去，自己則改變方向，往北投去。

拓跋儀氣得差點七竅生煙，眼看得手，又被對方層出不窮的怪招化解。

忽然刀劍之聲激烈響起，原來是慕容戰早一步趕到西北的位置，待那人落下時猛然施襲。

卓狂生和紅子春大喜趕去，只見那人肩頭濺血，還以為慕容戰一戰功成，豈知那人輕煙似的脫出慕容戰正籠罩著他的刀光，又反手擲劍，然後望北逃遁。

「噹！」

慕容戰劈掉他擲來的長劍，硬被震退兩步，追之已不及。

卓狂生、紅子春和拓跋儀來到他身旁，齊喝道：「追！」

慕容戰神色凝重的道：「追也沒有用。此人武功之高，尤在花妖之上，輕功身法亦不相伯仲，他們肯定攔不住他。」

話猶未已，廢墟邊緣處「蓬！蓬！蓬！」的爆起三團黑煙霧，接著是連串驚呼叫嚷的聲音。

方鴻生也趕來了，見到四人一副失魂落魄的頹喪模樣，從地上撿起敵人遺下的長劍，道：「這定是秘族的文字。」

四人目光落在他兩手捧著的長劍上去，只見劍上刻上一行像十多條小蟲爬行的古怪文字。

建康都城是建康城區規模最宏大的城池，城周二十里十九步，設六門，南面三門，以正中接通御道的宣陽門最宏偉，上起重樓懸楣，兩邊配木刻龍虎相對，極為壯觀。

東面的西明門至東牆的建陽門，一條橫街貫通東西，將都城分割南北，呈南窄北寬之局，北為宮城，南為朝廷各台省所在。

宮城又稱台城，乃建康宮所在之地。台城宏偉壯麗，有牆兩重，內宮牆周長五里，外宮牆周長八里，建康宮居於其中。

初建時宮城爲土牆，至咸康五年，始壘磚築城牆，且四周有闊達五丈深七尺的城壕環護，益顯司馬氏王朝對時局不穩的懼意。

台城南開二門，以大司馬門爲主門，凡上奏章者，須於此門跪拜待報，因此又被稱爲「章門」。

劉裕、屠奉三和宋悲風三人隨司馬元顯從宣陽門入都城，前有兵衛開路，後有兵衛隨行，那種風光的感覺頗爲古怪，也令劉裕有點不習慣。屠奉三和宋悲風早習慣了這種前呼後擁的情況，故仍是怡然自若。

劉裕尚是首次踏足都城，策馬行走在由宣陽門到大司馬門長達二里的御道，被御道兩旁的宏偉建築所懾，想到自己被人看作「眞命天子」，那種感受實非任何筆墨可以形容。

只是這條都城內的御道便教人嘆爲觀止，寬可容八馬並馳，兩側開有御溝，溝邊植槐栽柳，樹影婆娑裡隱見台省官署的彩閣金殿，任他如何妄想，也沒法想像有一天會變成這豪華富麗的都城主人。

不過若從軍事的角度去想，這座都城確是一個超級的堅固堡壘，而前方台城的安危，正代表著司馬王朝的興亡。

司馬元顯來到都城，便像回到家裡般輕鬆，不住指點，介紹沿途的建築物。

通過大司馬門後，劉裕終踏足台城，只見重樓疊閣、珠宮貝闕、山水池圃，巧奪天工，看得劉裕這來自鄉間的「鄉巴佬」說不出話來。

一座大殿矗立前方，高八丈寬十丈，長度達二十多丈，在左右偏殿的襯托下，氣勢磅礡。

司馬元顯道：「這座就是皇上召見大臣、舉行宮宴和處理日常政務的太極殿。」

太極殿前是個六十畝的大廣場，地面以錦石鋪成，光滑生輝，四周廣植各種樹木，華殿綠葉相映，置身其中幾疑遠離人世。

劉裕開始明白爲何帝王不知體察民情，居於禁中的皇帝，根本是被隔絕在一個表面看似安全的獨立環境裡，所知的民情全由臣子提供，置祖國江山不顧乃自然而然的事。

劉裕但見不論左望右瞧，近看遙窺，盡是庭園樓閣，忍不住問道：「宮內究竟有多少殿台建築？」

司馬元顯豪氣的道：「說出來劉兄或許不相信，殿宇的總數有三千五百多間，各殿前均有重樓複道通往中心的御花園。」

劉裕失聲道：「甚麼？」

屠奉三道：「公子要帶我們到哪座殿堂見王爺？」

司馬元顯若無其事的道：「是御花園西的避寒殿。」

宋悲風最清楚宮內的情況，訝道：「避寒殿不是皇上辦事的地方嗎？」

司馬元顯從容道：「見過皇上後，我爹會在榴火閣設宴款待三位，那是宮內風景最美的地方之一。」

三人愕然以對，始知今次奉召入宮大不簡單，否則何用去參見皇帝。

第十章　秘中之秘

桓玄預期中的情況並沒有出現。

譙嫩玉把載有乾歸身亡的飛鴿傳書看罷，全無遭受喪夫之痛打擊的激烈反應，只是緩緩垂首，把信函放在一旁，神色平靜地輕輕道：「他死了！」

自第一眼看到譙嫩玉，桓玄便被她獨特的氣質吸引。橫看豎看，這位年方十九的嬌俏美女都像個入世未深、沒有機心、端莊高雅的高門之女，其氣質如蘭處有點似王淡眞，但在靜中卻含蘊某種生動的活力。而當她把眼睛瞄向你的時候，你會感到她變成了另一個人，她眸子內妖媚的熱力，磁石般地吸引人，總像在挑戰男人的定力，令人想到她放縱時的情態，似在激勵你去和她一起完成某件事，或許只是把臂共遊，又或共度良宵，撩人情慾至極，這方面倒又有點像任青媞。

她是仙女和妖精的混合體，關鍵在她願意向你展現哪一方面的本質，每次見到她，桓玄都有不同的感覺。

如果她不是乾歸的嬌妻，更是譙縱之女，他定會想盡辦法去得到她。以前這心中的渴想，只能壓抑下去，現在乾歸死了，面對文君新寡的她，又如何呢？

桓玄心中湧起難以形容的滋味，沉聲道：「乾夫人請節哀順變，這筆血債我定會爲夫人討回來的，這是我桓玄的承諾。」

譙嫩玉淡淡道：「我再不是乾夫人哩！南郡公改喚我作嫩玉吧！」

一股熱流在瞬間走遍桓玄全身，令他的血液也似沸騰起來，此女不但是他料想之外的堅強，也比他想的寡情。

譙嫩玉抬頭往他望去，雙眸射出妖媚和灼熱的異芒，語調仍是那麼平靜，柔聲道：「人死不能復生，嫩玉身負振興家族的大任，根本不容嫩玉悲傷，終有一天我會手刃劉裕那狗賊。」

然後又垂下頭去，輕輕道：「但嫩玉心中確是充滿憤恨，卻又無法宣洩。南郡公可以幫嫩玉一個忙嗎？」

桓玄一呆道：「只要我力所能及，必爲嫩玉辦到。」

譙嫩玉緩緩起立，俏臉霞燒，雙目射出火熱的情慾，柔聲道：「南郡公當然辦得到。」

接著以舞蹈般的優美姿態，在桓玄的眼睛瞪至最大前輕盈地旋轉，每一個轉身，她的衣服便減少一件，任由它們滑落地蓆上，當她停下來面向桓玄，身上再無一物。只有掛在玉頸的鳥形胸墜，閃閃生輝。

桓玄生出自己回到千萬年前天地初開時的感覺，天地間除他之外，就只有眼前這個可把任何男人迷死的尤物。

譙嫩玉平靜的道：「我們甚麼都不去理，甚麼都不去想，忘情的合體交歡，只有這樣做，嫩玉才可以宣洩心中的悲痛。南郡公願幫嫩玉這個忙嗎？」

慕容戰回到西門大街北騎聯的總壇，心中的窩囊感覺眞是難以言喻。自光復邊荒集後，他的情緒從未這般低落過。

明明已截著那秘族高手，卻被對方拚著捱他一招後脫身遠遁，令荒人顏面無光。如此可怕的敵人，該如何去應付。

天不怕、地不怕的慕容戰，首次生出懼意，統帥的擔子變得更沉重。唯一可慶幸的，方鴻生並沒有在集內嗅到其他秘人的蹤影，顯示秘人仍未混進集內來。

這樣的情況當然不會永遠保持不變，逃掉的秘族高手只是開路先鋒，經此挫折，當秘族正式對邊荒集展開行動時，會更謹愼小心，計畫更周詳。

慕容戰把那秘族高手的劍隨手放在桌面，在桌旁頽然坐下，心中思潮起伏。

現在對他們最不利的是敵暗我明，敵人可以輕易掌握他們的情況，只看那秘族高手試圖行刺高彥，便知敵人對邊荒集的人事有一定程度的了解。

而他們對秘族卻接近一無所知，只曉得由神秘的「秘女」明瑤主事。

慕容垂現在對邊荒集的威脅反成次要，因爲慕容垂根本不用出手，只是秘人便可以弄得邊荒集雞犬不寧。只要秘人肆意對邊荒集進行防不勝防的破壞，例如殺人放火、襲擊往來邊荒集的商旅，便可以令仍在休養生息的邊荒集變爲死集。

在這樣的情況下，光靠方鴻生一個鼻子實難起作用。

必須在情況發展至那種劣勢前，想出應付的辦法。

忽然間他想起朔千黛，她可說是集內唯一認識秘族的人，該不該求她幫忙呢？

慕容戰猶豫難決。

不但因她說過不會管荒人的事，更因他感覺到朔千黛對他的情意。

他對朔千黛也非沒有好感，但因此好感而產生的動力，卻遠未達到令他改變目前生活方式的強度。更關鍵的是，他有曾經滄海難為水的傷痛。

他仍深愛著紀千千。

這已變成埋藏在心底裡的秘密。

他曾親口向紀千千許諾，即使犧牲生命，也要保證她的安全。當他在紀千千力勸下，不得不離她而去時，他便在心中立誓，誰敢傷害她，他定會不惜一切報復。

紀千千愛的是燕飛而不是他，當然令他傷痛，但卻願意接受，且在內心祝福他們，因為燕飛是他最尊敬和愛戴的人。

現在於他心中，救回紀千千主婢是凌駕於他個人的利益、至乎生命之上最重要的事。

這心情是沒法向任何人解釋的，包括摯友屠奉三在內。他隱隱感到屠奉三在內心深處仍愛著紀千千，不過屠奉三顯然比他更放得下，更懂得如何駕馭心中的感情，所受的苦也沒有他那麼深。

在這樣的情況下，他是沒法接受朔千黛的，至乎有點害怕她，因為怕傷害她。

想想也覺啼笑皆非，自己和朔千黛只見過兩次面，但為何已感到很明白她似的，這是否只是一廂情願的錯覺？

但他真的感到明白她，或許是因她坦白直接、不願隱瞞心裡意圖大膽開放的作風。她對他慕容戰有好感，是毋庸置疑的事，但其中有多少分是男女之愛？有多少分純粹出於功利的想法？他不知道。

正如她說過的，想當她的夫婿並不容易，須看是否有本領。

手下來報道：「有位叫朔千黛的漂亮姑娘想見戰爺。」

慕容戰心忖怎會這麼巧的，剛想著她，她便來了。同時心中奇怪，她不是正生自己的氣嗎？爲何又肯紆尊降貴，委屈地來見他？

打手勢著手下請她進來，慕容戰挨向椅背，自然而然把雙腳擱在桌子上，這是他喜歡的一個姿勢，可令他的心情輕鬆起來，他更喜歡那種不羈的感覺。

朔千黛來了，神情有點冷淡，見到慕容戰大剌剌的把腳連靴子擱在桌面上，又沒有起來歡迎她，皺了皺眉頭。

慕容戰豁了出去，心忖她不滿也好，恨自己也好，他和她的關係絕不可能有任何發展。微笑道：「公主請坐！」

朔千黛忽地忍不住似的「噗哧」嬌笑，在一邊坐下，皺起鼻子看著他的靴子，道：「你不知道自己的腳很臭嗎？」

慕容戰啞然笑道：「甚麼東西都可以習以爲常，何況是沒法甩掉的腿。公主大駕光臨，究竟有何貴幹？」

朔千黛聳肩漫不經意的道：「我要走了！」

慕容戰把雙腳縮回去，伸直虎軀，大訝道：「要回家了嗎？」

朔千黛凝視著他道：「留在這裡還有甚麼意思，被人懷疑是奸細令人難受。我更不想陪你們這群全無自知之明的人一起死。」

慕容戰苦笑道：「情況不是那麼惡劣吧！」

朔千黛沒好氣道：「都說荒人沒有自知之明。你們是沒有希望了！念在一場朋友，所以我才來和你道別，我會立即離開邊荒集，永遠也不回來了。」

慕容戰心中湧起一陣自己並不明白失去了甚麼似的失落感覺，道：「我們如何沒有希望？」

朔千黛狠狠道：「希望？希望在哪裡？在戰場上沒有人是慕容垂的對手，以前他是沒法集中精神來對付你們，現在既收拾了慕容永、統一慕容鮮卑族，你們豈還有僥倖可言？慕容垂再加上萬俟明瑤，天下間誰能是他們的敵手？拓跋珪不行，你們更不行。」

慕容戰看著她一雙明眸，感受著她大膽堅強、靈巧伶俐的個性，淡淡道：「令你們柔然人最擔心的人，是否拓跋珪呢？」

朔千黛道：「你倒是很清楚。」

慕容戰從容道：「你可知慕容垂以前蓄意扶植拓跋珪，是要拓跋珪為他捍衛北疆，壓制你們柔然人。」

朔千黛無可無不可的應道：「大概是這樣吧！有甚麼關係呢？」

慕容戰嘆道：「怎會沒有關係？如給慕容垂先後收拾拓跋珪和我們荒人，慕容垂強勢立成，會以狂風掃落葉的姿態，席捲北方。以慕容垂的野心，只要條件成熟，會立即揮軍南來，覆滅南方的漢人政權。」

朔千黛皺眉道：「這又如何呢？」

慕容戰道：「難怪你想找個雄才大略有本領的夫婿。所謂的條件成熟，就是北方局勢穩定下來，這就必須先去北疆之憂。而你們柔然族自苻堅統一北方以還，一直是草原上最強大的民族，慕容垂怎容你們坐大，趁他南征之際，蠶食草原上其他民族，至乎寇邊為患？」

朔千黛不解道：「這有甚麼問題呢？誰在北方當家作主，我們都要應付相同的情況。」

慕容戰道：「當然大有分別。與慕容垂相比，拓跋珪的實力仍有一段遙不可及的距離，即使能擊敗慕容垂，要滅強大的燕國，仍非一年半載可辦到的事。此時關西諸雄會蜂擁而來，設法瓜分大燕的土地，姚萇、乞伏國仁、赫連勃勃、呂光、禿髮烏孤等全是強勁的對手，一個不好，北方勢將陷入群雄爭霸的大亂局，而非現今慕容垂一強獨大的情況。連雄視關中的姚萇也只屬陪襯的情況。在那樣的局面裡，拓跋珪將泥足深陷，自顧不暇，你們便可趁勢大肆擴張。如此相比之下，公主究竟希望我們和拓跋珪的聯軍打垮慕容垂，還是希望慕容垂輕易收拾我們呢？」

朔千黛發怔半刻，輕輕吁一口氣，點頭道：「你這番話很有見地，不過問題是你們不可能是慕容垂和秘族的對手，實力實在相差太遠了。」

慕容戰油然道：「公主可知慕容寶征伐盛樂的八萬大軍，已被拓跋珪於參合陂以奇兵擊垮，全軍覆沒，只剩慕容寶在十多名大將拚死保護下，逃返中山呢？」

朔千黛動容道：「竟有此事？」

慕容戰解釋一遍後，正容道：「所以慕容垂才不得不請出秘族，又急於收拾我們。只有去了我們這後顧之憂，他方可以全力對付拓跋珪。可以這麼說，一天邊荒集仍屹立不倒，慕容垂也有可能輸掉這場仗。」

朔千黛首次移開目光，思索慕容戰說的話，當她目光移到桌面上的長劍，嬌軀劇震道：「這不是向雨田的劍嗎？」

慕容戰精神大振，俯前道：「向雨田？」

朔千黛臉上震駭的神情有增無減，往他瞪視，道：「你們竟能殺死向雨田，這是不可能的。」

慕容戰道：「你先告訴我向雨田是誰，然後我告訴你這把劍是如何得來的。」

朔千黛一臉懷疑神色的看著他，又瞧瞧橫放在桌上的劍。

剛才慕容戰把大腳擱在桌面上時，遮蓋了平放的長劍，接著朔千黛又只顧著和慕容戰說話，對放置桌面的劍並沒有留意。

慕容戰催促道：「說吧！公主是爽快的人嘛！」

朔千黛妥協的道：「好吧！向雨田是秘人裡的秘人，他的武功既集秘族族傳的大成，又別有傳承，於秘族裡獨樹一幟，聲名雖及不上『秘女』明瑤，但據聞其武功不在萬俟明瑤之下，甚或猶有過之。兼而此人具有天縱之資，博聞強記，不論智慧膽識，均可與明瑤媲美。」

慕容戰訝道：「他的名字為何這麼像漢人？」

朔千黛答道：「索性告訴你吧！這是秘族人的一個秘密。秘族從來排斥外人，儘管我們與他們關係不錯，仍沒法闖入他們的生活裡去。只有一個人例外，且是一個漢人，不但被他們接納，還奉如神明。至於他是何等樣人？甚麼出身來歷？叫甚麼名字？乃屬秘族的禁忌，我們也無從知道。這人只收了一個徒弟，就是向雨田。向雨田這名字還是那漢人改的。好哩！輪到你來告訴我，這把劍是如何得來的？」

慕容戰把得劍的過程詳細道出，沒有隱瞞，只瞞著方鴻生憑靈鼻找到他的秘密。

果然朔千黛問道：「向雨田有名的來無蹤去無跡，怎會讓你們如此輕易找到他？」

慕容戰不想以謊言搪塞，事實也找不到能令她信服的謊言，只好道：「這點請恕我賣個小關子。」

朔千黛忿然道：「你不信任我？」

慕容戰道：「姑娘不是沒興趣管我們的事嗎？何況又快要離開。」

朔千黛狠狠盯著他道：「你這人是死到臨頭仍是那副脾性。現在擺明是由向雨田對付你們，明瑤則去對付拓跋珪。只是一個向雨田已可鬧得你們天翻地覆，還自以爲是。」

慕容戰嘆道：「是否我一聽到向雨田三個字，便要嚇得夾著尾巴落荒而逃呢？這樣公主會滿意我嗎？我們荒人是給嚇大的。我雖截不住他，但卻砍了他一刀，你說我害怕他嗎？」

朔千黛氣道：「無知！」

慕容戰失聲道：「無知？」

朔千黛氣鼓鼓的道：「他是故意讓你弄傷他的，這叫『血解』，是向雨田獨有的秘法，能借失血催使血脈運行，倏忽間提升功力，以便破圍而遁。」

慕容戰吐出一口涼氣道：「這是甚麼功法？如此邪異。」

朔千黛嘆道：「這正是向雨田最令人驚懼的地方，奇功異術層出不窮，當年如果沒有他助明瑤一臂之力，去大鬧長安苻堅的禁宮，明瑤救父之舉極可能功虧一簣。」

慕容戰的心直往下沉，順口問道：「花妖是否秘人？」

朔千黛怒道：「不答！」

猛地起立。

慕容戰跳將起來，道：「讓慕容戰送公主一程。」

朔千黛白他一眼，道：「不用送了！我不走了。」

慕容戰喜道：「公主是否想通了？」

朔千黛無奈的道：「我不知道，我的心很亂，今晚到小建康來找人家好嗎？」

第十一章　榴閣午宴

燕飛的心緒並不安寧，原因來自多方面，因與果間相互影響，構成一張命運之網，只要是處身在這生死之局裡，便無人能倖免。

今早他感應到孫恩，孫恩的精神力量更龐大了，令他生出天地之大，卻無處可逃的感覺。他當然不是想逃避，因爲既然避無可避，只有面對。不過孫恩的大有精進，的確是他想不到的，顯示孫恩亦受仙門啓發，令他的黃天大法臻至人間世的極限，完全超越俗世的武技之上。達到「奪天地之精華」、「天人合一」的至境。

他之所以有逃避之心，並非害怕孫恩，只是希望能盡早趕返邊荒集，應付秘族的入侵進犯。他比任何人清楚秘族的破壞力，明白他們行事的方式，因爲他們並不受一般人接受的道德禮法所規範。

萬俟明瑤對他造成如此嚴重深遠的傷害，故因他的忘情投入，更因他察覺到她在玩弄自己的感情。

對萬俟明瑤來說，他燕飛只是順手拈來，棄之不可惜的玩物，這醒悟徹底地傷害了燕飛的心。在離開萬俟明瑤前，燕飛舉止一切如常，沒有說過半句責怪她的話，悄悄的離開。

當時萬俟明瑤扮作龜茲國的貴族，到長安來表演龜茲名冠天下的樂舞，隨行者有個叫向雨田的人，他才是萬俟明瑤的眞正情郎。

他從未和向雨田交過手，卻感到向雨田的武功不在萬俟明瑤之下，這純是高手對高手的感應。撇開武功不論，向雨田不論思想、行爲、處事都與眾不同，從外貌到性格，均充滿魅力，是一種近乎妖異的魅力，令他成爲非常獨特、充滿個人風格的一個人。

事後回想，萬俟明瑤看上他燕飛，一半或許是出於男女間的吸引力，另一半肯定是要刺激向雨田，使他妒忌。

但向雨田卻似對萬俟明瑤和他之間火熱的關係視若無睹，還對燕飛頗爲友善親近，常和燕飛談論他千奇百怪的念頭和想法。

到有一天燕飛發現萬俟明瑤和向雨田的眞正關係，而自己只是夾在中間的大傻瓜，傷透了心的燕飛曉得再不可以留下來，只好一走了之。

他從沒有想過與兩人會有再見的一天，可是命運卻不肯饒過他，且是沒有選擇的敵對關係。

如不能打垮秘族，邊荒集肯定完蛋，拓跋珪將變得孤立無援，慕容垂會成爲勝利者，千千主婢將永遠是慕容垂的俘虜。

在這樣的情況下，孫恩成爲他最頭痛的問題。

慕容戰來到北門，卓狂生、江文清、拓跋儀、姬別、紅子春、高彥、姚猛、陰奇、方鴻生、劉穆之等全聚集在那裡，另外還有數十名荒人兄弟，人人沒精打采的。

慕容戰皺眉道：「追不到嗎？」

陰奇嘆道：「眞令人難以相信，他一直跑在我們前方，竟愈跑愈快，馬腿都沒法追上他，到他奔進一片野林內，我怕他會在林內偷襲，所以下令取消追殺的行動。」

姚猛道：「這是甚麼武功，短途內快過馬兒沒有甚麼稀奇，但十多里的長程仍勝過馬兒，我真是從來沒有聽過。」

慕容戰道：「這是一種叫『血解』的奇功，借流血而催發身體的潛力，故能人所不能。」

眾皆愕然，朝他瞧來。

江文清道：「慕容當家怎知道的呢？」

慕容戰舉起左手持的劍，苦笑道：「是朔千黛告訴我的，這把劍的主人叫向雨田，是萬俟明瑤外秘族另一出類拔萃的高手，武功另有師承，奇功秘技層出不窮。咦！爲何不見鎮惡兄？」

方鴻生道：「他不肯放棄，堅持繼續追敵，我們只好由他。」

陰奇道：「他是個好漢子。坦白說，當我看著那叫甚麼向雨田的秘族高手愈跑愈快的背影，心中的寒意不住增加，若要我孤身去追他，我真的沒有勇氣。」

眾人心中均感受到那種來自恐懼的寒意，陰奇可不是一般的江湖好手，而是經歷過大風大浪，屠奉三倚之爲臂助的第一流人物，連他也對此人心生懼意，可知向雨田是如何了得。

卓狂生有感而發的道：「此人的奇功異術固是教人意想不到，但最令人震駭是他隨機應變的智慧，一天此人不除，邊荒集實難得安寧。」

劉穆之仍是那副氣定神閒的樣子，微笑道：「現在主動權仍操在我們手上，至少逼得向雨田逃離邊荒集。鎮惡兄也不是徒逞匹夫之勇的人，他敢繼續追去，自有他的看法和把握，我們不用爲他擔心。」

卓狂生道：「到我的說書館去，當街這麼大堆人圍著說話，會嚇怕人呢。」

拓跋珪策馬馳出平城，望西而去，長孫嵩和叔孫普洛緊追左右後側，百多騎親衛略落後方，踢起塵土捲上半空。

西北風陣陣颳來，吹得揚起的塵屑在空中飄散。

這兩天天氣轉寒，看來第一場大雪也不遠了。

拓跋珪的心有被烈火灼燒的感覺，連他自己也有點弄不清楚原因。

接到楚無暇攜佛藏回來的消息，他立即派出長孫道生和崔宏，率領二百名精銳，到盛樂護送其中一批黃金到平城來，稍後再送往邊荒集去。

他是有栽培崔宏之意，讓他多熟悉這一帶的地理環境。

拓跋珪根本從未想過在現今的形勢下，竟有人敢打他車隊的主意。現在慕容詳和慕容寶均龜縮在中山，由盛樂至平城、雁門都是他勢力籠罩的範圍，誰敢在太歲頭上動土呢？

半刻鐘前，他接到快馬飛報，車隊在黎明前遇襲，敵方雖只百多人，但人人武功高強，且施襲前沒有徵兆。全賴楚無暇、長孫道生和崔宏率眾拚死反擊，殺退敵人，不過己方已折損近五十名戰士，可謂死傷慘重。

楚無暇、長孫道生和崔宏都受了傷，其中又以楚無暇傷勢最嚴重。

究竟從甚麼地方忽然鑽出這麼厲害的敵人來？楚無暇絕不是才微智淺的人，她身兼竺法慶和尼惠暉兩家之長，縱然燕飛想殺她都要用盡渾身解數，何方神聖能厲害至此？

他弄不清自己的心情，是因忽然冒出這批神秘的敵人煩躁不安，還是運金的馬隊被襲而震怒，或是爲楚無暇受傷而心生焦灼。

最令人驚訝的是敵方沒有留下死傷者，益發使人感到敵人的詭異。

對方是如何曉得有運金的車隊呢？如果沒有長孫道生和崔宏去接應，情況更不堪想像。

忽然間，拓跋珪曉得辛苦爭取回來，剛建立的一丁點優勢，正受到最嚴厲的挑戰和考驗。

石榴紅似火，桔香滿殿堂。

榴火閣位於御花園內御池之北，殿閣四周植滿石榴、桔子、槐樹和楊樹，樹綠榴紅，悅目沁心，美景如畫。

從榴火閣朝御池方向望去，見到的是御園對岸亭台樓閣曲徑迴廊相繞，奇石怪樹互相襯托，意境幽遠。

榴火閣爲鴛鴦廳的結構，東西兩廳各有樑架，從內看是兩個屋頂，外檐卻是一個飛檐翹角的歇山頂，廳內用屏風分開。司馬道子爲了招呼劉裕等三人，把屏風移走，兩邊廳合成一個大廳。

陪客除司馬元顯，尙有司馬道子兩名心腹大將司馬尙之和王愉，顯示出司馬道子對這個看似隨意的午宴並不等閒視之。

劉裕目光投往閣外植滿蓮荷的御池上，心中卻在想著剛才見大晉皇帝的情況，頗有感觸。

司馬德宗看似十六、七歲的年紀，穿上龍袍，望之卻不似人君，兩眼一片茫然之色，似是看著你，但更似是視而不見。天氣雖然開始轉涼，他卻穿上禦寒的厚棉衣，好像外面正下大雪，最難捱是燃著了火爐，教伺候他的宮娥太監、來見他的人都要一起受苦。不知他是拙於言詞還是在言詞表達方面有障礙，除了點頭表示同意外，一切由司馬道子代勞。

不過此行確是一個關鍵性的轉折。司馬道子通過這徹頭徹尾的傀儡皇帝，頒授他半邊虎符和任命狀，可帶軍二萬人。又任屠奉三和宋悲風爲他的左右副將，且賜准劉裕自選二十人，以作親隨，至此劉裕終有了自己在軍中合法的班底，意義重大。

本來北府兵內的升遷，除大都督一職外，朝廷例不直接插手，只由大都督稟上朝廷，再由朝廷賜認。但一來劉牢之的威勢遠不及謝玄，又出征在外，司馬道子乘機忽略劉牢之，直接授軍權予劉裕，令他再不是只得空名的無兵將軍。

巧妙處是劉裕職級沒變，加上劉裕本身在軍內的特殊地位，故今次司馬道子雖是擺明削劉牢之在軍中的任命權，仍可獲得軍中大部分將領的支持，劉牢之則難以提出異議。

此時酒過三巡，司馬道子頻頻勸食，氣氛融洽。

三人中，表現最不自然的是宋悲風，不過司馬道子說了一番「懷念謝安」的話，對謝安推崇備至，宋悲風也輕鬆了一點兒。

話題轉至昨夜殺乾歸的事，在劉裕和屠奉三一心歸功於司馬元顯的推波助瀾下，司馬元顯更是愈說愈眉飛色舞，非常興奮。

司馬道子至少在表面上，放下了對劉裕的戒心，令賓主更是盡歡。

司馬尙之忽然談起征伐天師軍之戰，向劉裕客氣的請教道：「劉大人認爲南征平亂軍會先小勝後大敗，究竟有何根據？」

劉裕謙虛的道：「這只是小將的猜測，並沒有特別的憑據。但由於我曾在邊荒集和天師軍交手，對徐道覆有點認識，再設身處地推想，假如自己處在徐道覆的位置，會如何應付朝廷的南征平亂軍呢？因而得出這個結論。」

他這番話非常得體，不會令人覺得他在賣弄才智。且點出自己比謝琰和劉牢之兩大統帥更明白徐道覆的戰略，所以並非故作驚人之語。

王愉不解道：「劉大人爲何只提徐道覆，卻不說孫恩，難道孫恩再不是天師軍的最高領袖？自孫恩的親叔孫泰被朝廷處決，孫恩逃往海島，矢志復仇，尊孫泰爲羽化登仙的祖神。今回天師軍作亂，孫恩豈肯袖手旁觀？」

兩人先後問的兩條問題，該是和司馬道子商量過的，亦是司馬道子心中的疑問，只不過由親信代問，比較適合。

劉裕曉得今次的午宴非常重要，會直接影響司馬道子對他的看法，影響他在司馬道子心中的利用價值。

劉裕從容道：「孫恩雖名爲天師軍之首，可是卻超然於天師軍之上，成爲精神的領袖，一切軍務全交給兩個徒弟去處理。這情況在天師軍攻打邊荒集一役裡尤爲明顯，當徐道覆和盧循領兵攻打邊荒集的當兒，他卻於鎮荒崗與燕飛決戰。在戰役裡他也是獨來獨往，可見他是沒興趣統軍治兵的人。到最近破會稽一役，他亦是孤身行動，追殺王夫人。」

司馬道子點頭道：「有道理！攻陷邊荒集後，孫恩立即離開，返回海島潛修，可知他確實無心軍務，只追求成仙成聖一類無稽之事。」

劉裕道：「只看盧循能抽身到建康來掀風播浪，便知軍權落入徐道覆手上。南征平亂軍的對手是徐道覆，該是無可置疑。」

司馬尙之問道：「徐道覆是怎樣的一個人？」

劉裕道：「此人極富謀略、精通兵法，絕不是逞勇力之徒。從他當日知機識變由邊荒集急流勇退，保存了天師軍的實力，便可見他乃深謀遠慮之輩。」

司馬元顯道：「我們今回誓師南下平亂，是經過反覆推敲，有周詳計畫，論人數雖遠比不上亂民，但軍備精良、兵員訓練有素，遠非天師軍的烏合之眾可比，劉兄爲何如此不樂觀呢？」

劉裕道：「攻打邊荒集的天師軍，絕對不是烏合之眾，所以天師軍內亦有精兵，人數該不下於五萬。以徐道覆的作風，這批骨幹精兵是不會輕易投入戰場的，而是等待機會。如此可令南征平亂軍產生錯覺，以爲天師軍不過爾爾，當形成這種錯誤的信心後，一旦掉以輕心，將會爲敵所乘。」

司馬道子皺眉道：「這五萬之數，是如何得來的？」

屠奉三淡淡道：「是由奉三提供的，奉三最著重情報的工作，自信這數目雖不中亦不遠矣。」

眾人沉默下去，各有心中的思量。

劉裕和屠奉三一直堅持著南征平亂軍先小勝後大敗的觀點，只要司馬道子相信他們的看法，他們的計畫便可以全面展開。假如南征平亂軍確如所料的大敗而回，在形勢已成下，司馬道子想擊退天師軍，劉裕將成爲唯一的選擇。

屠奉三打破嚴肅乏言的氣氛，漫不經意地道：「兩路的南征平亂軍，是否準備會師會稽呢？」

司馬道子、司馬元顯、司馬尙之和王愉同時動容。

司馬道子道：「奉三究竟是憑空猜想，還是得到確切的消息？」

宋悲風插話道：「我敢保證屠兄是猜出來的，因為悲風亦是首次聽到此事。」

從司馬道子等人的反應，便知屠奉三猜中了。這不但是南征平亂軍的軍事目標，更是重要的機密，只有身為主帥的劉牢之和謝琰曉得。劉牢之當然不會告訴劉裕，剩下的可能性是謝琰，宋悲風這麼表明，排除了是謝琰透露的。

屠奉三道：「我可以猜到，自然亦難不倒徐道覆，如果我是他，會任由南征平亂軍長驅直入，再設法從水陸兩方面截斷南征平亂軍的糧線，令南征平亂軍補給困難、深陷敵陣。」

司馬道子微笑道：「這個問題我們不是沒有想過，幸好浙東一帶是魚米之鄉、糧食充足，只要就地取糧，便可解決軍需。」

劉裕嘆道：「這正是我們最擔心的後果，也是徐道覆最渴望發生的事。強徵民糧，會令情況一發不可收拾，變成縱容手下兵士殺人搶掠，徒然引起當地民眾拚死抗命之心，那種劣勢一造成，是任何統帥都不能控制的。」

宋悲風道：「安公生前有言，要平天師道之亂，除勤修武備外，必須對民眾下工夫，要採取招撫的策略，否則民亂將成燎原大火，終有一天燒到建康來。」

司馬道子啞口無言，露出思索的神色。

眾人都不敢說話，怕打擾他的思路。

好一會兒後，司馬道子長長吁出一口氣，沉聲道：「大軍已發，此事已成定局，三位有甚麼補救的辦法？」

三人暗鬆一口氣，他們最想聽到的，就是最後這句話。

劉裕和屠奉三交換個眼色，知是把全盤計畫奉上的時候了，更不怕司馬道子會拒絕，因爲他也是聰明人，知道沒有別的選擇。

第十二章　奇才異能

王鎮惡在谷口下馬，讓疲乏的馬兒休息吃草，自行進入小谷。

此谷離邊荒集達五十里之遙，位於邊荒集西北面的山區。王鎮惡鍥而不捨的追到這裡來，是因他比荒人更明白秘人，曉得當秘人展開遠遁術，是不能停下來的，也因此會留下行蹤的蛛絲馬跡。遠遁術極耗眞元，沒有一段時間歇息，休想回復過來，所以要殺此人，實是難得的機會。

小谷四面環山，景致清幽，縱然王鎮惡心存殺機，入谷後也感滌塵洗慮，心平神和，一時難起爭勝之心。

剛踏足小谷，王鎮惡就生出被人在暗中監視的感覺，不由心中大訝。難道自己竟猜錯了，對方躲到谷裡來不是靜坐運氣行功，反仍保持警覺的狀態？

王鎮惡揚聲道：「本人王鎮惡，孤身一人來此。秘族的朋友，有種的便現身出來與本人決一死戰，不必我費神去找你出來。」

驀地一陣充滿不屑意味的笑聲從半山處傳下來，王鎮惡抬頭循笑聲望上去，那秘族高手竟然現身在山腰一塊突出來的巨石上，正低頭俯視他。

他再沒有以頭罩蒙著頭臉，露出廬山眞面目。

此人年紀在二十許間，長相清奇特異。臉盤寬而長，高廣的額角和上兜的下巴令人有雄偉的觀感。他的眼、耳、口、鼻均有一種用花崗岩雕鑿出來的渾厚味道，修長的眼睛帶著嘲弄的笑意，既使人感到他玩世不恭的本性，又兼有看不起天下眾生的驕傲自負。

他站在石上，自有一股睥睨天下、捨我其誰的姿態，兼之他寬肩厚胛，胸部突起的線條撐挺了他貼身的黑色勁服，面容和體型相襯俊拔，更使人感到他另有種帶點邪異、與眾不同的氣質。

他顧盼自豪的道：「首先，我並不是你的朋友；其次，我出來見你，也不關有種或沒種的事，而是想看看你究竟是傻瓜，還是確有資格說這番話。」

接著目光落到王鎮惡以牛皮帶斜掛於肩、再以單耳吊掛法佩於腰間的短劍，雙目亮起來道：「你這把可是漢代名器？」

王鎮惡大訝道：「兄台高姓大名？你還是第一個一口說中本人此劍來歷的人。」他也是奇怪，竟隨手解下佩劍，朝對方拋上去。

那人輕輕鬆鬆探手接著，欣然道：「這又有何難？此劍長不過三尺，顯是上承春秋戰國短銅劍的鑄製之法，雖為鐵劍，但卻沒有在長度上下工夫。其次劍首呈橢圓環形，劍首、劍身連鍛接成一體，這類形的劍不見於漢以前。兼且此劍乃扁莖折肩的式樣，只盛行於漢代，故我一看便知。」又微笑道：「看你也算個人物，便告訴你我是誰。向雨田是也。」

「鏘！」

向雨田右手執鞘，左手拔劍出鞘，讚嘆道：「好劍！經過這麼多年，仍像剛鑄造出來的樣子，如此鐵質，更屬罕見。觀此劍劍脊無光，刃口則隱泛金黃，可知此器是由不同成分配比的鐵料澆鑄而成的複合劍，屬鑄劍術的最高境界，如果我沒有猜錯，此劍當含有玄鐵的成分。」

然後又現出一個燦爛的笑容，道：「王兄勿要因我以左手拔劍，便以為我是個左撇子，事實上用左手或右手對我分別不大，王兄動手時如認定我是左撇子，會吃大虧。」

以王鎮惡的才智，也有點給他弄得糊塗起來，摸不清他的虛實。嘆道：「向兄確是奇人，眼力高明，對劍的認識固令人驚異，更令人難以明白的，是向兄對我漢族歷史的認識，向兄難道不是長居沙漠，與世隔絕嗎？」

劍回鞘內，向雨田隨手把劍拋往王鎮惡，物歸原主，接著灑然坐在石緣處，雙足垂下，搖搖晃晃的，說不盡輕鬆寫意，微笑道：「王兄這把劍是如何得來的？不要騙我，我們尚未動手，仍算是朋友。」

王鎮惡把劍掛好，心忖他是否在施拖延之計，可是怎麼看也察覺不到他有真元損耗的跡象，早動手晚動手並沒有分別。何況他的確欣賞此人，微笑道：「向兄奇才異能，兄弟佩服。此劍確大有來歷，如果我說出它的來龍去脈，向兄會猜到我是誰。」

向雨田哈哈笑道：「我早猜到你是誰哩！此劍名百金，乃王猛當年以之縱橫天下的名劍。看王兄的年紀，該是王猛的孫兒。向某有說錯嗎？」

王鎮惡心中劇震，此人見聞的廣博、眼光的高明，已到了使人心寒的地步，如今天不能置此人於死地，邊荒集肯定會被他鬧個天翻地覆。

沉聲道：「敝祖乃貴族死敵，向兄請賜教。」

向雨田訝道：「王猛是王猛，你是你，我是我，有甚麼關係？做人如果負重擔，上幾代的恩怨也要繼承下來，短短一生的時間如何夠用？」

雙目倏地射出憧憬的神色，嚮往的道：「念在王兄命不久矣，我坦白告訴你一件事，完成今次任務後，向某人便可以脫離秘族，過我理想中的生活，追求我夢想的東西。」

又朝他瞧去，兩眼異芒遽盛，語氣卻平靜無波，淡淡道：「看在王兄不是乘人之危的卑鄙小人，向某人便予你留下全屍的恩賜，還會讓你入土爲安，以名劍百金爲碑石！」

「鏘！」

王鎮惡掣出百金寶劍，上方已是漫空虛實難分的影子，挾著驚人的氣勁撲來。

如此詭奇的身法武功，王鎮惡尚是首次遇上。

燕飛清楚自己正陷入另一場危機，且是兩難之局。

秘族不會輕易對人許下承諾，許諾後卻是永不悔諾，這是秘族的傳統。秘族與慕容垂的合作，或許只限於對付拓跋珪和荒人的聯軍，當聯軍被破之日，便是秘族圓就承諾之時。可是一天聯軍仍在，秘族戰士會不計生死的爲慕容垂效力。

萬俟明瑤仍不知道他便是燕飛。當日長安相遇，萬俟明瑤也認出他是當年曾參加狂歡節的兩個拓跋族小子之一，那時燕飛尚未改名字，不是叫燕飛而是隨母姓喚作拓跋漢，這是他娘爲他改的名字。

萬俟明瑤只曉得他是拓跋漢，並不知他是燕飛。那時他用的劍亦非蝶戀花，當年的佩劍已脫手插入慕容文的胸膛去，留在他的屍身上。成爲蝶戀花的主人是後來的事。故此縱然萬俟明瑤知道他燕飛這個人和他的劍，仍沒法聯想到和她曾發生親密關係的短暫情人，竟然是他燕飛。

秘族一向排斥外人，他和拓跋珪之所以被接納參加狂歡節，是因爲燕飛懂得秘族的語言，明白他們的規矩。

燕飛的娘親是拓跋族內罕有精通秘語的人之一，這特殊的本領亦傳授予他。至於娘親為何懂得秘語，她卻從來不肯透露半句。

正因這種微妙的關係，萬俟明瑤並不完全把他當作外人，且絕對地信任他，在這方面他也沒有令萬俟明瑤失望。

他們都仇視氐秦王朝，敵愾同仇。

萬俟明瑤、向雨田，再加上數百崇拜死亡、悍不畏死的秘族戰士，在任何一方面均對拓跋珪和荒人構成龐大的威脅。

他必須盡速趕回邊荒集以應付慕容垂和秘人的聯軍。

問題在孫恩是不肯放過他的，避也避不了。

縱然在心無罣礙的情況下，與孫恩的勝敗仍是未知之數，且以孫恩的贏面較大，何況是在此無心決戰、顧慮重重的心境裡？結果可想而知。

在內心深處，他隱隱感到對萬俟明瑤仍是餘情未了，因而令他更感為難，也擾亂了他平靜的道境。

如果在面對孫恩之時，他的心境仍處於如此狀態，此戰必敗無疑。

青溪小築。

劉裕、屠奉三和宋悲風在廳內圍桌而坐，商量大計。

宋悲風道：「看來司馬道子確有重用小裕之意，也開始信任小裕，否則絕不容我們徵用荒人作子弟兵。於司馬王朝來說，這更是破天荒的創舉。」

屠奉三微笑道：「千萬別高興得太早，司馬道子只是重施故技罷了。」

劉裕不解道：「重施故技？」

屠奉三道：「你忘了當日劉牢之和何謙的情況嗎？司馬道子先拉攏何謙，牽制劉牢之，然後犧牲何謙，令劉牢之背叛桓玄，破掉桓玄的聯盟。今天也是如此，栽培你以分劉牢之的勢力。假如謝琰眞的兵敗，何謙一系的人馬在別無選擇下投向你，劉爺你就變成另一個何謙，司馬道子將可重演當時的情況。」

宋悲風道：「照我看司馬道子非常不滿劉牢之，或許他會讓小裕取而代之。」

屠奉三道：「不滿歸不滿，但在司馬道子心中，最重要是保持司馬氏的王權，個人喜惡並不在考慮之列。我問你們一個問題，如果你們是司馬道子，會害怕劉牢之還是劉裕呢？」

劉裕立即啞口無言。

宋悲風嘆道：「屠兄的看法很精到，劉牢之聲名可說每況愈下，小裕則是如日中天。劉牢之最比不上小裕的，就是小裕不但得人心，更被建康高門的開明之士接受，如小裕坐上劉牢之的大統領之位，肯定是另一個玄帥。」

屠奉三道：「司馬道子是個翻臉無情的人，就像他對待何謙那樣，我們須永遠記著此點。無論如何，我們的短期目標已達，下一步就是如何力挽狂瀾，於南征平亂軍兵敗如山倒的一刻，擊敗天師軍，奪取最大的利益，鞏固兵權。」

此時蒯恩回來了，一臉喜色的道：「收到邊荒集來的消息，燕爺正全速趕來，該在這兩天內抵達建康。」

三人精神大振，宋悲風想到謝道韞有救，更是歡喜。

蒯恩又道：「邊荒集派來的三百人先頭部隊，將於明早出發坐船到建康來，請劉爺安排接應。」

屠奉三道：「燕飛來了，我們有足夠本錢招呼盧循，我現在反希望陳公公確是孫恩的人，便可以利用他誘盧循上當。」

宋悲風道：「燕飛抵達建康前，我們要加倍小心。」

屠奉三笑道：「現今劉爺見過皇帝，正式獲任命，大可前呼後擁，招搖過市。」

劉裕苦笑道：「親隨可免則免，我習慣了獨來獨往，自己喜歡幹甚麼便甚麼的生活。」

宋悲風道：「屠兄的提議不錯，爲的是應付盧循，我可以作你親隨的頭子，在這方面我是駕輕就熟。」

屠奉三道：「此事萬萬不可。原因很微妙，皆因宋大哥向爲安公的貼身保鏢，建康高門已習以爲常，忽然變成了劉裕的親隨，會令人感到是對安公的一種冒瀆，大有劉裕欲與安公相媲美之意，建康高門在心理上將難以接受，因而對我們劉爺生出反感，這種事千萬不要嘗試。」

宋悲風點頭道：「屠兄對建康高門的心態很清楚。」

屠奉三道：「說到底這便是高門與布衣之別，所以絕不能犯此禁忌。如果眞的要挑親隨，可以小恩爲頭子，另外我再選三個機靈可靠的手下組成親兵團。」

蒯恩喜道：「小恩願伺候劉爺。」

劉裕道：「我並不害怕盧循，打不過便溜，我自信有保命之法。對我來說，這是一個歷練的好機會，教我在武功上不敢懈怠，時刻保持警覺。」

接著向蒯恩道：「小恩懂得練兵嗎？」

蒯恩道：「侯爺雖有指點我練兵之法，卻沒有付諸實行的機會。」

劉裕道：「現在機會終於來了，司馬道子把都城旁的冶城撥給我們作駐兵之地，你可作屠爺的副將，隨他學習如何訓練兵員。我們的荒人子弟兵，到建康後會入駐冶城，此城將是我們在建康的大本營。」

蒯恩道：「如此豈用再怕盧循行刺？」

屠奉三道：「此事是不能張揚的，我們的荒人兄弟，會扮作司馬元顯新招募的樂屬軍，司馬元顯也會不時到冶城去，以掩人耳目。當然實際的控制權在我們手上，這可說是今次與司馬道子見面最大的成果。」

蒯恩道：「多謝三位大爺栽培之恩，小恩會努力學習。」

宋悲風道：「如果我們所料無誤，三個月內小恩將有出征的機會。」

蒯恩雙目射出振奮的神色。

三人明白他的心情，蒯恩是有大志的人，在侯亮生悉心指導下，學會明辨是非，生出以天下爲己任的意向。侯亮生的死對他造成嚴重的打擊，令他感到一切都完了。現在忽然來個峰迴路轉，眼前出現全新的局面，得到了奮鬥的方向，一洗頹氣，他的興奮之情，是可以理解的。

宋悲風道：「我們應不應警告司馬道子呢？因爲假如陳公公確是孫恩的人，司馬道子將身處險境。若司馬道子忽然遇害，我們也不好過。」

他們現在的權力，源於司馬道子，司馬道子出事，會直接影響他們。

屠奉三欣然道：「坦白說，我恨不得有此事發生。如果司馬道子忽然橫死，會便宜誰呢？當然是我們。現時在建康，權力最大的是司馬道子，等於半個皇帝。其次輪到司馬元顯，在這樣的情況下，司馬元顯會倚重我們，爲他穩著政局，那我們不用打孫恩，已可把持朝政了。」

蒯恩道：「如果他們兩父子同時遇害呢？」

屠奉三道：「那就更理想，劉裕可憑他的聲譽、手上的實力，以保皇爲名，接收建康軍的兵權。」

宋悲風道：「這麼說，陳公公是不會行刺司馬道子哩！」

屠奉三道：「理該如此。要殺司馬道子豈是容易，像他這種經歷過風浪的皇族人物，對任何人都有戒心。例如像今天我們和他達成的秘密協議，他絕不會洩露給陳公公。且明知盧循窺伺在旁，司馬道子怎敢掉以輕心。如是明刀明槍，陳公公要殺司馬道子，根本是不可能的。」

宋悲風道：「小裕今晚是否決定了赴李淑莊之會？」

屠奉三道：「讓劉爺一個人去吧！否則會被李淑莊看不起。我們須言行合一，眞正信任劉爺是殺不死的眞命天子。」

劉裕心中苦笑。唉！眞命天子？

第十三章　鞭長莫及

邊荒集，說書館。

人人神色沉重。所謂行家一出手，便知有沒有。

昨夜高彥遇襲，雖給向雨田打傷幾個人，顯示出他強橫的實力，眾人仍不大放在心上。到剛才荒人在掌握局勢、高手盡出的情況下，仍被對方輕輕鬆鬆的突圍而去，他們方感事態嚴重。

只要其他秘人有向雨田一半的功夫，已是難以應付的事。想起當年圍捕花妖的艱苦過程，眾人猶有餘悸。

只有劉穆之冷靜從容，一副成竹在胸的模樣。

卓狂生道：「只要能捱到燕飛回來，我們便可以扭轉局勢，現在則處於挨揍的局面，敵暗我明。問題在我們能不能捱到那時。」

燕飛不但是邊荒集第一高手，更可能是天下第一高手，天下間有資格作他對手的數不出多少個，孫恩自是其中之一，慕容垂是另一個，至於第三個仍沒法叫出名字來。

有燕飛坐鎮邊荒集，當然是另一回事，至少剛才的情況應不會出現，而追向雨田的是燕飛不是王鎮惡，他們也不會像現在這般擔心。

燕飛並非一般的高手，而是具備高度靈覺和擁有精神異力的人，超乎任何奇功絕藝之上，正是神出鬼沒的秘人的剋星。

江文清道：「形勢不至於那般惡劣吧！方總可以證實尙未有秘人混進集內來，邊荒集仍是安全的。劉先生不是有憑方總的靈鼻主動出擊的提議嗎？我認爲此法仍是可行。」

陰奇嘆道：「我們總不能傾巢而出，即使傾巢而出，在邊荒這麼一片廣大土地上，要對付一個跑得比馬腿還快的人，是沒有可能的。對付向雨田的唯一辦法，就是由小飛親自出馬，其他人都不行，人多也沒有用。」

慕容戰微笑道：「我們千萬不要失去鬥志，我明白陰兄的心情，看著向雨田在前面愈跑愈快，那挫折的感覺的確令人沮喪。不過如果客觀點去看整件事，我們仍處於有利的位置。首先是高小子鴻福齊天，避過了向雨田的刺殺。其次是我們把向雨田逐離邊荒集，勢將影響秘族全面進犯的大計。最關鍵是我們在秘族發動前，生出警覺。現在就看我們的手段。」

掌聲響起。

鼓掌的只有劉穆之一個人，到眾人全把目光投在他身上，這智者才氣定神閒的油然道：「慕容當家不愧主帥之材，把敵我形勢掌握得非常透徹。事實上我們仍處於優勢，而我們能否打贏此仗，仍是我原先的那句話，就是能否人盡其才，物盡其用。說到底，不論秘族高手如何懂匿影潛形之道，他們仍是凡人，而非鬼物。只要是人，便有人的弱點。正如柔然公主說的，向雨田的本領並不在萬俟明瑤之下，這樣的人，秘族能訓練出一個半個，已非常了不起，不會每個秘人都這般了得。正如邊荒集只有一個燕飛，假如邊荒集有十個八個燕飛，恐怕慕容垂早把千千小姐雙手奉還哩！」

姬別拍腿道：「對！我們不要被那姓向的傢伙嚇壞了。」

紅子春道：「請問劉先生，如何可人盡其才、物盡其用呢？」

劉穆之微笑道：「在說及這方面前，我想先分析秘族的情況。」

卓狂生在他面對一排排坐著的荒人兄弟的說書台上欣然坐下，笑道：「趣味來了，經劉先生一番分析，感覺立即煥然一新，似是生機勃現。劉先生請說下去。」

眾人對劉穆之的才智已是心悅誠服，人人靜心聆聽。

劉穆之道：「慕容垂向萬俟明瑤提出請求，萬俟明瑤答應報恩，到萬俟明瑤全面投入這場戰爭，需要一段不短的時間作部署，秘族方可以發揮他們的戰力。只是將秘族從萬水千山外的北塞沙漠，調動到我們邊荒這個秘族一無所知的不毛之地，便非一件易事，我相信要對付我們荒人，秘族暫時仍是鞭長莫及，所以才有向雨田先來探路之舉。任秘人如何來去如風，恐怕仍要落後向雨田十天八天的光景，如果情況確如我所料，我們的機會便來了。」

高彥嚷道：「對！秘人該是仍在來此的途中。」

劉穆之續道：「現在秘人只能依賴慕容垂提供的邊荒形勢圖，又或由慕容垂的人帶路，到邊荒某處與向雨田會合後，才由已弄清楚邊荒形勢的向雨田分配任務。如果我們能先一步掌握到他們會合的地點，便可以傾巢而出，聚而殲之，說不定連向雨田也難逃劫數。如此將可粉碎秘人第一波的攻勢。」

方鴻生興奮的嚷道：「好計！只要到敵人經過的地方，由於對方人數眾多，我一嗅便可見分明。」

呼雷方哈哈笑道：「這便是人盡其才了。」

劉穆之淡淡道：「我們的人才怎止於此。秘人在熟悉的沙漠固是如龍入海，可是在河道縱橫的邊荒只得任由我們整治。我們只須調配一艘雙頭船予方總，再以精銳好手保護，沿河搜索，特別是泗水河段。兵貴神速，秘人是不會繞個大圈子以迂迴曲折的路線進入邊荒，所以必於泗水渡河，這樣肯定有跡可尋。只要找到秘人的蹤影，我們便可以戰船調動兵員，以雷霆萬鈞之勢，對秘人入侵邊荒尚未化整爲零的部隊予以迎頭痛擊，殺他們一個措手不及，顯示我們荒人是絕不好惹的。」

眾人拍掌稱善。

劉穆之最令人佩服的地方，是料事如神，在對付向雨田一事上，雖然因對方高明，致功虧一簣，但已大顯他的功力。

故而他猜測一支秘人的部隊正在來此途中，各人都是信心十足。

如果成功擊垮這支秘人部隊，不讓對方有機會滲透邊荒，將會是另一局面。

拓跋儀道：「運金之事又如何？」

劉穆之道：「麻煩拓跋當家以飛鴿傳書通知貴主暫且按金不動，須待我們派人到平城接收，才可把金運來，這將是我們和秘人的第二場硬仗，必須從長計議，免大好機會白白浪費。戰爭就像下棋，對付秘人尤其如此，必須著著先手，牽著對方的鼻子來走，到最後秘人再沒法發揮破壞力，更別想淪爲慕容垂的探子，我們便成功了。」

卓狂生長笑道：「戰略部署完成，剩下的細節，可再仔細研究，但方總的搜敵船該立即起行，以免錯失良機，記得帶備信鴿。」

江文清責怪道：「我看劉先生的話尚未說完呢？」

拓跋儀看看劉穆之的神色，笑道：「還是大小姐心細。」

卓狂生一呆向劉穆之道：「還有話要說嗎？」

劉穆之道：「仍是有關人盡其才，物盡其用這方面，我們邊荒集擁有天下間最優越的兵器廠，不好好運用實在可惜。現在我們和秘人是處於戰爭狀態，不用講江湖規矩。他可以憑煙霧彈脫身，我們亦可憑火器、毒器不擇手段的對付他們。如此我們將更有把握。」

姬別跳將起來嚷道：「這事包在我身上，我會動用所有人力物力，在三天內製出一批厲害輕便、容易使用的毒火手炮，保證秘人要吃不完兜著走。」

此時小軻旋風般衝進來，大嚷道：「小白雁上船了！小白雁上船了！老大！你的小白雁上船哩！」

呼雷方一把抓著他，喝道：「你胡嚷甚麼？」

小軻目光投往雙目睜大的高彥，道：「剛接到壽陽來的飛鴿傳書，老大的小白雁依時登船，正往邊荒集來。」

高彥怪叫一聲，離椅彈起，凌空一個翻騰，落到出口處，狂急的衝了出去。

卓狂生低罵一聲，展開身法，追著去了。

第十四章　逆我者亡

王鎮惡使盡渾身解數，硬擋向雨田一浪接一浪的三波攻勢，心中的驚駭實在難以形容。

王鎮惡自幼見盡北方的胡漢高手，絕不是沒有見過場面的人，卻從沒遇過類似或接近向雨田風格的人。

王鎮惡出生於北方最負盛名的武學世家，王猛當時被譽為北方第一人，聲勢尤在慕容垂和竺法慶之上。而王鎮惡本身更是練武的好料子，幼得栽培，由王猛親自為他打好根基，王鎮惡本身又好武，故盡得王猛眞傳，因此雖知向雨田並非尋常秘族戰士，仍有膽量隻身追捕。

向雨田先以近身搏擊的方式向他展開第一輪攻勢，以鬼魅般快速、令人幻象叢生的身法，配合身體沒有任何部分不可以作武器的招式，以手、掌、指、肘、肩、腳、膝、背、頭、髮，向他發動水銀瀉地、無隙不入的攻擊。

王鎮惡的百金劍，最擅長的正是近身搏擊術，對方以他的所長來攻擊他，頗含輕蔑之意，王鎮惡雖與他鬥個旗鼓相當，不落下風，但已知不妙。如果自己在最強項上仍沒法取勝，此仗怎還有勝望，登時信心受挫。

接著向雨田化細膩為大開大闔，硬以指風、掌勁、拳擊遠距強攻，令王鎮惡沒法展開近身決勝的手段。王鎮惡登時落在下風，撐得非常吃力。

向雨田的內功心法非常邪異，卻肯定是先天眞氣的一種，且已達宗師級的大家境界，忽寒忽熱、博大精微；快中藏緩、似緩實疾，氣隨意傳，輕重不一，教人防不勝防。而他每一擊都封死了王鎮惡的後著，教他空有絕技，卻是沒法展開，打得既難過又沮喪。

到展開第三波攻勢，向雨田再不依成法，所有招式都像臨場創作，彷如天馬行空，無跡可尋，眞氣似若茫無邊際無局限。招招均是針對王鎮惡而發。

王鎮惡此時已完全陷入捱打之局，如果不是他心志堅強，從小養就一副寧死不屈的硬骨頭，恐怕早失去頑抗的鬥志。

「砰！」

向雨田一指點正劍鋒，一股高度集中的指勁破開王鎮惡的眞氣，直攻其心脈。

王鎮惡如斷線風箏般往後拋飛，淩空「嘩」的一聲噴出鮮血，再背撞大樹，滑坐地上，百金劍仍緊握手上，遙指這平生所遇最可怕和聰明的敵人。

向雨田閃電追至，到他身前丈許處止步，兩手張開，立時形成一個氣場，緊鎖住王鎮惡。

王鎮惡自忖必死，卻沒有就這麼放棄，默默提聚僅餘的功力，準備作死前的反擊。

向雨田雙目神色轉厲，喝道：「只要王兄願意解答我心中一道疑難，我可以任由王兄安然離開，絕不留難或另生枝節。我向雨田說的話，是從沒有不算數的。」

王鎮惡沒有因此而減低防備，皆因向雨田行爲難測，也不知他是認眞還是作假。微笑道：「死就死吧！有甚麼大不了的？事實上過去數年我一直有生不如死的感覺，若向兄是想用說話令我失去戒心，我會鄙視你。」

向雨田嘆道：「王兄在這樣的情況下，仍可保持笑容，兄弟佩服，更不忍騙你。王兄可以放心，我的問題非常簡單，只要王兄肯告訴我，你們如何曉得我藏身廢墟內，王兄便可以拍拍屁股回邊荒集去，事後我亦不會向任何人透露王兄曾說過這番話。」

王鎮惡心中大懍，此人的才智確是非比尋常，明白此爲雙方爭雄的重要關鍵，故肯讓自己以此情報來換命。只由此可看出這人乃大智大勇之輩，高瞻遠矚，絕不計較一時的得失，知事情輕重之別。

王鎮惡苦笑道：「向兄動手吧！我王鎮惡怎會是這種卑鄙小人？」

向雨田哈哈笑道：「只從王兄這句話，我便曉得荒人確有妙法追查我的蹤跡，而非誤打誤撞的湊巧碰上。」

說罷垂下雙手，微笑道：「王兄走吧！」

緊鎖著王鎮惡的氣場立即消失，他趁勢貼樹站起來，仍怕是計，皺眉道：「向兄是在說笑吧？」

向雨田嘆道：「我不是忽然大發慈悲心，也不是不想殺你，反而想得要命。不瞞王兄，自我十五歲開始，從未有人能在我全力出手下硬拚這麼多招，那感覺眞是痛快淋漓。我不殺你的原因，是因爲你仍有反擊之力，如果我恃強下手，己身損傷難免。」

王鎮惡訝道：「那有甚麼問題呢？只要傷勢非致命，總可以復元。」

向雨田微笑道：「我的情況比較特殊。之前施展血解之術，好能突圍逃出邊荒，至今元氣未復，只能使出平常六、七成的功夫。剛才我初以族傳功法秘技，仍奈何不了王兄，逼不得已下，只好施出看家的『種玉功』，才能壓伏王兄。如我要殺死王兄，只能憑此法方有望成功，可是此功法非常霸道，我若在眞元未復前妄行出手，會反傷自身，造成永遠不能彌補的傷害，我是不會做這種蠢事的。」

王鎮惡愕然道：「種玉功？這是甚麼功夫？名稱竟如此古怪？」

同時心忖如他所言屬實，他復元後豈非更不得了，天下還有能制他之人嗎？

向雨田道：「很多事很難向王兄逐一解釋，王兄的性格亦頗像我的脾性，只可惜在未來一段時間內，你我之間敵我的死結難解。如果王兄有本領宰掉我，我只會佩服而不會怨恨。不過坦白說，那是不可能的。你認識燕飛嗎？」

王鎮惡已回氣過來，心中大定，緩緩還劍入鞘，道：「他將會是向兄的勁敵，王某言盡於此，後會有期。」

說罷出谷去也。

卓狂生退到高彥身旁，怨道：「從沒見過你這小子跑得這麼快的。」

高彥沒有理會他，目光不住搜索泊在碼頭區的大小船隻。

卓狂生一把抓著他胳膊，惡兮兮的道：「你難道不害怕嗎？你是秘人的刺殺目標，秘人個個神出鬼沒，來去如風，你多等兩天的耐性也沒有嗎？」

高彥沒好氣道：「不要說還要等兩天，多等兩刻我都辦不到，明白嗎？不要唬我，現在邊荒集並沒有秘人，而且他們都是旱鴨子，坐上船比待在岸上安全，明白嗎？」

接著甩開他的手，朝靠在碼頭的一艘單桅小風帆掠去，嚷道：「老子要徵用你們的船。」

船內正有兩名漢子在忙碌著，聞言抬頭望去，見是高彥，其中一人欣然道：「高爺要到哪裡去？」

高彥毫不客氣跳上船去，理所當然的道：「我要去會我的小白雁，快開船。」

另一人為難道：「我們還……」

高彥不耐煩的道：「不要嘮嘮叨叨，老子是會付錢的。」

卓狂生暗嘆一口氣，躍往船去，道：「順他的意吧！否則這小子未見著小白雁，早已急瘋了。」

兩漢只好解碇開航，順水南下。

劉裕想著王淡眞。

抵達建康後，除了那夜在小東山密會謝鍾秀的時刻，直接勾起對她的回憶，他已比以前「大有改善」。

現實根本不容他為王淡眞暗自神傷。

到建康後，每一刻他都在生死成敗的邊緣掙扎，到昨夜殺死乾歸，今午又得到司馬道子明示的支持，他方可喘一口氣。

剛才他打坐養氣近兩個時辰，精神盡復，淡眞又悄悄佔據了他的心神。或許是小艇經過烏衣巷，觸動了埋藏在內心深處與淡眞初遇的動人回憶。

蒯恩在艇尾負責划艇，宋悲風坐在船首，他和屠奉三坐在中間，四個人都沒有說話。

宋悲風露出警惕的神色，留意水內、水面的情況，防範的當然是盧循。

屠奉三在閉目養神，不過以他的性格，該是處於戒備的狀態下，以應付任何突變。

然而他們都知道，盧循該不會在這種情況下手，即使孫恩親臨，也無法同時應付他們四人。盧循更不行。

秋陽西下，秦淮河颳起陣陣寒風，吹得四人衣袖拂動。

今午的宴會，令他朝爲淡眞洗雪恥恨的路上邁進了一大步，且可說是他王侯霸業的一個分水嶺，使他重新融入朝廷的建制內，成爲有實權的人。

當他的荒人子弟兵進駐冶城，成爲他的班底，即使司馬道子忽然反悔，想除去他仍要有精密的部署，不像以前般容易。

他眞的很希望可親眼目睹劉牢之曉得此事時的反應和表情，看著他驚惶失措。淡眞之死，劉牢之毫無疑問要負上責任，他要看著劉牢之身敗名裂，悔不當初。

屠奉三睜開雙目，平靜的道：「到哩！」

劉裕往前瞧去，與秦淮樓夾江對峙的淮月樓聳立在秦淮河南岸，更遠處便是朱雀橋，心中不由湧起奇異的情緒。很多很多年以後，若他已成爲建康最有權勢的人，策馬經過朱雀橋，回想起當時在淮月樓東五層發生過的舊事，會是怎樣的一番滋味呢？

想著想著，劉裕站了起來。

宋悲風低聲道：「防人之心不可無，小心點。」

蒯恩把小艇靠往南岸。

屠奉三提醒劉裕道：「記得你懷中的訊號火箭，我們在河上等你，只要我們看到訊號，可在半刻鐘內趕到。」

劉裕點頭表示知道，騰身而起，投往淮月樓去。

拓跋珪進入帳幕，到楚無暇身旁跪坐下去，探手撫上她的額頭。

楚無暇無力地張開眼睛，見到是拓跋珪，雙目現出驚喜的芒光，隨即又回復倦容，道：「你終於來了！」

拓跋珪極善於看人的眼睛，一般人的表情可以弄虛作假，眼神卻會出賣人的內心秘密，特別是瞳仁的收縮與擴大，更像窗子般可讓人監看進內心深處。

楚無暇的反應，令他對她戒心大減，登時憐意大增，不論她以前艷名如何遠播，但她對自己該是眞心的，或至少有七、八成眞。想到竺法慶和尼惠暉先後過世，彌勒教雲散煙消，她變得孤零零一個人，仇家遍地，卻沒有一個朋友，現在又爲自己受了重傷，縱然他如何無情，也難無動於衷。

拓跋珪探手到羊皮被內爲她把脈，感覺著她的血脈在他指尖跳動，就在這一刻，他知道這迷人的美女是完全屬於他的，她的未來操控在他的手上。

柔聲道：「一切都過去了，我來接你回家。」

楚無暇閉上美眸，長長的睫毛輕輕的顫動著，在閃跳的燈火裡，她失去血色的花容帶著超乎現實奇異的病態美，嘴角現出一絲苦澀的表情，輕吐道：「家？無暇還有家嗎？」

拓跋珪細心地爲她整理羊皮被子，微笑道：「你剛有了！」

楚無暇嬌軀輕顫，張開眼睛，射出火樣的熾熱，呼道：「族主！」

在這一刻，拓跋珪忘掉了她的過去，忘掉了她和燕飛間的恩怨，俯身輕吻她的香唇，因體恤她的傷勢，本想輕觸即止，哪知楚無暇一雙玉臂從被裡伸出來，纏上他頭頸，熱烈回應。

唇分。

拓跋珪生出神魂飄蕩的醉心感覺。

楚無暇雙目緊閉，本是蒼白的臉泛起緋紅的血色，出現在她晶瑩剔透的臉膚下，更是驚心動魄的美艷。

拓跋珪勉強壓下再吻她的衝動，道：「以後再沒有人能傷害你，休息一夜後，明早我們起程回平城去。」

楚無暇從急促的呼吸回復過來，輕輕喘息著道：「傷我的是萬俟明瑤，她可以瞞過任何人，卻瞞不過我。」

拓跋珪吃驚道：「甚麼？」

楚無暇愕然張目往他瞧去，說道：「你怕她嗎？」

拓跋珪臉上震駭的神色仍未減退，雙目睜大，像沒有聽到她的話，好一會兒後才回復平時的冷靜，低頭看她，反問道：「你怎知她是萬俟明瑤？」

楚無暇現出懷疑的神色，答他道：「大活彌勒與秘族有特殊的關係，原因異常曲折複雜，所以我對秘族有深入的認識，特別是秘人的武功心法，交手幾個照面，我便曉得對手是她。她雖傷了我，但我也有回敬，沒幾天工夫她休想復元。」

拓跋珪皺眉道：「你既知偷襲者是秘人，爲何不告訴長孫道生和崔宏呢？」

楚無暇閉上眼睛，淡淡道：「我只想親口告訴你，除族主外，我不相信任何人。」

拓跋珪差點說不出話來，半晌後嘆道：「秘人和我拓跋珪往日無冤，近日無仇，爲何會忽然攻擊你們呢？」

楚無暇道：「看來你並不曉得秘人和慕容垂的關係——不過知道的確實沒有多少個人。」
拓跋珪雙目射出凌厲神色，沉聲道：「秘人和慕容垂有甚麼關係？」
楚無暇抿嘴淺笑道：「無暇可以告訴你，但卻是有條件的。」
拓跋珪奇道：「甚麼條件？」
楚無暇秀眸射出渴望的神色，輕柔的道：「奴家要在你懷抱裡才說出來。」
拓跋珪沒好氣的笑道：「你好像不知道自己受了嚴重內傷。」
楚無暇嘆道：「奴家又不是要你對我幹甚麼，族主想到哪裡去了？」
拓跋珪嘆道：「待我出去處理了今夜的防務，才回來陪你好嗎？」
楚無暇驚喜的道：「奴家會耐心等候。」
拓跋珪正要出帳，楚無暇又在後面喚他。
拓跋珪止步卻沒有回首，溫柔的道：「不可以待會才說嗎？」
楚無暇道：「我怕忘了嘛！奴家想告訴你，崔宏是個不可多得的人才，不論武功才智，在你陣營中均不作第二人想，如果沒有他臨危應變的本領，恐怕保不住五車黃金。」
拓跋珪沒有答她，揭帳而出，來到帳外，寒風吹來，拂掉帳內的暖意，更令他感受到帳內似完全屬於另一個世界，不由回味起身處溫柔鄉的滋味。
崔宏、長孫道生、叔孫普洛、長孫嵩等的目光全集中在他的身上。
拓跋珪雙目射出堅定果斷的神色，沉聲聲：「襲擊我們的是秘族的戰士。」
崔宏愕然道：「秘族？」

拓跋珪從容道：「崔卿很快會認識他們。秘族今次是自取滅亡，竟敢站在慕容垂的一方，來和我拓跋珪作對。誰敢擋著我，誰便要死，萬俟明瑤也不例外。」

第十五章　亂世情鴛

高彥走到船尾，在卓狂生身旁坐下，此時已是夜幕低垂，還下著毛毛細雨，頗有秋寒之意。

卓狂生罵道：「終於肯坐下了嗎？你這個混蛋在船上走來走去，坐立不安，看著的人都感難過。」

高彥反擊道：「不要拿我來出氣，眼光要放遠點。說書館不會因你不在而關門的，你手下的說書人會爲你的甚麼〈劉裕一箭沉隱龍〉、甚麼〈燕飛怒斬假彌勒〉……繼續不停地說下去。勿要以爲自己眞是天下第一說書高手，沒有你便不成。終有一天你會被別的說書人代替。時代是不住轉變的，有新的局面自然有新的故事，來迎合新的時代。他奶奶的，現在對你最重要的事，是如何讓〈小白雁之戀〉有個名留史冊的好結局，其他都是次要的，明白嗎？」

卓狂生沒好氣的道：「竟輪到你這乳臭未乾的小子來教訓我。老子何時說過自己是不能被代替的？坦白說我還高興能有人代替，如此說書才會繼續興旺下去，百花齊放、熱熱鬧鬧的。你奶奶的，如果沒有我，你有今日嗎？他娘的！你該感激我才對。」

高彥道：「我眞的感激你，所以才關心你。告訴我！你做人是爲了甚麼？不是埋頭寫你的天書，便是到說書館大吹大擂，難道如此便滿足嗎？何不找個能令你動心的美人兒作伴？生活不致那麼枯燥無味。」

卓狂生搖頭嘆道：「你又不是我，怎知我過得枯燥無味？事實上我活得不知多麼精采、多麼爽快。娘兒我未試過嗎？我左擁右抱時你仍躲在你娘的懷裡吃奶呢。不要說這麼多廢話，先管好自己的事吧！待會你如何應付小白雁？」

高彥立即兩眼放光，神氣的道：「沒有人比我更明白小白雁，聽你們這班壞鬼軍師的話只會弄砸老子的事。到船上後請你找個地方藏起來，老子自會哄得小白雁高高興興，心甘情願和我共度春宵，讓你多一台〈小白雁情迷高小子，穎水樓船訂鴛盟〉的說書。」

卓狂生嘆一口氣，再沒有說話。

邊荒集，北門驛站。

飛馬會主堂內，剛回來的王鎮惡向劉穆之、慕容戰、拓跋儀、江文清、姬別、紅子春、陰奇、費二撇、姚猛等述說與向雨田交手的經過。最後道：「如果他不是虛言誑人，說當時只能使出平時的六、七成功夫，那此人的真正實力，該不在慕容垂之下，而他的靈活變通，秘技層出不窮，會使人更難應付。」

圍桌坐著的十多個人，沒有人說得出話來。

劉穆之道：「王兄曾和慕容垂交過手嗎？」

王鎮惡道：「喚我鎮惡吧！慕容垂曾指點過我的武功，所以我可作出比較。」

江文清道：「他對劍認識這麼深，顯然在劍上下過苦功。現在他不用劍亦這麼厲害，此人的實力只可以用深不可測來形容。」

拓跋儀皺眉道：「通常擅長近身搏擊者，在遠距攻敵上總會差一點兒，而向雨田卻是兼兩方面之長，確教人驚異。」

費二撇沉聲道：「最令人震驚是他採取的戰略。誰看到鎮惡的百金短刃，都曉得鎮惡長於近身搏鬥，所謂『一寸短、一寸險』。任何師父教徒弟，都知在對陣裡須避強擊弱，此人卻偏反其道而行，先讓鎮惡盡展所長，使鎮惡生出以自己最擅長的功夫仍沒法擊敗對方的頹喪感覺，然後再以完全相反的手段令鎮惡信心大幅下挫，這才施展殺手。只從他戰略上的運用，便知此人非常難鬥。」

姬別笑道：「如是單打獨鬥，恐怕只有小飛才制得住他，幸好現在不用講任何江湖規矩，我們既知道他的厲害，當然不會和他客氣。」

劉穆之道：「在這裡以鎮惡最清楚秘族的情況，鎮惡你以前未聽過有這麼一號人物嗎？」

王鎮惡搖頭道：「爺爺生擒秘族之主萬俟弩拿後，不久就身故，接著爹便被人刺殺，我們的家道中落，對秘族的情況更不清楚。」

劉穆之道：「向雨田確是秘族奇人，行事作風均教人難以揣測。他明明可以殺死鎮惡，偏是沒有下手，已可見端倪。而從鎮惡一句話，猜出我們有搜索他行蹤的方法，亦可推見他才智之高。現在方總的鼻子已成我們對付秘族的撒手鐧，這秘密必須守得緊緊的，絕不可以洩露予秘人，否則方總命危矣。」

江文清道：「這方面由我去處理，幸好知情者不多，全是自己兄弟，該不虞洩露。」

慕容戰起立道：「愈知道多點關於秘族的事，我們愈能設計出針對秘人的手段。現在我會就這方面盡力，看看能否說服朔千黛站到我們這一方來。」

紅子春笑道：「戰爺要用美男計嗎？」

慕容戰笑罵道：「我尚有點自知之明，照鏡子時不會自我陶醉。」

又道：「策畫部署的責任由劉先生主持，方總不在，我們尤其要打醒精神。不要盡信向雨田甚麼尚未復元一類的話，說不定是計。極可能向雨田是跟在鎮惡身後回來，看鎮惡會去見何人，再定刺殺目標。」

眾人目光投往窗外的暗黑去，心中都不由生出寒意。

像向雨田這樣的一個人，確能令人心生懼意。

淮月樓後的「江湖地」在建康非常有名氣，被譽為建康八大名園之一，排名第五，居首的當然是烏衣巷謝家的「四季園」。

要到「江湖地」，須穿過淮月樓的地下大堂。到達與西門連接的臨水月台。臨水月台寬若庭院，有石階下接周迴全園的遊廊。此園東窄西寬，小湖設在正中，置有島嶼、石磯、碼頭和五折牽橋。北端布置曲廊，東段為依靠園牆的半廊，南段則為脫離園牆的曲折半廊，點以芭蕉、竹、石，開拓了景深，造成遊廊穿行於無窮美景的效果。

望淮亭是一座六角亭，位於「江湖地」東北角，高置於一座假山之上，周圍遍植柏樹、白蘭花、繡球等花木，臨湖處有白皮松，別有野致，配合湖面種植的睡蓮，意境高遠。既可俯瞰湖池，又可北覽秦淮勝景，名園名河，互為呼應。

劉裕報上名字，立即有專人接待，把他領往「江湖地」，與有「清談女王」之稱的李淑莊會面。

置身名園和層出不窮、柳暗花明的美麗夜景裡，劉裕亦感受著自己在建康剛建立的地位。

兩名俏婢提著燈籠在前方引路，這兩盞照路明燈只是作個模樣，因為園內遍布風燈，不多也不少，恰如其分，益增尋幽探勝的園遊樂趣。在如此迷人神秘的環境裡，不但令人忘掉塵俗，也使人難起爭強鬥勝之心。

沿湖漫步，聽著秦淮河在右方流動的水響，淮月樓矗立後方，盈耳的笙歌歡笑聲，隨他不住深入園裡，逐漸微弱，更似是他正不住遠離人世。

經過了昨夜對清談的體會，劉裕特別感受到樓內那種醉生夢死的生活方式。

四周倏地暗黑下來，只剩下兩盞引路燈籠的光芒，然後眼前一亮，望淮亭出現上方。從他的角度看去，見到的是望淮亭的亭頂和以石塊砌成的登亭階梯。

李淑莊是不得不見他。

不論她如何富有，如何有勢力，有多少名門權貴撐她的腰，但她該知道他劉裕仍有足夠的力量毀掉她。

隨著桓玄的威脅與日俱增，天師軍的亂事加劇，他的影響力亦水漲船高。或許現在他拿她沒法，但只要她是聰明人，當明白形勢是會扭轉過來的。

她是否聰明人呢？

江文清、劉穆之、王鎮惡、費二撇，在二十多名大江幫好手的前後簇擁下，繞過夜窩子，往大江幫位於東門的總壇舉步。

在邊荒集各幫會裡，以大江幫繼承自漢幫的總壇有最強大的防禦力。王鎮惡到東門總壇是爲了有個安全的環境療治內傷，而劉穆之更需要一個理想的安樂居所靜心思考，爲這場與秘人的鬥爭運籌帷幄。

劉穆之已成了邊荒集的智囊，由於他不懂武功，故必須由荒人提供最嚴密的保護。

江文清以輕鬆的口吻，問王鎭惡道：「鎭惡似乎對受挫於向雨田手上的事，絲毫不放在心上，我有看錯嗎？」

王鎭惡從容答道：「大小姐看得很準，我從不把江湖中的二人爭勝放在心頭，只著重千軍萬馬在戰場上的成敗，所以只要能保住小命，眞的不會計較一時得失。」

費二撇道：「鎭惡滿意現在的處境嗎？比之初來時，你就像變成另外一個人。」

王鎭惡欣然道：「邊荒集是個奇異的地方，荒人更是與眾不同，現在我充滿鬥志和生趣，只想好好的和慕容垂大幹一場，生死不計。」

劉穆之微笑道：「我會比較明白鎭惡的感受，因爲我們是乘同一條船來的。」

江文清道：「是甚麼驅使鎭惡你忽然興起一遊邊荒集的念頭，天穴的吸引力眞的這麼大嗎？」

王鎭惡嘆道：「我也不太明白自己。自我爹被刺殺後，我一直過著生不如死的日子，看著家族一天一天的衰落，受到以慕容垂和姚萇爲首的胡人排擠，受盡屈辱。到淝水戰敗，大秦崩潰，不得不倉皇逃命，那種感覺眞的不知如何形容。我一直活在過去裡，思念以前隨爺爺縱橫戰場上的風光，尤不能接受眼前的情況。我一直想返回北方去，死也要死在那裡，但又知是愚不可及的事，心情矛盾得要命。」

費二撇語重心長的道：「人是很難走回頭路的，你爺爺是一心栽培你作另一個他，你嘗過在沙場上威風八面的滋味，忽然變成一個無兵無權的人，當然難以接受。老驥伏櫪，志猶在千里之外，何況你正値有爲的年歲，怎肯甘心老死窮鄉之地。邊荒集肯定是你最佳的選擇，你可視它爲建功立業的踏腳石，終有一天你會明白我這番話。」

拓跋儀回到內堂，一陣勞累襲上心頭，那與體力沒有多大的關係，而是來自心裡深處的頹喪感覺。今天午後他收到一個可怕的消息，卻不敢告訴其他荒人兄弟，一直藏在心裡。

於參合陂一役裡，近四萬燕兵向拓跋珪投降，卻被全體坑殺。

消息來自從平城來的族人，只敢告訴拓跋儀。

燕飛是否曉得此事呢？爲何燕飛沒有在此事上說半句話？

從戰爭的角度去看，拓跋珪這殘忍的行爲是扭轉兩方實力對比的關鍵，於當時的情況來說，亦有這種需要，因爲以拓跋珪的兵力，實難處理數目如此龐大的俘虜，只是糧食供應上已是一道難題，且難乘勝追擊，像如今般輕易席捲雁門、平城的遼闊土地。這場大屠殺有利也有弊，壞處是會激起燕人誓死反抗拓跋族之心。以後儘管能擊敗慕容垂，但只要燕人一口氣還在，會戰至最後一兵一卒，寧死不降。

在戰場上殺敵求勝，他絕不會心軟，可是坑殺四萬降兵，而對方全無反抗之力，雖然不是史無前例，例如漢人戰國時的長平之役，秦將白起便坑殺趙國降卒四十萬人，數目是參合陂之役的十倍，拓跋儀仍感顫慄，沒法面對，這實是有傷天和。

說到底拓跋姓和慕容姓均同屬鮮卑族，同源同種，令人感慨。

他感到再也不了解拓跋珪，又或許到現在他才眞正認識拓跋珪。

從孩提的時候開始，在濃密的眉毛下，拓跋珪有一雙明亮、清澈、孩子般的眼睛，卻從不像其他孩子般天眞無慮，不時閃過他沒法明白的複雜神情。今天他終於明白了，那種眼神是任何孩子都沒有的仇恨，對任何阻礙他復國大業的人的仇恨。

收到這個駭人的消息後，他感到體內的血涼了起來，也感到累了，勝利的感覺像被風吹散，代之而起是一種不知道爲了甚麼，不知道自己在幹甚麼，爲了甚麼而努力的荒涼感覺。肉體的力量失去了，剩下的是一顆疲累的心。

拓跋儀在椅子上坐下。

拓跋珪是拓跋鮮卑族的最高領袖，他的決定便是拓跋族的決定，其他人只有追隨。唯一可以安慰自己的，是當情況掉轉過來，勝利者是慕容寶，同樣的大屠殺會降臨在他們身上。以慕容寶的殘忍性格，是不會留下任何拓跋族人的性命。

香風吹來。

一雙柔軟的手從後纏上他的頸子，香素君的香唇在他左右臉頰各印了一下。

拓跋儀探手往後輕撫她的秀髮，嘆了一口氣。

在這充滿殘殺和仇恨的亂世，只有她才能令他暫忘片刻煩憂。

「又有甚麼事令你心煩呢？」

拓跋儀享受著她似陽光般火熱的愛，驅走了內心寒冬的動人滋味，嘆息道：「沒有甚麼！只要有你，其他一切都沒有關係。」

香素君坐入他懷裡，會說話的明眸白他一眼，微嗔道：「還要瞞人家，自今早起來後，便沒見過你，剛才你又在外堂與你的荒人兄弟閉門密談，還說沒有事情發生？」

拓跋儀把她摟入懷裡，感覺著那貼己的溫柔，道：「另一場戰爭又來了！你害怕嗎？」

香素君嬌軀微顫，問道：「還有人敢來惹你們荒人嗎？」

拓跋儀忽然覺得「荒人」這兩個字有點刺耳。他頂多只是半個荒人，也因此燕飛不支持他當荒人的主帥，而選了變成眞正荒人的慕容戰。

想做眞正的荒人，首要是「無家可歸」，只有邊荒才是家。

他多麼希望自己是眞正的荒人，與邊荒集共生死榮辱，不必顧慮此外的任何事。

只恨事實並非如此，他只是拓跋珪派駐在邊荒的將領，有一天拓跋珪改變主意，他便要遵命離開，且不能帶走眼前意中人，除非得到拓跋珪的首肯。

他幾敢肯定以拓跋珪的性格，如果不是礙於燕飛，早已把他調離邊荒集。因為拓跋珪要的是盲目忠於他的手下，而不會是他。

這個想法令他更感失意。

拓跋儀道：「天下間的確沒有多少人敢惹我們荒人，但慕容垂和桓玄卻不在此限。」

香素君道：「我很想告訴你，只要有你拓跋儀在，我香素君便不會害怕。但卻不想騙你，我眞的很害怕。說對戰爭不害怕的人，只因未經歷過戰爭。我是從北方逃避戰火而到南方來的，對戰爭有深切的體會。」

拓跋儀捧著她的俏臉，愛憐的道：「這樣好嗎？我們縱情相愛，但當戰火燒到邊荒集來，我要你立即離開邊荒集，除非邊荒集能安度難關，否則你永遠都不要回來。」

第十六章　女王本色

映入劉裕眼簾的，是個修長、苗條的背影。李淑莊俏立在亭崗邊緣處，正倚欄眺望星夜下的秦淮河，確實有點「清談女王」君臨秦淮河的氣魄。

亭內石桌上，擺了兩副酒具，一個大酒壺外，尚有精緻的小食和糕點。

她穿的是碧綠色的絳紗袷裙，外加披帛，纏於雙臂，大袖翩翩，益顯其婀娜之姿。領、袖俱鑲織錦沿邊，在袖邊又綴有一塊顏色不同的貼袖，腰間以帛帶繫紮，衣裙間再加素白的圍裳，腳踏圓頭木屐。

「夫人！劉大人駕到！」

一個低沉、充滿磁性的婉轉女聲道：「你們退下去。」

她仍沒有回過頭來。

兩婢悄悄離開，爲望淮亭而特建的小崗上，只剩下他們這對敵友難分的男女。

劉裕生出她不但懂得打扮，更懂引誘男人的感覺，至少在此刻，他的確很想一睹她的芳容。

李淑莊徐徐道：「請劉大人到妾身這邊來！」

劉裕沒有全依她說的話，舉步走到她身後半丈處停下，道：「劉裕拜見夫人。」

不知是否被她美態所懾，還是因置身於這景觀絕佳的亭崗上，又或是因溫柔的晚夜，他本要大興問罪之師的鋼鐵意志，已有點欲化作繞指柔的傾向。

就在這一刻，他感應到發自她嬌軀若有似無的寒氣，那並非普通眞氣，而是由先天眞氣形成的氣場，換作以前的他，肯定毫無所覺。

李淑莊並沒有訝異他留在身後，淡淡道：「劉大人可知妾身爲何肯見你呢？」

劉裕啞然笑道：「若只聽夫人這句話，肯定會誤會夫人是第一天到江湖上來混。我想反問一句，只要夫人一天仍在建康，對見我或不見我，竟有選擇的自由嗎？」

李淑莊從容不迫的道：「如果你眞的認爲如此，我再沒有和劉大人繼續說下去的興趣了。劉大人請！」

劉裕心叫厲害，她直接擺明不怕自己，且以行動來挑釁他，不客氣的向他下逐客令。他已對她觀感大改，知道她絕不簡單，眼前臨事不亂的風範，令劉裕肯定她鎭定的功夫也是高手中的高手。一時間他走也不是，不走更不是。他可以做甚麼呢？難道動手揍她嗎？贏不了將更是自取其辱。來之前，他眞的沒想過李淑莊是如此豪氣和霸道的一個女人。

劉裕微笑道：「且慢！請夫人先說出肯見我的原因，讓我可以考慮該不該請夫人收回逐客令。好嗎？」

李淑莊緩緩別轉嬌軀，面對劉裕。

劉裕深吸一口氣，開始明白她怎會被尊爲「女王」。

這是張充滿瑕疵的臉龐。額高頷寬，臉孔長了一點兒，顴骨過於高聳，鼻子亦略嫌稍高，可是所有缺點加起來，卻配合得天衣無縫。她的一雙眼睛，就像明月般照亮了整張臉龐，有如大地般自然，沒有任何斧鑿之痕，如圖如畫。

這也是張非常特別的迷人臉孔，不像紀千千般令人一看便驚爲天人，卻是愈看愈有味道，愈看愈是耐看。

她烏黑的秀髮，梳成三條髮辮，似遊蛇般扭轉繞於頭上，作靈蛇髻，更爲她增添了活潑的感覺，強調了她臉上的輪廓。

李淑莊唇角現出笑意，目光大膽直接地上下打量他，像男人看女人般那樣以會說話的眼睛對劉裕品頭論足，道：「我想見你，是想看看劉爺究竟是怎樣的一個人物，這麼有本領竟能殺掉乾歸。」

劉裕此時方勉強壓下因乍睹她艷色而生出的波動情緒，沉著應戰，道：「敢問乾歸和夫人是哪一種關係？」

李淑莊淡淡道：「絕不是你想的那種關係。我和乾歸有點淵源，詳情恕不便透露，不過憑這點關係，足可令我爲乾歸稍盡棉力。當時我李淑莊仍未認識你劉裕劉大人，只知你是與荒人搭上的北府兵的亡命之徒，是各方面都欲得之而甘心、殺之而後快的人物。兼且我與謝家沒有交情，在此種種情況下，助乾歸一臂之力是江湖裡最普通不過的事，這也是江湖義氣。劉爺要怪淑莊，淑莊也沒有辦法，只好硬挺下去，看看是否撐得住。這番話我原本並不打算說出來，以後也不會重複，還會推個一乾二淨。我李淑莊並非如劉爺所說的第一天到江湖上來混，我做甚麼事都經過深思熟慮，不信的話，劉爺請深入調查，看可否拿著淑莊助乾歸的證據？」

劉裕心中喚娘，曉得自己已被逼在下風。問題在自己對李淑莊是一知半解，而對方對他劉裕卻是瞭如指掌，完全掌握到他的弱點。

他非是沒有毀掉她的實力，可是後果卻不是他能承擔的，因爲他在建康只是初站穩腳步，根基仍然薄弱，一個不好，會惹來建康權貴的反感和鄙棄。

要知李淑莊乃建康權貴五石散的主要供應者，如自己在沒有確鑿證據下，毀去了她，沉迷於藥石的建康權貴，將會視他爲破壞者，不投向桓玄才是怪事。

即使他有眞憑實據，透過司馬道子來對付她，後果更是堪虞，他作爲建康救星的形象會徹底崩潰，在建康高門大族的眼中，淪爲司馬道子的走狗，以後休想抬起頭來做人。

他和李淑莊的瓜葛，只能以江湖手法來解決。但現在騎虎難下，如何風風光光的下台，又可不損他的威信呢？

一時間，劉裕頭痛至極點。

慕容戰進入小建康，心中頗有感觸。

他發覺自己變了，以前他從不會這麼關心別人，邊荒集對他來說只是個爲本族爭取利益的地方。可是剛才一路走來，他卻感到街上每一個人都似和他有關連，而他則會不惜一切去保障他們的生命，讓他們可以繼續享受邊荒集與別處不同的生活樂趣。

他成長於一個民風強悍的民族，生活在崇尙武力的時代，對以武力來解決一切紛爭已是習以爲常，養成他好勇鬥狠的作風。

到邊荒集後，他開始人生另一段路程，學習到單靠武力，並不足以成事。一切以利益爲大前提，武力只是作爲達致「和睦相處」的後盾，邊荒集自有其獨特的生存方式。可是他的族人並不明白他，反誤解他，令他感到非常爲難，致分歧日深。正是他的族人只逞勇力，結果成爲了慕容垂軍旗的祭品，他亦變成了荒人。

但眞正改變他的是紀千千，當他初遇紀千千的一刻，他有種以前白活了的感覺，生命到此一刻方具有意義。不過那時他尙未知道，改變才正開始。

到了今天，他對紀千千再不局限於一般男女的愛戀，而是提升到更高的層次，能以理智和崇高的理想來支配感情。這是一個理智與感情長期矛盾和衝突下的複雜過程，令他對紀千千的感情愈趨濃烈，他的理性亦變得更堅定，人也變得更冷靜——冰雪般的冷靜。

而朔千黛則像忽然注入他感情世界一股火熱的洪流，打破了本趨向穩定狀態的平衡。

他該如何對待朔千黛呢？

想到這裡，他發覺自己正站在旅館的門階上。

李淑莊不待劉裕答話，雙目閃過得色，油然道：「我想見劉爺你，是想看你是何等人物；但肯說這番話，卻是因認爲劉爺是個明白事理、懂分寸的人。妾身說的話或許不順耳，卻只是說出事實。乾歸的事，我在這裡向劉爺賠個不是，希望我們之間的問題，亦止於乾歸。以後劉爺有甚麼需要妾身幫忙，妾身會樂意甘心爲劉爺辦事，要的只是劉爺一句話。」

劉裕心中眞的很不服氣，但也知奈何她不得。這個女人處處透著神秘的味道，絕不像她表面般簡單，且手腕圓滑，如果她擺開下台階自己仍不領情，只會是自討沒趣。

君子報仇，十年未晚。

劉裕欣然道：「李大姊確實名不虛傳，劉裕領教了。何況冤家宜解不宜結，乾歸的事便一筆勾銷。」

李淑莊風情萬種的嫣然一笑，道：「劉爺很快會明白妾身是怎樣的一個人，劉爺的度量更教妾身感動，將來淑莊必有回報。請劉爺上座，讓妾身敬酒賠罪。」

劉裕心中苦笑，來前怎想得到如此窩囊了事，今次眞是陰溝裡翻掉了船兒。

慕容戰剛跨過旅館門檻，一個店夥迎上來道：「戰爺果然來了！」

慕容戰暗感不妙，問道：「誰告訴你我會來的？」

店夥道：「是一位叫朔千黛的漂亮姑娘說的，她還留下了一件東西給戰爺。」然後邀功似的低聲道：「我怕有人多手拿了，所以一直貼身收藏。」邊說邊從懷裡掏出以布帛包著長若半尺呈長形的物件，雙手恭敬奉上。

慕容戰取在手裡，不用拆看已知是匕首一類的東西。一顆心不由往下直沉，道：「那位姑娘呢？」

店夥道：「她黃昏時結賬離開，還要我告訴戰爺，她不會再回來。」

慕容戰打賞了夥計，失魂落魄的離開旅館。

唉！她終於走了。

他寧願她先前來見他時如她所說般立即離集，而不是像如今般當他抱著希望和期待來找她時，她卻人去房空。

她終於作出了選擇，且是如此絕情。一切再不由他來決定。慕容戰感到自己陷入一種難以自拔但又無可奈何的失落裡，想像著她正逐漸消失在集外蒼茫的原野深處，而他心中尚未復元的傷疤，再次被撕裂開來，淌出鮮血。

或許，他永遠再見不到她了。

小艇駛離淮月樓，朝青溪小築的方向駛去。

劉裕詳細的說出見李淑莊的經過，事實上也沒甚麼好說的，片刻便把情況交代清楚，然後苦笑道：「我們低估了她。」

屠奉三沉吟道：「這個女人是個禍根。」

宋悲風訝道：「沒有那麼嚴重吧！她對朝廷並沒有直接的影響力。」

屠奉三道：「你有想過她是深藏不露的高手嗎？建康臥虎藏龍，到今天這女人仍未被人看破身懷絕藝，只是這點已不簡單。」

劉裕道：「她會否確爲桓玄的人，只是桓玄一直瞞著你？」

屠奉三斷然道：「桓玄根本沒有駕馭她的能力。」

宋悲風道：「之前我們是低估她，現在是否又把她估計得太高呢？」

屠奉三道：「我認爲我的看法很中肯。告訴我，我們劉爺久經風浪，何時曾吃過這種虧，還要忍氣吞聲，當著她說既往不咎。只是這點能耐，已知她不是一般青樓女子。我們對她的出身來歷一無所知，只曉得她在幾年間從青樓姑娘一躍而爲秦淮河最大兩所青樓之一的大老闆，還控制建康丹藥的供應，做人更是八面玲瓏，又精通清談之道，成爲建康最富有的女人。這麼樣一個人，怎會只甘心於一般的榮華富貴？只是她一心隱瞞武功，已令人起疑。」

在船尾划艇的蒯恩默默聽著，不敢插話。

宋悲風終於認同，道：「她的確不簡單，不過她卻從沒有過問朝廷的事。」

屠奉三道：「這正是她最聰明的地方，如果不是被牽涉入今次乾歸的事件裡，我們怎知建康竟有如此危險的女人？」

劉裕道：「現今她是擺出與我們井水不犯河水的姿態，只要我們不去惹她，雙方間可以保持微妙的友好關係，她甚至可以在某些事上為我們出力。」

宋悲風苦惱的道：「她究竟是哪一方的人呢？」

屠奉三道：「不論她是哪一方的人，對她卻絕不可等閒視之。現在我們最大的優勢，是她仍懵然不知我們劉爺身具察破她是深藏不露的高手的異能，對她生出警覺。」

劉裕道：「她在建康大賣所謂的『仙丹靈藥』，是否要毒害建康的高門子弟，令他們完全失去鬥志，這樣做對她又有甚麼好處？」

轉向宋悲風道：「安公怎會對她這種行為視若無睹呢？」

宋悲風嘆道：「問題在安公權力有限。當年司馬曜借司馬道子壓制安公，令安公縱有良政，仍難推行。何況高門子弟好丹藥之風盛行已久，要忽然下禁令，只會惹來激烈的反應。在顧全大局下，安公只好將這方面的事暫擱一旁。」

屠奉三道：「建康高門的風氣，誰也不能在一夜間改變過來，我們更不可以沾手，否則未見其利先見其害。李淑莊正是清楚這方面的情況，故不怕我們敢去碰她。」

劉裕苦笑道：「這口氣眞難硬嚥下去。」

屠奉三笑道：「所以我說這個女人是個禍根。由於她在黑白兩道均吃得開，所以只是她本身已等若一個在建康無所不包的情報網，深入建康權貴的日常生活去。其影響力和作用是難以估量的。我們要視她爲極度危險的人物來處理，否則遲早會吃另一次虧。」

宋悲風道：「我們可以如何對付她？」

屠奉三道：「我們會在短時間內在建康扎根，再非無兵將帥，還可以在司馬道子的默許下，進行種種活動。我們可以針對她在建康開闢另一條戰線，首先是要無孔不入對她展開偵察，至乎派人滲透進她的丹藥王國內，弄清楚她丹藥的來源，掌握她的實力，然後再看該與她合作還是摧毀她。這方面由我全權負責，李淑莊是個難得的對手，萬萬不能掉以輕心。」

此時宋悲風警覺的朝上游瞧去。

這時他們來到秦淮河和青溪兩河交匯處，一艘小船正從青溪順流迎頭駛來，比他們乘坐的小艇大上一倍，船身亦較寬，平頭平底，在水上航行因受阻力較小，順流而下更是迅疾平穩。

本來這樣的小船在建康的河道上最是平凡不過，可是此船卻令他們生出不妥當的感覺。首先是此船出現得突然，小船艙內更似堆滿了雜物，令他們有戒心的是竟看不到船上有人。

屠奉三喝道：「小心！」

話猶未已，來船竟忽然加速兼改向，再非是從旁駛過，而是順流朝他們直撞過來，且船上爆閃火光，似燃著了火引一類的東西，在黑暗的河面更是閃爍奪目，驚心動魄。

刹那間來船離他們已不到三丈的距離，根本無從躲閃。

蒯恩大喝一聲，跳將起來，手上船槳脫手射出，往來船船頭射去，反應之快，盡顯其機智和身手。

宋悲風喝道：「左岸！」

換了不是屠奉三、劉裕等久經風浪的人，定會大惑不解而猶豫，皆因他們此時所乘小艇的位置，離右岸只是三丈的距離，而左岸則遠達十丈，故要離開危險的水域，當然以投往右岸爲上策。

可是如果另有敵人埋伏於右岸，那便等若送上去給敵人祭旗，尤其想到偷襲者是練成黃天大法的盧循，這是個絕不能去冒的險。

「砰！」

船首粉碎，被蒯恩槳木發出的力道硬是撞得偏往右岸去，此時四人同時躍離小艇，投往左方河水去。

「轟！」

來船爆成漫空火球，像暴雨般往他們的小艇灑過來，把艇子完全罩住，如他們仍在艇上，肯定在劫難逃。

最厲害是隨火器爆炸往四面八方激射的銳利鐵片，無遠弗屆的朝仍在空中翻滾的他們狂射而來。

這一著的確是凶毒絕倫。

四人同時運起護體眞氣，震開來勢減弱的及體鐵片。

「蓬！蓬！蓬！蓬！」

四人先後掉進冰寒的河水裡，先前乘坐的小艇已陷入烈燄中，火光沖天而起，照亮了兩河交匯處。

第十七章　心靈約會

盧循終於如徐道覆般對劉裕生出懼意。

他錯失了可能是今次到建康來，最後一個殺劉裕的機會。成敗只是一線之差，當載著歹毒火器的平底船爆炸的一刻，他正位於岸旁暗黑處，兩手各持一截圓木，憑此他可在水中借力，攻擊在兩河交匯處任何掉進水裡的敵人，以他的速度和功力，即使強如劉裕，在猝不及防下也肯定沒命。

今次他是不容有失，所以計算精確。等待的只是劉裕坐船返青溪的一個機會。苦候多時的機會終於出現。

自上次在琅琊王府門外行刺劉裕不遂，盧循便曉得糟糕，不但試出劉裕武功大有進步，即使在一對一的情況下，對方仍有一拚之力，更不妙是對方提高了警覺，令他再難攻其無備。

所以要完成任務，必須有非常手段。

於是他動用天師軍在建康的人力物力，張羅了一批殺傷力驚人的毒火器，想出這個在河面進行刺殺的行動。

只要火器船能在離目標兩丈內爆炸，激飛的淬毒鐵片和毒火可令敵人或死或傷，再加上他伺機出手，幾可預見劉裕的敗亡。

只可惜對方撐艇的小子不論反應武功，均是他始料不及，竟能臨危不亂，借擲出船槳於火器船進入必殺的距離前，先一步命中船身，令火器船偏離了方向，就是那分毫之差，敵人險險避過大禍。

看著四人保持陣勢的沒入河水裡，盧循心中難受得要命，船艇仍在河面燃燒，冒起一團團烏黑的濃煙，但河水已回復平靜，敵人肯定在水內深處潛游，他乘危出手的如意算盤再打不響。難道劉裕眞是打不死的眞命天子？這個想法正是他懼意的源頭。

「燕郎呵！燕郎！你在哪裡呢？」

燕飛中止了渡江的行動，在岸旁一塊大石坐下，回應紀千千超越凡塵、距離和物質的精神呼喚。那是一種像打破仙凡之隔的感覺，支撐他們心靈連繫的或許是他們火熱的愛戀、深心的渴望，其中絕不容許半分人與人間的虛僞，是靈魂的接觸，美麗而玄秘。

燕飛倏地進入了與紀千千神交意傳的動人境界，他的精神越過茫茫黎明前黑暗的大地，高燃著毫無保留的愛火，應道：「在我眼前滾滾東流的是千千熟悉的大江，對岸就是南方最偉大的都城建康。流過千千建康故居雨枰台的秦淮河水，於上游不遠處匯入大江，加入往大海傾瀉的壯麗旅程。」

紀千千的心靈與燕飛緊密的結合在一起，再無分彼此，人爲的阻隔再不起任何作用，因苦候多時而生的焦憂，在此刻得到了完滿回報。

紀千千在燕飛心靈內沉醉的道：「燕郎形容得眞動人。千千忽然感到和燕郎是世上最幸福的一對，我們現在分享著的，正是世間所有男女夢寐以求，最動人無瑕的愛。我們比任何人更能彼此了解，千千因爲你而再不感到孤獨，沒有任何秘密或感情不可與你分享。這才是眞正的愛，縱然千千在此刻死去，但我的一生再沒有遺憾。」

燕飛完全絕對地了解紀千千的感受，那並非理性的分析，而是全心全靈超乎言語的心的傳感，因爲他們再非切斷隔離的兩個孤立個體，縱然肉體被萬水千山分隔開來，但他們的精神已結合爲一！一切的渴望、期待、迷惘、熱情、痛苦赤裸裸地呈現出來，虛僞根本沒有容身之所。

他把心靈完全開放，讓紀千千感受到他心中每一個感情的波盪，他對她最深沉的愛戀，撫慰她戰慄的靈魂，燕飛在心靈中應道：「死亡並非最後的境界，死亡之外尚有其他東西。千千的狀況如何？自上次我們在參合陂的對話後，千千的身體有沒有出現問題呢？」

紀千千道：「因爲千千渴望能與燕郎你再作心靈的接觸，所以忘掉了一切，一念修持，在禪修上大有進境。像今次人家呼喚你，便感到比上次精神上強大多了，該可進行更長的心靈對話。最令人振奮的是有一個意想不到的收穫，千千的內功竟頗有精進，每天便是練功和想你。我的身軀雖然失去了自由，精神卻是完全不受拘束和限制，對將來更是充滿期待和希望。參合陂之戰結果如何？勝的當然是燕郎的一方，這七、八天慕容垂都到了別處去，最奇怪是從來不離我們左右的風娘，也失去了影蹤，令人更感事不尋常。」

燕飛將戰果如實報上，然後道：「眞是奇怪，風娘不是負責看管你們嗎？」

紀千千道：「千千一直沒有機會向你提及風娘，她是個很特別的人，不時流露對我們的同情心。她還說認識燕郎的娘親，又說在你小時曾見過你。燕郎有印象嗎？」

燕飛心中湧起自己也不明白的感覺，道：「竟有此事，眞教人意外。」

紀千千嘆息道：「燕郎呵！我又感到精神的力量在減退，不得不和燕郎分手，雖然千千尚有無盡的話要向燕郎傾訴。風娘似乎和你的娘有點恩怨。噢！燕郎保重，千千要走哩！」

連繫中斷。

燕飛睜開雙眼，已是天色大白，大江之水仍在前面滾流不休，波翻浪湧，就像他的心情。

「不要推哩！你的手別碰我，老子早醒了過來，你當我是像你那般的低手嗎？」

高彥瞪大眼睛朝下游方向瞧著，不理被他弄醒的卓狂生不滿的抗議，道：「那是不是荒夢三號？」

卓狂生睡眼惺忪循他目光望去，在曙光照射下，隱見帆影，心忖以他的眼力仍沒法辨認是否邊荒遊的樓船，高彥當然更不行。站起來道：「讓我數數看，一片、兩片……哈！果然是我們的三桅樓船，你成功哩！」

高彥整個人跳上半空，翻了個觔斗，大喝道：「兄弟們！全速前進，我的小白雁來哩！」

駕舟的漢子苦笑道：「報告高爺，由昨晚開始一直是全速航行，沒可能再加速。」

卓狂生猶在夢鄉喃喃道：「有點不妥當，爲何沒有雙頭船領航？」

高彥沒好氣道：「你是眞糊塗還是假糊塗？因爲道路安全方面證實沒有問題，所以爲節省成本，雙頭船護航早已取消，你竟懵然不知。」

卓狂生乾咳以掩飾心中的尷尬，道：「似乎是有這麼一回事。」

高彥喜上眉梢，沒有興趣乘勝追擊，舉手嚷道：「小白雁你不用急，你命中注定的如意郎君來哩！」

江陵城，桓府。

桓玄獨自一人坐在大堂裡，喝茶沉思，到門官報上任青媞到，才把杯子放到身旁茶几上，抬起頭來。

任青媞神情嚴肅的來到他前方施禮道：「青媞向南郡公請安！」

桓玄瞥她一眼，神態冷淡的道：「坐！」

任青媞側坐一旁，垂下螓首，顯然感覺到桓玄態度上的轉變。

桓玄道：「昨晚睡得好嗎？」

任青媞輕嘆一口氣，似在責怪他昨晚沒有依約夜訪她，徐徐道：「算可以吧！不知南郡公一早召見奴家，有甚麼要緊的事呢？」

桓玄道：「我想先弄清楚一件事，你現在和劉裕是怎樣的關係？」

任青媞沒有抬頭看他，輕輕道：「不是已告訴了南郡公嗎？青媞和他的關係處於微妙的情況，既不是朋友，但也不是敵人。」

桓玄沉吟片晌，好一會兒後有點難以啓齒的道：「不殺此子，我絕不會甘心。」

任青媞終抬頭朝他瞧去，桓玄卻避開她幽怨的目光，仰望屋樑。任青媞黛眉輕蹙，道：「南郡公是否要奴家爲你殺劉裕呢？」

桓玄點頭道：「任后有把握爲我辦到這件事嗎？只有你能接近他。」

任青媞神態如常的道：「殺劉裕並不容易，因爲他對我並非毫無戒心。可是南郡公有沒有想過，在目前的形勢下殺死劉裕，等若幫了劉牢之一個大忙，他再不會把任何人放在眼裡。司馬道子也是看透此點，才利用劉裕來牽制劉牢之。」

桓玄不耐煩的道：「劉裕有荒人作後盾，在北府兵內又有驚人的號召力，連建康的高門也因謝玄的關係對他另眼相看，愚民更以爲他是眞命天子，這樣的一個人，我怎能容他活在世上？比起來，劉牢之根本不是一個問題，因他殺王恭的行爲，令他永遠得不到建康士族的支持，難有甚麼大作爲。」

任青媞再次低首，柔聲道：「南郡公有令，青媞怎敢不從？讓奴家試試看吧！」

桓玄暗嘆一口氣，似欲說話，卻欲言又止，最後揮了揮手，示意她離開。

任青媞神色平靜的道：「若南郡公沒有其他吩咐，青媞想立即動身到建康去。」

桓玄道：「有甚麼需要，儘管向桓修說，我會吩咐他全力支持你。」

任青媞道：「要對付劉裕，人多並沒有用。每過一天，他的實力便增強一些，青媞只能盡力一試，如果失敗了，南郡公勿要怪罪奴家。」

說罷起立施禮告退。

桓玄呆看著她背影消失門外，再暗嘆一口氣時，一團香風從後側門捲進來，投入他的懷裡。

桓玄立即感慨盡去，一把抱緊懷中玉人，憐惜的道：「你全聽到哩！我和她是沒有任何關係的。」

譙嫩玉伏在他懷裡，像一頭馴伏的小綿羊，嬌柔的道：「嫩玉清楚了！縱然要爲南郡公死，嫩玉也是心甘情願的。」

桓玄微笑道：「不准提『死』這個字，你肯隨我桓玄，我會令嫩玉有享不盡的富貴榮華，家運興隆。」

譙嫩玉把俏臉緊貼在他胸膛，柔聲道：「我要爲南郡公辦事。」

桓玄訝道：「我只要嫩玉好好的陪我，你還要去幹甚麼呢？」

譙嫩玉淡淡道：「嫩玉心中不服氣呢！」

桓玄忘掉任青媞，啞然笑道：「原來仍因除不掉高彥那小子而耿耿於懷。讓我告訴你，高小子的生死根本無關輕重，我已擬定對付荒人的全盤計畫，荒人風光的日子，是屈指可數了。」

譙嫩玉嬌嗲的道：「高彥怎夠資格讓我放在心上？我要對付的是劉裕。劉裕之所以能呼風喚雨，全賴得到荒人的支持，只要能毀掉邊荒集，劉裕打回原形，大不了是北府兵內較有號召力的將領。嫩玉曾與荒人接觸，明白他們的手段。讓嫩玉作南郡公的先鋒，只要南郡公肯點頭，嫩玉有把握把邊荒集鬧個天翻地覆，異日南郡公揮軍邊荒，荒人將無力反抗。」

桓玄皺眉道：「荒人能公開你的名字，顯然他們之中有熟悉你底細的人，你這樣到邊荒集去太冒險了，我怎放心？」

譙嫩玉把他摟得更緊了，輕輕道：「南郡公可以放心，嫩玉可騙倒荒人一次，當然可再騙倒他們。對做生意的人，邊荒集是來者不拒的。嫩玉會召集家族的高手助陣，不用費南郡公的一兵一卒。失去了邊荒集的支持，劉裕絕非南郡公的對手。」

桓玄終於心動，問道：「嫩玉心中有甚麼人選呢？」

譙嫩玉道：「當然是嫩玉的親叔譙奉先，他用毒的功夫不在我爹之下，且智計絕倫，武技強橫，只要我們能混進邊荒集去，摸清楚邊荒集的虛實，既可作南郡公的探子，又可於南郡公對邊荒集用兵之時，瓦解荒人的鬥志，來個裡應外合，到時哪怕荒人不乖乖地屈服。」

桓玄訝道：「如何瓦解荒人的鬥志呢？荒人全是亡命之徒，悍不畏死，故能屢敗屢戰，兩次失而復得。」

譙嫩玉欣然道：「任荒人是鐵打的，也捱不住穿腸的毒藥，只要我們掌握到荒人用水的源頭，可使大量荒人中毒身亡。說到底荒人不過是因利益而結合的烏合之眾，一旦引起恐慌，加上南郡公大兵臨集，荒人將不戰而潰，豈非勝過強攻邊荒集嗎？」

桓玄皺眉道：「據說荒人用水以潁水為主，水井為副，下毒的方法恐怕行不通。」

譙嫩玉胸有成竹的道：「用毒之法千變萬化、層出不窮，但我們必須到邊荒集實地視察，方可針對情況施毒。嫩玉想為南郡公辦點事嘛！保證不會再令南郡公失望。」

桓玄笑道：「我對嫩玉怎會失望，簡直是喜出望外。」

譙嫩玉在他懷裡扭動嬌軀，撒嬌道：「南郡公壞死哩！」

桓玄開懷大笑，雙手開始不規矩起來。

譙嫩玉呻吟道：「現在是談正事的時候呵！」

桓玄欣然道：「我正是在做最正經的事。」

譙嫩玉把玉手從摟著他的腰改為纏上他的脖子，喘息道：「南郡公答應我了嗎？」

桓玄猶豫道：「你去了，誰來陪我度過漫漫長夜呢？」

譙嫩玉道：「當南郡公成為新朝之主，嫩玉不是可以長伴聖上之旁，伺候聖上嗎？」

桓玄雙目亮了起來，想像著成為九五之尊的風光，完成父親桓溫未竟之志，成就桓家的帝王霸業。

譙嫩玉道：「怎麼樣呵？」

桓玄低頭看她，沉聲道：「好吧！但如果情況不如理想，嫩玉千萬不要冒險，最重要是能安然回來，其他一切都是次要的。」

譙嫩玉歡呼一聲，主動獻上香吻。

第十八章　長生毒咒

「燕飛！」

一艘小舟，由上游駛下來。

燕飛騰身而起，落到小艇上，訝道：「怎會這麼巧？」

安玉晴掉轉船頭，神態優閒的搖櫓，靠著大江北岸逆流而上，微笑道：「我是專誠在此等候你哩！」

她一身漁家樸實無華的打扮，戴著壓至秀眉的寬邊笠帽，卻益發顯現出她清麗脫俗的氣質，雙眸宛如兩泓深不見底、內中蘊含無限玄虛的淵潭。

燕飛曉得自己仍未從與紀千千的心靈約會回復過來，故問出這句像沒長腦袋的話，道：「讓小弟代勞如何？」

安玉晴輕柔的道：「燕大俠給小女子好好的坐下，事實上我很享受搖櫓的感覺。」

燕飛灑然坐在小艇中間，含笑看著她，這美女有種非常特別的氣質，就是可令人緊張的情緒鬆弛下來，生出無憂無慮的感覺。

安玉晴靜靜地瞧著他，忽然輕嘆一口氣，道：「與你在白雲山分手後，幾天來我不住思索，想到了一個問題。」

燕飛興致勃勃地問道：「能令姑娘用心的問題，當非尋常之事，是否與仙門有關係呢？」

安玉晴現出一個苦惱的神情，道：「你猜錯了！這個問題與你有直接的關係，且是非常驚人，你最好有點心理準備。」

燕飛駭然道：「不是那麼嚴重吧？我眞的完全捉摸不到姑娘的意思，如何心裡可有個準備？」

安玉晴苦笑道：「我有點不想說出來，但站在朋友的立場，又感到非說不可。」

燕飛倒抽一口涼氣道：「究竟是怎麼一回事？」

安玉晴道：「在說出來之前，我要先弄清楚一件事，那次你和孫恩在邊荒集外決戰，事後天師軍大肆宣揚你已死在孫恩手底，而事實上你的確失蹤了一段時間，其間發生過甚麼事呢？」

燕飛到此刻仍未弄清楚安玉晴心中想到的問題，只好老實的答道：「那次決戰我是慘敗收場，還完全失去了知覺，到醒來時才發覺自己給埋在泥土下。」

安玉晴訝道：「孫恩怎會如此疏忽呢？」

燕飛道：「孫恩並沒有疏忽，當我被他轟下鎭荒崗之時，任青媞出手偷襲他，令他沒法向我補上一掌。接著窺伺在旁的尼惠暉，卻把我帶走和安葬。嘿！這些事與姑娘想到有關我的問題，究竟有何關連呢？」

安玉晴嘆道：「今次糟糕哩！」

燕飛一陣心寒，隱隱想到安玉晴的心事，該與他的生死有關。

安玉晴欲語還休的看了他兩眼，然後徐徐道：「還記得我在烏衣巷謝家說過的話嗎？我說你令我生出恐懼，是對自己不明白事物的懼意，因爲在道門史籍裡，尚未有人能達至胎息百日的境界，所以你該已結下金丹，更奇怪你爲何仍未白日飛昇，因而弄不清楚你是人還是仙。記得嗎？」

燕飛點頭道：「姑娘的確說過這一番話。」

安玉晴道：「尼惠暉從孫恩手底下把你帶走，是要向孫恩示威，表達她對孫恩的恨意，至於將你埋葬，則因見你生機已絕，又起了憐惜之心，不願見你曝屍荒野，故讓你入土爲安。豈知你竟死而復生。」

燕飛道：「我並沒有見到閻羅王，該還沒有死去，或者可說尚未完全斷氣。」

安玉晴定睛看著他，道：「你這句話該錯不到哪裡去。據古老的說法，人有三魂七魄，肉身死亡後，三魂七魄便會散去，到回魂時才會重聚，看看是否死得冤枉，再決定該不該陰魂不散繼續做鬼，又或轉世輪迴。這說法是眞是假，當然沒有活人知道。」

燕飛深吸一口氣道：「給你說得我有點毛骨悚然。唉！姑娘請說出心中的想法，希望我可以接受吧！」

安玉晴道：「當時你的確死了，可是魂魄仍依附肉體，重接斷去的心脈，令你生還過來，這是唯一合理的解釋。」

燕飛輕鬆了點，道：「那我並沒有眞的死去，只是假死，我也聽過族人中有人死了兩天，忽然復活過來的事，這死而復生的人，還多活了兩年才眞的死掉。」

安玉晴道：「你肯定已結下求道者夢寐以求的金丹。」

燕飛被她這句沒頭沒腦的話弄得糊塗起來，皺眉道：「金丹究竟是甚麼東西？我眞的感覺不到身體內多了任何東西。」

安玉晴道：「金丹便是我們道家致力修煉的陽神，又稱身外之身，觸不著摸不到。據典籍所說，凡結下金丹者，會成爲永生不死的人。」

燕飛失聲道：「甚麼？」

安玉晴苦笑道：「你現在該明白我爲何不想說出來了！對道家來說，這當是天大喜訊，對你來說，卻是……唉！我也不知該如何措辭了。」

燕飛呆看著她，好一會兒後道：「假若有人將我碎屍萬段，我是否仍能不死呢？」

安玉晴嘆道：「你的問題恐怕沒有人能回答，只有老天爺才清楚。唉！你的臉色又變得很難看哩！」

燕飛臉上再沒有半點血色，心中翻起了千重澎湃洶湧的巨浪，衝擊著他的心靈。

安玉晴說的話很有說服力。當日破土而出時，燕飛確有死而復生的感受，且從此生出能感應紀千千的靈覺。事情怪異得令他也感到難以接受，只不過逐漸習慣過來，故能對己身的「異常」不以爲異。

他更明白安玉晴說的「糟糕」意何所指，因爲她清楚他是怎樣的一個人，是他的「紅顏知己」。對矢志成仙的人，「永生不死」確是一種恩賜，因爲可擁有無限的時間，去尋找成仙的方法，勘破生死的秘密。

可是對他來說，那只是一個永無休止的夢魘，他更變成一頭不會死的怪物。那絕非祝福，而是詛咒，且是最可怕的毒咒。

試想想，看著紀千千從紅顏變成白髮，看著她經歷生老病死，而他燕飛則永遠是那個模樣，不論對紀千千或是對他，是多麼殘忍可怕的一回事。那時唯一解決的辦法，便是自盡——如果他可以辦得到的話。

安玉晴沒有打擾他，默默搖櫓，渡過大江，駛入秦淮河去。

唯一解決的方法，便是開啓仙門，趁紀千千仍青春煥發的好時光，兩人一齊攜手破空而去，直闖那不知是修羅地獄還是洞天福地的奇異天地，怎都好過看著千千老死，而自己則永遠存活人世。

但他早否定了這個可行性，即使他讓紀千千先他一步進入仙門，紀千千也會被仙門開啓的能量炸個粉身碎骨。

這是個根本沒法解決的難題。

燕飛生出被宣判了極刑的感覺，且是人世間最殘酷和沒有終結的刑罰。

安玉晴柔聲道：「唯一結束長生苦難的方法，便是練成《戰神圖錄》最終極的絕學『破碎虛空』，開啓仙門，渡往彼岸，看看那邊是何光景。對嗎？」

燕飛抬頭朝她望去，接觸到她深邃神秘、每次均能令他心神顫動的美眸，內中充滿渴望和期待。

燕飛劇震道：「這是否姑娘心中唯一在意的事呢？」

安玉晴縱目秦淮河兩岸的美景，悠然神往的道：「我自小便對眼前的天地充滿好奇心。天的盡頭在哪裡呢？地的盡頭又在哪裡？一切是如何開始？一切又如何結束？眼前的事物是否只是一個幻象？人來到世上，有甚麼目的？生命是不是如季節星辰般不住循環往復？所以我對世人的徵逐名利，看得很淡；但又對佛道兩家的成佛成仙之說，抱懷疑的態度，直至遇上燕飛你，親耳聽到仙門開啓的情況，心才安定下來。仙門的另一邊，是不是洞天福地並不重要，只要知道這個可能性，我不試試看絕不會甘心。可是經細心思考過你述說天地心三珮合一開啓仙門的狀況，仙門像是只有一步之遙的距離，但要跨出這一步，卻是難比登天，可望而不可即，心中的矛盾，怕只有燕飛你明白。」

燕飛苦澀的道：「我明白。唉！假若我能打開仙門，姑娘敢不敢毫不猶豫地闖進去呢？」

安玉晴平靜的道：「如果我沒有猜錯，『破碎虛空』如此驚天地、泣鬼神，力能開天闢地的絕世招數，將超越了任何武學大師的極限，終其一生只能使出一次，且要耗盡所有潛能。你明白嗎？仙機只有一個，你如讓給了我，而我又確能越門而去，你將永遠錯失到達彼岸的機會，還要承受不可知的嚴厲後果，你仍願意這麼爲我犧牲嗎？」

燕飛爲之啞口無言，他就算不爲自己著想，也須爲紀千千著想。

安玉晴微笑道：「我的生命因仙門而充滿惱人的情緒，你也因己身史無先例的困境，被逼要面對最終極的難題。人生便是如此，永遠是苦樂參半。但我們和其他人都不同，我們追求的並非一般世俗的得與失，而是超越生死，超脫人世。」

燕飛仍是無言以對。

安玉晴道：「你要在哪裡上岸呢？我暫時寄居於支遁大師的歸善寺，你找到支遁大師，便可以找到我。不必有事才來找我的，閒聊也可以呢！」

劉裕來到主廳，屠奉三正和蒯恩說話，後者聚精會神的聆聽，不住點頭，一副虛心受教的模樣。

對蒯恩這個後起之秀，劉裕和屠奉三等早認定他是可造之材，卻從未想過他可以如此出色，到建康不到十天工夫，便屢立大功。先是看破乾歸的刺殺方法，昨夜更多虧他及時擲出船槳，改變了敵方火器船的方向速度，否則後果不堪想像。

劉裕在兩人身旁坐下，訝道：「爲何要以這種紙上談兵的方式傳小恩練兵之術？待我們的邊荒勁旅到達後，臨場授法，效果不是會更理想嗎？」

屠奉三沉聲道：「因爲我想再見楊佺期，看看可否盡最後的努力，策動他和殷仲堪先發制人，扳倒桓玄。」

劉裕愕然道：「還有希望說服他們嗎？一個不好，反會牽累你。何況這裡更需要你。」

屠奉三微笑道：「小恩在統兵一事的識見才能，肯定可給你一個驚喜。侯先生的循循善誘，已在小恩身上顯現出驕人的成果，只要給他機會，保證可令你滿意。更何況我不在還有你，只要你提攜小恩，讓他在我們的荒人兄弟心中建立權威，小恩將是你的頭號猛將。」

蒯恩不好意思的道：「屠爺太誇獎我了，但我定會盡力而爲，希望不會辜負兩位爺們的厚意。」

屠奉三又道：「這更是一種策略上的考慮，不論桓玄或徐道覆，對我慣用的戰術和手段都知之甚詳，如此便是有跡可尋。但小恩是新人事新作風，只要我們將他栽培成材，便是一著奇兵。」

劉裕曉得屠奉三去意已決，皺眉道：「如果眞的扳倒桓玄，司馬道子去了這個頭號勁敵，還用倚賴我們嗎？」

屠奉三嘆道：「話是這麼說，但你和我都清楚楊、殷兩人，怎會是桓玄和聶天還的對手？我只是希望他們能掌握先機，不致一觸即潰，好盡量延遲桓玄全面向建康發動攻擊的時間，否則在我們仍疲於應付孫恩之時，更要憂心桓玄。」

劉裕正要說話，見蒯恩一副欲言又止的模樣，心中一動，向蒯恩道：「小恩心中有甚麼話，儘管放膽說出來。」

屠奉三也笑道：「對！不用害羞。你曾到過邊荒集去，該曉得荒人都是異想天開的瘋子，而劉爺更是瘋子裡的瘋子，面對強敵壓倒性的兵力，仍想著如何玉成小白雁和高彥的美事。」

蒯恩提起勇氣，道：「縱然桓玄和聶天還聯手，要攻陷有如此強大防禦能力的建康都城，仍是力有未逮，否則不會拖延至今天，又千方百計爭取劉牢之站到他們的一方去。桓玄尚有一個顧慮，就是怕萬一與建康軍戰個兩敗俱傷，會讓天師軍撿了便宜，所以一天天師軍仍在，桓玄都不會直接攻打建康。」

這番話對劉裕和屠奉三來說，已是老生常談的事，但蒯恩到建康只是短短幾天時間，便掌握到情況，確實令人激賞。

屠奉三點頭道：「說得好！」

劉裕鼓勵道：「說下去吧！」

蒯恩的膽子大起來了，道：「桓玄獨霸荊州後，可以做的事是封鎖建康上游、斷去建康最主要的命脈，令上游的物資難以源源不絕的運來支持建康，而建康在被孤立的惡劣形勢下，將更難應付天師軍。」

劉裕和屠奉三均點頭表示同意。

封鎖建康的上游是桓玄的撒手鐧，更是他力所能及，又是掌握主動的高明手段。當建康局勢不堪水道命脈被截斷之苦時，欲反攻荊州，桓玄便可以逸待勞，來個迎頭痛擊，一戰定江山。劉裕和屠奉三雖明知如此，仍是無從入手，所以才有敗中求勝的策略。

屠奉三今次要重返荊州，正是希望能把桓玄封鎖大江的計畫盡量推遲。

蒯恩續道：「要改變這種情況是不可能的，但小恩認爲在天師軍敗北前，桓玄該不會魯莽地進行鎖江行動，因爲這會引起建康高門大族的極大反感，認定桓玄是個乘人之危的卑鄙之徒，日後即使他能擊敗建康軍，對他的管治會有非常不良的影響。還有從桓玄的立場來說，最佳策略莫如坐山觀虎鬥，最理想是天師軍潰敗，而建康軍和北府兵又傷亡慘重，然後桓玄便可以風捲殘兵的姿態，席捲建康，取代早已令建康高門大族心死的司馬氏王朝。」

屠奉三和劉裕齊齊動容。

宋悲風的聲音在後側門處響起道：「這個看法很新鮮，更非常有見地。」

蒯恩赧然道：「只是小恩的愚見。」

宋悲風坐下後，屠奉三道：「繼續說下去。」

蒯恩道：「屠爺勿要怪小恩冒犯，小恩認爲殷、楊兩人是沒有半點機會的，這個險不值得屠爺去冒，我們現在應集中精神對付孫恩，另一方面則以邊荒集牽制桓玄，例如在壽陽集結戰船，令桓玄有顧忌，勝過把希望寄託在他們身上。」

屠奉三點頭道：「小恩的說法很有道理。」

蒯恩現出感動的神色，顯是以爲自己人微言輕，想不到說出來的想法會得到屠奉三的採納和重視，也從而看出屠奉三納諫的胸襟。

就在此時，四人均有所覺。

一道人影穿窗而入，迅如鬼魅，四人警覺地跳起來時，方看清楚來者是燕飛。

蒯恩是唯一不認識燕飛的人，還以爲來的是敵人，箭步搶前，一拳向燕飛轟去，眾人已來不及喝止。

燕飛一掌推出，抵住蒯恩的鐵拳，竟沒有發出任何勁氣交激的風聲，面露訝色道：「這位兄弟的功夫非常不錯。」

蒯恩發覺拳頭擊中對方掌心，眞勁如石沉大海，駭然急退時，屠奉三嘆道：「我們的邊荒第一高手終於駕臨建康哩！」

第十九章　九流招數

王鎮惡踏入小廳，劉穆之正一個人默默吃早點，一副沉思的凝重神情。

王鎮惡在他身旁坐下，隨手取了個饅頭，先拿到鼻端嗅嗅，然後撕開細嚼起來。

劉穆之朝他瞧去，微笑道：「昨夜睡得好嗎？」

王鎮惡欣然道：「睡覺算是我感到驕傲的一項本領，通常闔眼便可一睡至天明，如果不是有此絕技，恐怕我早撐不下去，自盡了事。」

劉穆之淡淡道：「你剛才吃饅頭前，先用鼻子嗅嗅，是否怕被人下了毒？」

王鎮惡尷尬的道：「這是個習慣。以前在北方是保命之道，現在卻變成不良習慣，讓先生見笑了。」

劉穆之同情的道：「看來你以前在北方的日子，頗不好過。」

王鎮惡頹然道：「看著親人一個一個的忽然橫死，當然不好受，我本身也被人行刺過五次，每次都差點沒命。」

劉穆之皺眉道：「苻堅竟如此不念舊情嗎？」

王鎮惡苦笑道：「如果他不眷念舊情，我早屍骨無存。」他不想再談過去了的事，轉話題道：「先生想出了應敵之法嗎？」

劉穆之道：「要對付大批的秘族戰士，只要依我們昨天擬定的計畫行事，該可收到效果。可是要應付像向雨田這麼的一個人，我反而束手無策。從此人的行事作風，可知此人是個不守常規、天資極高、博學多才，能睥睨天下的高手。這樣的一個人根本是無從揣測，也不能用一般手法制之。邊荒集雖然高手如雲，人才濟濟，但能制伏他的，怕只有燕飛一人，只是燕飛卻到了建康去。」

王鎮惡深有同感地點頭道：「我雖然和他交過手，可是直至此刻，仍看不透他是怎樣的一個人，古怪的是還有點喜歡他。這個傢伙似正似邪，但肯定非卑鄙之徒，且予人一種泱泱大度的風範。」

劉穆之嘆道：「我今早起來，最害怕的事是聽到有關於他的消息，那肯定不會是甚麼好事，例如某個議會成員被他刺殺了，又或給他偷掉了象徵荒人榮辱古鐘樓上的聖鐘。幸好一切平安。」

王鎮惡失笑道：「先生的想像力很豐富，要偷古銅鐘，十個向雨田也辦不到。」

劉穆之苦笑道：「雖然是平安無事，但我的擔心卻有增無減，現在的情況只是暴風雨前的寧靜，以向雨田的心高氣傲，肯定嚥不下被我們逐出邊荒集這口氣，更要弄清楚我們憑甚麼能識破他的行藏，所以他該正等待一個立威的機會，而他的反擊肯定可以命中我們的要害。他會從哪方面入手呢？」

又問道：「告訴我！向雨田究竟是個無膽之徒，還是過於愛惜自己生命的人呢？」

劉穆之這個疑問，是有根據的。

自向雨田在鎮荒崗神龍乍現，接著突圍逃出邊荒集，到後來明明可以殺死王鎮惡，卻偏把他放過，均是令過慣刀頭舐血的老江湖難以理解的事。

他沒有殺過半個人，也不讓任何人傷他半根寒毛。

但他究竟是因膽小而不敢冒受傷之險？還是因爲過度愛惜自己的身體，而不願負傷？則是沒有人能弄清楚的事。

王鎮惡肯定地道：「他絕不是膽小的人，反是膽大包天、目空一切的人，所以才敢孤身到邊荒集來。可是他知難而退的作風，確實令人費解。」

劉穆之道：「只要弄清楚此點，我們說不定可找到他的破綻弱點，從而設計對付他。」又沉吟道：「知難而退四個字形容得非常貼切。以他的身手，如果受傷後仍力拚，該有機會擊殺高少，可是當他發覺姚猛有硬擋他一劍的實力後，便頭也不回地離開，可知這個險他是不肯冒的。放過你還可接受他的解釋，說是不願傷勢無法復元，但對付高少卻沒有這個問題，教我想都想得糊塗了。」

王鎮惡思索道：「或許他正修煉某種奇功異藝，在功成前不可以受傷。唉！天下間哪有這種古怪的功夫呢？」

劉穆之頭痛地道：「向雨田的威脅是無處不在，防不勝防。他只要每天找一個人祭旗，便可令邊荒集陷入恐怖的慌亂裡，對邊荒集正在復興的經濟造成嚴重的打擊，那時誰還敢來邊荒集做生意？」

王鎮惡搖頭道：「他該不是這種濫殺無辜之徒，在我心中他是頗具英雄氣概的人，且注重自己的聲譽。假如他隨意殺人，將變成另一個花妖，惹起公憤，以後只能過四處逃亡的日子。」

劉穆之像是想到了甚麼，劇震道：「我猜到他下一個目標是甚麼了！」

高彥心兒卜卜跳著來到本是程蒼古的「船主艙」，現在卻是尹清雅居宿的艙房門前，舉手卻似沒有勇氣敲門，神情古怪。

站在廊道盡處離他兩丈許處的卓狂生、程蒼古和十多個隨船兄弟，無不個個現出「皇帝不急，急死太監」的趣怪表情，以手勢動作催促他速速叩門。

由於全船客滿，程蒼古只好捱義氣把自己的艙房讓出來給小白雁，自己則擠到荒人兄弟的大艙房去。小白雁也是奇怪，登船後沒有離房半步，更不碰船上的佳釀美食，只吃自備的食水乾糧和水果。

「篤！篤！篤！」

高彥終於叩響艙門，旁觀的卓狂生等，人人一顆心直提到咽喉頂，屏息靜氣，看高彥是如他自己大吹大擂的受到熱情的招呼，還是會被小白雁轟下潁水去。

小白雁甜美的聲音從房內透門傳出來，嬌聲道：「到了邊荒集嗎？哪個混蛋敢來敲本姑娘的門？」

眾人強忍發笑的衝動，靜看情況的發展。

高彥聽到小白雁的聲音，登時熱血上湧，整張臉興奮得紅了起來，先挺胸向眾人做了個神氣的姿態，然後對著艙房的門張大了口，當人人以爲一向「能言善辯」的他勢將妙語連珠之時，他卻說不出半句話來，累得眾人差點捶胸頓足，爲他難過。

小白雁的聲音又傳出來道：「愣在那裡幹甚麼？快給我滾，惹得本姑娘生氣，立刻出來把你煎皮拆骨。」

卓狂生排眾而出，做了個要掐死高彥的手勢，一臉氣急的表情。

高彥在群眾的壓力下，終於口吐人言，以興奮得沙啞了的聲音艱難的道：「是我！嘿！是我高彥，雅兒快給我開門。」

艙房內靜了下來，好一會兒也沒傳出聲音。

眾人更是緊張得大氣也不敢透一口。

房內的小白雁終於回應了，道：「高彥？哪個高彥？我不認識你這個人，快給我滾蛋。」

眾人聽得面面相覷，小白雁不是爲高彥才到邊荒來嗎？高彥又常吹噓與小白雁如何山盟海誓，海枯石爛，此志不渝，究竟是怎麼一回事？

高彥先是呆了一呆，接著回復神氣，發揮他三寸不爛之舌的本領，清了清喉嚨，昂然道：「雅兒說得好！究竟是哪個高彥呢？當然是曾陪你出生入死，亡命天涯，做同命鴛鴦的那個高彥。來！快乖乖的給我開門，很多人在……嘿！沒有甚麼。」

眾人差些兒發出震艙哄笑，當然都苦忍著，誰也不敢發出半點聲息。高彥那句未說完的話，該是「很多人在看著呢！這個臉老子是丟不起的」諸如此類。

小白雁「咭」的一聲笑了出來，又裝作毫不在乎的道：「有這麼一個高彥嗎？人家記不起來了。」

眾人放下心來，曉得「小兩口子」該是在耍花槍作樂。

高彥回復常態，哈哈笑道：「記起或記不起並不重要，我高彥可助雅兒重溫舊夢，例如再揉揉雅兒的小肚子。哈！快給爲夫開門。」

小白雁低罵一聲，由於隔著又厚又堅實的門，最接近她的高彥亦聽不清楚她罵甚麼。看來不是「死色鬼」、「臭小子」便是「混蛋」一類的罵人字眼。

高彥失去了耐性，嚷道：「快開門！否則我會運起神功，把門閂震斷，來個硬闖新房。」

小白雁失聲嬌笑，喘息著道：「你這死小子臭小子，你是甚麼斤兩？憑你的功夫，再練十輩子也震不斷這鐵門閂，何況門根本沒有上閂，想挨揍的便滾進來！你當我仍不曉得你和你那班荒人混賬，串通來算計我的勾當嗎？我今次是來尋你晦氣的，夠膽量的便進來吧！」

高彥毫不猶豫的推門而入。

燕飛坐在艇頭，默然無語。

看著他的背影，在船尾划船的宋悲風，心中頗有感觸，回想起當年燕飛落魄建康時，謝家正值巔峰時期，謝玄斬殺彌勒教的第二號人物竺不歸，司馬道子亦因石頭城被奪而不敢吭半聲。

燕飛呆瞧著川流不息的河水，心中生出萬念俱灰的感覺。他從沒有想過，和自己心愛的女人「執子之手」，卻不能「與子偕老」中的「偕老」，竟會成爲一個無從解決的問題。過去的所有努力、奮鬥、掙扎，全像失去了意義。即使將來能從慕容垂的魔掌救出紀千千，等待他們的將是個可怕的噩夢。青春轉瞬即逝，他們倆不能一起「老死」的分異，對紀千千來說，是個至死方休的絕局；對他來說，則是永無休止的刑罰。

照安玉晴的話，自盡亦不能解決他的問題，縱使肉身毀滅了，他仍會以陽神的形式存活下來，永世做孤魂野鬼。

安玉晴說得對，唯一解決的方法是練成《戰神圖錄》的最後一招「破碎虛空」，且要突破人類的極限，產生力足以讓他攜紀千千破空而去的能量，與紀千千穿過仙門，抵達彼岸，在傳說中神奇的洞天福地做一對「神仙眷屬」。

唉！

安玉晴又如何呢？他忍心只顧著紀千千，卻拋下這位能觸動他心弦的紅顏知己嗎？想得實在有點太遠了。以他現在的功夫，距離「破碎虛空」的境界尚遠，何況還有其他難題，更遑論可攜美破空而去。

可是他也不能就此束手接受已鑄成死局的命運，只要有一線希望，他便要奮鬥到底，完成幾近沒有可能的事。

如何可以突破這個現世的囚籠，令噩夢真的化作仙緣，他是茫無頭緒。如何可以再作突破呢？

忽然間，他想到了孫恩。

宋悲風的聲音在身後響起道：「到哩！」

小艇速度減慢下來，緩緩靠向烏衣巷謝府的碼頭。

「砰！」

在眾人瞠目結舌下，高彥從房內倒飛出來，重重撞在廊道的壁上，再滑坐地板，痛得齜牙咧嘴，還要及時打手勢阻止眾人過去幫忙，那情景令人不知好氣還是好笑。

小白雁尹清雅的嬌聲從敞開的房門傳出來道：「你這死小子臭小子！還敢再來騙本姑娘？你當我是那麼好欺負的嗎？你奶奶的！哼！分明和你的荒人狐群狗黨蛇鼠一窩，互相勾結來騙我，害得我在師父和郝大哥跟前大丟面子，人家還要裝作若無其事，硬撐下去，心中恨不得把你抽筋剝皮。甚麼『小白雁之戀』？鬼才和你談戀愛。『共度春宵』更是混淆事實。你當我小白雁是甚麼人？我心裡懋得不知多麼辛苦，幸好你這小子懂得裝死，令我找到脫身的藉口，到邊荒來找你算賬。這一腳算是輕的了，快給本姑娘有多遠滾多遠，我以後都不想見到你醜惡的虛僞臉孔。」

高彥聽到尹清雁說了這又氣又急，卻字字如珠落玉盤、清脆而沒有間斷、罵人也罵得悅耳動聽的大串話後，方勉強回復過來。先瞥了卓狂生這罪魁禍首一眼，傳遞「今回給你害死哩」的信息，然後呻吟道：「唉！難怪雅兒誤會，事情是這樣的……」

尹清雅叱道：「閉上你的臭嘴，我再不想聽你的花言巧語。給你這個根本不是事實的東西傳得街知巷聞，我以後還嫁得出去嗎？」

高彥辛苦的捧著肚子站起來，使人人均曉得小白雁是踹了他的肚子一腳，搖搖晃晃的挨壁站定，喘息道：「雅兒反不用擔心這方面的事，你一定嫁得出去，我已預備了大紅花轎來迎你回家成親。」

聽著的眾人無不現出高彥就快沒命的姿態神情，如此在尹清雅氣頭上的當兒，仍說這種佔人家姑娘便宜的話，不找死才怪！

出乎眾人意料之外，小白雁並沒有像瘋了般的雌虎立即從房內撲出來辣手摧草，反「噗哧」嬌笑起來，油然道：「我小白雁會嫁你？想瘋你的心哩！還要我說多少次，我是絕不會看上你的，你高興可攬鏡自照陶醉一番，卻休想本姑娘奉陪。」

高彥終於站直身體，卻不敢靠近艙房入口，回復常態，嘻皮笑臉的道：「雅兒怎麼想不重要，最要緊是老天爺怎麼想，我們是前世就注定今世要做夫妻的。不要以爲我是胡說八道，只要雅兒肯靜心想想，爲何你小白雁尹清雅又會和高彥這冤家在這裡打情罵俏呢？便知冥冥中實有安排……呵！」

眾人正聽得直搖頭，高彥追女孩子的本領，肯定是第九流，果然高彥話尚未說畢，已往旁急閃。

「砰！」

拳風撞在木壁上，發出聲音。

如果被拳勁命中，保證高小子幾天內要失去說話的能力。

高彥向卓狂生回報要掐死他的手勢，然後故作瀟灑的一個旋身，以他認爲最美妙的姿態轉回入門處，陪笑道：「雅兒息怒，所謂千里姻緣一線牽，總言之，雅兒你已回來了，過去的便讓它過去吧！讓我們再續前緣，攜手在邊荒集吃喝玩樂，我保證可以哄得雅兒你高高興興，直至感到得婿如此，夫復何求。」

眾人莫不想閉上眼睛，好眼不見爲淨，看不到高彥被狠揍的慘狀。

再次大出眾人意料，小白雁今回沒有發惡，反笑吟吟的道：「誰要你陪呢？我到邊荒集玩耍解悶兒是我小白雁的事，你若敢像跟屁蟲般跟著我，我會把你那雙狗腿子打斷，看你怎麼跟上我？」

高彥見尹清雅沒再出手，立即神氣起來，跨檻入門，笑道：「你還要把我的手弄斷才行，否則我爬也要爬在你身後。哈！玩笑開夠哩！讓我們好好的坐下來，互訴離情，大家……呵！我的娘！」

今次的情況完全在眾人意料之內，高彥逃命似的從房門退出，朝他們的方向撲至。

卓狂生搶前一把扶著他。

人影一閃，小白雁現身門外，見到十多雙眼睛全投在她身上，呆了一呆，然後怒容被沒好氣的表情代替，接而「噗哧」嬌笑，宛如鮮花盛放，看得程蒼古這種老江湖都感目眩神迷，才狠狠道：「你這死小子眞沒有用，竟找這麼多人來幫忙。」

言畢回房去了，還「砰」的一聲關上門，且拉上門閂。

卓狂生與高彥四目交投，一時不知如何是好，其他人都發起呆來。

就在此刻，船首的方向傳來長笑聲，只聽有人喝道：「老子向雨田，燒船來了！識相的就給我跳下河水去。」

眾皆愕然。

第二十章　與敵周旋

蒯恩到了馬行去，青溪小築剩下劉裕和屠奉三兩人。閒聊兩句後，不由又說起昨晚遇襲的事。

屠奉三道：「當時盧循究竟是單獨行動，還是另有同夥呢？」

劉裕沉吟道：「我曾思索過昨夜發生的事，很大的可能性是不止盧循一人，因爲既要操控載滿火器的船，又要向我們施襲，光憑他一個人是辦不到的。」

屠奉三點頭道：「盧循其時應在岸上某處埋伏，好趁我們慌亂甚或受創的情況下對你展開致命一擊。他的助手則點燃船上引爆火器的藥引，又在水裡發勁使火器船加速，看當時火器船的來勢，此人極可能是陳公公本人，只有像他那種高手才辦得到。」

劉裕道：「只要我們查出那段時間內陳公公是否在王府內，便可以證實陳公公是否盧循的人。」

屠奉三苦笑道：「問題在我們如何去查證呢？難道直接問司馬元顯嗎？」

劉裕頹然點頭，同意屠奉三的看法。

屠奉三道：「何況以陳公公的狡黠，必會有掩飾行藏的方法，問也問不出東西來。此外尚有另一個問題，在此事上李淑莊是否有參與呢？否則盧循怎可能如此準確的掌握到我們的行蹤？」

劉裕皺眉道：「不大可能吧！李淑莊既與乾歸有關係，怎可能又勾結盧循？」

屠奉三笑道：「世事的曲折離奇，往往出人意表。到現在我們仍弄不清楚李淑莊的底細，亦不知道她的立場和想法，更不曉得她和乾歸的眞正關係。對她我們絕不能掉以輕心。」

劉裕皺眉道：「她爲何對殺我這麼熱心呢？」

屠奉三道：「她助乾歸對付你，可能確如她所說的，是盡江湖道義；但如果她也參與了昨夜的事，便該是殺人滅口，以免暴露她一向掩飾得非常好的秘密身分。這個女人肯定是敵非友。」

劉裕道：「這便當是對她的結論吧！嘿！你是否仍要去見楊佺期？」

屠奉三苦笑道：「小恩說得對，不值得冒這個險。眼前我們的首要目標，是擊敗天師軍，其他一切都輪不到我們去理會，我們的力量也不容許我們這麼做。」

劉裕沉吟片刻，道：「你有沒有感覺到小飛似是心事重重、強顏歡笑的樣子。」

屠奉三點頭道：「燕飛確實有點異常，或許是擔心秘族對邊荒集的威脅吧！」

劉裕嘆道：「這叫一波未平，一波又起。與慕容垂的鬥爭，本已因慕容寶的八萬大軍全軍覆沒露出曙光，誰都估計不到慕容垂還有這一手。」

屠奉三道：「慕容垂能威震北方，縱橫不敗，當然有他的本領。今次他對邊荒集是志在必得，如果被他毀掉邊荒集，我們也要完蛋，眞令人煩惱。」

劉裕道：「我們的荒人兄弟並不是那麼容易對付的，何況據小飛說，邊荒集又多了兩個傑出的人才，其中一個還是王猛的孫子。」

屠奉三笑道：「我們的確不用費神多想，只須做好手上的事，別忘記你是眞命天子，是不會走上絕路的。」

劉裕以苦笑回應。

此時司馬元顯來了，未坐好便興奮的道：「謝琰攻陷吳郡哩！據聞位處吳郡下游嘉興的天師軍也聞風而潰，撤往吳興，現在通往會稽的路已廓清，只要沿運河而下，十天內將可直接攻打會稽。」

劉裕愕然道：「怎麼可能這麼快？謝琰的主力大軍該仍未完成攻擊的部署。」

司馬元顯欣然道：「但朱序的先鋒部隊已渡過太湖，在吳郡的西面登陸，而謝琰的部隊則進駐無錫，形成分兩路夾擊吳郡之勢。」

屠奉三淡淡道：「徐道覆在施誘敵深入之計哩！」

司馬元顯仍然情緒高漲，笑道：「今次徐道覆肯定弄巧成拙，我爹已派人去知會謝琰，警告他有關徐道覆誘敵深入再截斷糧道的奸計，並要謝琰分兵攻打吳興，令賊軍動彈不得，而吳郡和嘉興則由重兵留守，以保不失，只要保持糧線暢通，無錫、吳郡、嘉興三城互為呼應，南征平亂軍在強大支援下，等若一把利劍直插入天師軍的心窩，勝果可期。」

劉裕和屠奉三早曉得司馬道子不會坐看謝琰慘中敵計，警告謝琰是必然的事。

司馬元顯又道：「這個是不是好消息？」

屠奉三笑道：「徐道覆並不是省油燈，只要他能穩守義興和吳興兩城，又在太湖密藏戰船，隨時可作出反擊。到時輪到南征平亂軍兵力分散，戰線拉得太長，形勢絕不像表面這般樂觀。」

司馬元顯道：「我爹和我都研究過這方面的情況，幸好劉牢之的戰船隊會先一步從海路抵達會稽，牽制徐道覆，當謝琰大軍到達，便可以兩軍會師攻打會稽，然後再以會稽為前線基地，逐一收復附近城池。只要截斷賊軍南北的聯擊，義興和吳郡早晚會落入我們手上，那時賊軍就大勢去矣。」

劉裕正要說話，屠奉三在桌下發出一道指風，輕刺在他小腿上，示意他勿要說出來。屠奉三又岔開話題道：「燕飛來了！」

司馬元顯大喜道：「燕飛？他在哪裡？」

劉裕心中暗嘆，事實上他心情很矛盾，既希望南征平亂軍出師不利，令自己有機會披掛上陣，又不忍見玄帥之弟謝琰慘敗收場。他當然明白屠奉三的意思，是不想自己提醒司馬元顯，令他們父子可再次提點謝琰。可以這麼說，南征平亂軍一天未敗，他們亦毫無建功立威的機會。

屠奉三答道：「燕飛隨宋大哥到謝家為道韞小姐治病。」

司馬元顯顯然非常崇拜燕飛，欣然道：「今晚我要設宴為燕飛洗塵。到哪裡去好呢？哈！當然是淮月樓東五層哩！該整修好了！此事由我去安排，就約定今晚酉時中在那裡見面如何？」

說畢司馬元顯匆匆去了。

兩人四目交投。

屠奉三微笑道：「劉爺怎麼看？」

劉裕嘆道：「任何精通兵法的人，都會採取南征平亂軍目前的策略，此事該早在徐道覆的計謀中。所以說到底，南征平亂軍正一步一步踏進徐道覆的陷阱去。」

屠奉三道：「照表面的情況看，南征平亂軍確實勝算頗高，問題在吳郡和嘉興的居民、賊民難分，內部不穩，只要徐道覆在附近布下奇兵，隨時可來個大反攻，那南征平亂軍的如意算盤將打不響，且優勢全失。」

劉裕道：「現在我們可以幹甚麼呢？」

屠奉三胸有成竹的微笑道：「是到我們行動的時間了。軍情第一，現在我們到馬行去，安排人手到吳郡、嘉興一帶刺探敵情，特別是吳郡東面的廣闊沿海地區，包括海鹽在內的城鎮鄉村。若我所料無誤，徐道覆必在這區域內暗藏奇兵水師，以截斷南征平亂軍的水陸交通。」

劉裕點頭同意。

屠奉三欣然道：「我們的機會終於來了，等我們的荒人兄弟到達，第一個要進攻的目標便是海鹽，只要我們能以奇兵突襲成功，便可在前線建立基地，當吳郡和義興重入敵手，南征平亂軍慘敗會稽，我們便可以接收謝琰的敗軍，籌謀反攻天師軍，南方再沒有人能阻止我們的勢頭。」

在瞬息之間，卓狂生掌握到成敗的關鍵。由於程蒼古尚未清楚向雨田是怎樣的一個人，而另一個知情的高小子又正因小白雁神魂顛倒，所以船上只他一人曉得如何應付眼前的局面。

向雨田故意在船頭叫陣，有兩個可能性。

第一個可能性，是他要引起團友的恐慌，如此他便可混水摸魚，發揮以寡敵眾戰術的優勢。

第二個可能性，是因時候尚早，還未到用早膳的時候，團友仍在艙房內高枕安臥，更巧的是大部分兄弟，都爲看高彥和小白雁的熱鬧到了艙裡來，整艘樓船像不設防的樣子，令這個聰明的瘋子心中起疑，怕又中了他們荒人之計，所以出言試探虛實。

向雨田要放火燒船只是虛言恫嚇，不過以他的功夫，確有強大的破壞力，如被他趁混亂逐一收拾程蒼古和眾兄弟，把團友驅趕上岸，再把樓船毀掉，不但邊荒遊立告完蛋，荒人更是聲名掃地，邊荒集更會被打回原形，變回天下最危險的地方，南人還敢來做生意嗎？

這些念頭在電光石火的高速下，閃過卓狂生的超級腦袋，接著迅速發出命令，首要穩著被驚醒的團友，不許任何人離房，又派人把守艙門入口，方與程蒼古和高彥登上頂層望台，面對敵人。

「叮叮噹噹！」

兵刃交擊的聲音不住響起，只見形相奇特的向雨田露出本來面目，手持新製成的榴木棍，把衝上去動手的七、八名荒人兄弟打得兵器脫手，東倒西歪，潰不成軍。

卓狂生狂喝道：「兄弟們，退守艙門！」

眾兄弟早被他的榴木棍殺得叫苦連天，聞言立即退卻，與從艙門衝出的兄弟會合，布成陣勢。

荒人再非烏合之眾，有備而來的荒人戰士左手持盾，右手提刀，擺出打硬仗的陣式，還有幾個手執弩弓，儘管向雨田的武技遠在他們之上，亦不敢魯莽追擊。

程蒼古雙手負後，表面看神態從容，一派高手風範，其實心中卻是直冒寒意。要知能獲選來護航者，均是荒人戰士裡的精選高手，人人可以一擋十。可是這麼七、八個好手，向雨田不但應付自如，且像不費吹灰之力，只此便可看出向雨田的可怕。

向雨田目光往卓狂生和高彥投去，顯是認出兩人是誰，雙目閃過驚疑神色。

卓狂生心中一動，知道他正摸不著頭腦，為何他和高彥竟會出現在這裡，立即計上心頭，長笑道：「向兄終於來了！卓某人已恭候多時。向兄定在奇怪為何我們對向兄的行蹤竟能瞭如指掌，待我們擒下向兄，定會坦誠相告，保證向兄聽後要大嘆倒楣。」

高彥心中叫妙，又想到小白雁正在聽著，豈可不表現點英雄豪氣，哈哈笑道：「向兄雖是秘族第一高手，但要殺我高彥道行仍是差遠了，上次在鎮荒崗被老子殺得落荒而逃，到邊荒集又被我們趕得夾著尾巴逃走，今回可勿要借水遁，否則秘人的臉都要給你丟盡哩！」

樓船仍逆流破浪前進，河風吹來，眾人衣衫拂揚，霍霍作聲，平添對陣的殺氣。

向雨田做出個「我的天」沒好氣的趣怪表情，啞然笑道：「你高彥愛吹牛，我當然沒法塞著你的口不讓你說，可是激怒我對你並沒甚麼好處，我若一心要殺某一個人，千軍萬馬都攔不住我向雨田。好哩！你們尚有甚麼高手，一併給我站出來，讓我看看是否夠資格對付我向雨田。」

程蒼古從容道：「你想知道我們有多少人伺候你還不容易嗎？放馬過來便成了。」

他是老江湖，迅速掌握了情況，故出言配合卓狂生的「空城計」，虛者實之，實者虛之，加重對向雨田的心理壓力。

向雨田搖頭笑道：「好吧！便讓我先殺掉高小子，看看你們尚有甚麼手段。」

言罷騰身而起，榴木棍點在船頭處，「颼」的一聲直往望台斜掠上去，人未到，勁氣已直撲三人而至。

燕飛放開謝道韞的手，後者沉沉睡去，臉色已大有好轉，顯示燕飛的眞氣生出效用，大幅減輕了她的傷勢。

看著她，令燕飛想起自己的親娘，就像謝道韞一般，她們的婚姻都不如意，終生悒鬱寡歡。

他又記起紀千千說過的話，風娘不單認識他娘，還見過小時候的他，可是他卻沒有任何印象，爲何族內從沒有人提及他娘親有風娘這麼一個顯赫的姊妹？娘又怎會與風娘變成朋友呢？

燕飛更想到一個問題，他娘親是如何學會秘語的？秘族一向排斥外人，除非成爲秘族的一分子，否則怎能通曉他們的語言。難道他娘親與秘族有某種關係？

當年萬俟明瑤到長安營救乃父，又是如何與慕容垂搭上關係的呢？

燕飛隱隱想到此事或許與風娘有關，此更解釋了一直不離千千主婢左右的風娘，爲何會離開她們一段時間，很大可能是因她與秘族的某種關係，慕容垂須賴她去遊說秘族出馬助陣。

假如確實如此，那他娘親和風娘的交情當與秘族有關連，而且……唉！而且可能與自己的生父有關。

對那不知是何人的爹，燕飛不但沒有感情，還怨恨甚深，怨他拋棄可憐的娘親，恨他無情無義，對他們母子不負責任。

過去了的事，他眞不願去想。

宋悲風的手落在他肩上，示意他離開，謝娉婷爲謝道韞蓋上被子，向燕飛投以感激的目光。站在一旁的謝混、謝鍾秀等謝家子弟，全現出鬆一口氣的神情。

任誰都看出謝道韞大有轉機。

燕飛緩緩站起來，在宋悲風的引領下來到外廳。

謝混有點迫不及待的問道：「姑母情況如何呢？」

對燕飛，他算是禮數十足的了。

燕飛站定，平靜的道：「王夫人的經脈被孫恩的眞氣灼傷，不過孫恩已是手下留情，否則王夫人必無倖免。」

謝娉婷皺眉道：「孫恩爲何要這麼做呢？」

燕飛苦笑道：「他是借王夫人來向我下戰書，逼我應戰。此事由我而起，我該向你們道歉。」

謝混愕然道：「竟然與燕兄有關，眞教人想不到。」

宋悲風聽到謝混說話便有氣，沉聲道：「如果孫恩不是意在小飛，大小姐肯定沒法活著回來，連我宋悲風這條老命都要賠進去。」

謝混登時語塞。

謝鍾秀道：「韞姑母有痊癒的希望嗎？」

燕飛微笑道：「這個我有十足的把握，剛才我已驅除了王夫人體內的熱毒，再有兩天工夫，王夫人該可復元，以後便靠養息的工夫了。」

謝家眾人無不喜出望外，想不到謝道韞可以在這麼短的時間康復過來。

燕飛卻是心中暗嘆，回想起當年謝安、謝玄在世之時，謝家是如何風光，現在卻是此情難再，只剩下謝道韞一人獨撐大局，要憑像謝混這般不知人間疾苦的世家子弟振興家業，只是癡人作夢。

可是他能做甚麼呢？

孫恩和他已結下解不開的仇怨，他們之間，只有一個人能活下來。

就算孫恩不來找他，他也會找上門去，和孫恩好好結算舊恨新仇。

第二十一章　擒王之策

漫天棍影，照頭打下來，這不只是其中一人的感覺，而是三個人都有的相同感受，其氣勢可以同時鎖緊三人，可見向雨田不愧是秘族出類拔萃的高手。

卓狂生亦是邊荒集內位列三甲的高手，眼力在三人中數他最高明，所以心中的震駭也是最大。他曾見過向雨田使劍時的雄姿，雖是迅若電光的幾記劍招，但已在他心中留下非常深刻的印象。向雨田的功夫，肯定已臻人劍合一的境界，劍隨意轉，揮灑自如，頗有種空靈飄逸的感覺，劍到了他手中似是活了過來般，招招封死慕容戰凌厲的反擊，令慕容戰沒法把他纏死，他隨時要退便退。

可是此刻卓狂生見向雨田提棍打來，一時間竟弄不清楚他真正拿手的是劍法還是棍法，可知此人的天賦之高，已高明至不論拿起甚麼兵器，縱使只是一枝粗糙的榴木棍，仍可以把棍這種兵器，發揮得淋漓盡致，完全表達出棍的特性。

只從此點，可知向雨田確臻至武學大師的境界，而非一般只擅長某種兵器的高手。

卓狂生更曉得自己絕對退讓不得，否則高彥肯定非死即傷。冷笑一聲，一拳轟去，取的正是向雨田棍勢最強處。

當向雨田仍在丈許高處強攻而來之際，程蒼古早感到遍體生寒、渾身刺痛，登時醒悟到對方雖年紀輕輕，但其氣功卻練至登峰造極的境界。環視邊荒一眾高手，除燕飛外，確沒人及得上他。這真是令人無法置信，但卻又是眼前的事實。

想雖是這麼想，程蒼古心中並沒有絲毫懼意，探手拔出插在身後的鐵筆，沖天而起，運筆直插向雨田面門。或許向雨田的榴木棍能先一步打中他，可是他敢保證如向雨田招式不變，他的鐵筆可以洞穿對方的長臉，故一出手便是同歸於盡的招數。

高彥最是不濟，眼中盡是虛實難分的棍影，完全不曉得該如何擋格，自然而然便憑靈巧的身法，往後退開。

「啪！」

出乎卓、程兩人意料之外，棍影忽然消去，向雨田竟硬把榴木棍震得中分斷裂，由一枝長棍變成兩截短棍，狂擊兩人。

向雨田右手揮棍疾掃程蒼古後發先至、長只一尺八寸的鐵筆尖端。甫發動已隱傳勁氣破空彷如雷鳴的聲音，凌厲至極點。

相反向雨田左手點向卓狂生的一棍卻似虛飄無力，輕重難分，似緩似快，令人光看著也因其難以捉摸的特性而難過得想吐血。

向雨田的臨時「變招」固令兩人陣腳大亂，但眞正使他們心寒的，卻是向雨田左右兩手彷如分屬兩個不同的人，不但風格路子心法大相逕庭，且是截然相反。

如此武功，不但未見過，也從未聽過。

變招已來不及了，程蒼古筆勢不變，把作爲應變之用的剩下兩成眞勁，盡注入鐵筆去，務要與這年輕的對手硬拚一招。

卓狂生則收回兩成力道，以應付此勁敵虛實難測的棍法。

棍筆首先正面交鋒。

程蒼古立即心叫糟糕。

原來向雨田右手揮打過來的短棍看似凌厲，事實卻完全不是那回事，用的竟是巧妙的拖卸之勁，一觸筆尖，化打為絞，登時卸去程蒼古大部分真力，且往橫一帶，借程蒼古本身使出的力道，帶得凌空的他橫跌開去，離開望台，掉往三層艙樓下的甲板去。

程蒼古雖千萬般不情願，但因用盡了力道，根本無力變化，回天乏力下，眼睜睜的被他強行送走。

「噗！」

棍端點中卓狂生的拳頭，卻傳來勁氣激撞的風聲，卓狂生心叫中計時，拳頭似被大鐵錘重敲一記，對方狂猛的真勁攻入卓狂生經脈，以他的功夫，也頗有吃不消的感覺，卓狂生慘被震退一步，雖然沒有受傷，一時血氣翻騰，再使不出後著。

誰想得到向雨田左手似飄忽游移的一棍，竟蘊含了能裂脈破經的驚人真氣。

向雨田哈哈笑道：「果然有點功夫。」說話時，借卓狂生的拳勁凌空彈起，一個翻騰，投往仍在後退的高彥。

兩大荒人高手，一個照面下已潰不成軍，被向雨田巧妙地利用高台的形勢，破去他們聯手的優勢。

卓狂生大喝道：「退入艙內！」同時猛提一口真氣，壓下翻滾的血氣，搶過去攔截欲向高彥下殺手的向雨田。

高彥別的本領沒有，但仗著靈巧的身法和超凡的輕功，逃命的本領確是一等一。不待卓狂生出言驚醒，早向著通往下層的階梯電閃而去，只要回到艙房，自有把守的荒人兄弟擋架，他就暫時安全了。

向雨田終不能在空中轉向，撲了個空，可是他仍是一副遊刃有餘的輕鬆模樣，長笑道：「逃得了嗎？」

笑聲裡，手中兩枝短棍同時脫手射出，一枝射向撲來的卓狂生，另一枝直取已逃至階梯處的高彥背心處。

卓狂生有不忍卒睹的感覺，只恨他已沒法爲高彥做任何事，還要應付向雨田要命的暗器，撮指成刀，劈向射來的短棍。

眼看高彥小命難保，還要死得很慘，以向雨田的手勁，短棍不從高彥後背穿胸而出才是奇事。

此時程蒼古從甲板躍上來，見狀狂叫一聲，鐵筆脫手往向雨田電射而去，可知他心中是如何悲憤難平。

忽然階梯處一聲嬌叱，一道白影竄了上來，劍芒迸射，迎上已離高彥後背不到半尺的短棍，運劍重擊。

「砰！」

短棍寸寸碎裂，灑向高彥後背，高彥痛得慘哼一聲，直撞往圍欄，由此可見短棍的力道是如何狂猛。不過此時高彥受的只是皮肉之苦，絕對要不了他的小命。

破去向雨田這本是必殺一著的正是小白雁，只見她杏目圓瞪，擋在高彥背後，長劍遙指向雨田。

被卓狂生擊下的短棍墜跌地上，發出另一下響音。

今回卓狂生只挫退小半步。

「颼！」

向雨田從容舉步，一把接著射向他的鐵筆，手沒顫半下，眼睛投在小白雁身上，訝道：「果然另有高手，且是位漂亮的小姑娘，老卓你確實不是吹牛皮的。」

程蒼古見高彥撿回小命，不敢冒失進攻，落在圍欄處，嚴陣以待。

向雨田把鐵筆拿到眼前，欣然笑道：「這傢伙還不錯，老子暫時徵用了。」

高彥來到小白雁背後，仍是一臉痛苦的表情，非常狼狽。

在眾人開口前，向雨田一個倒翻，躍離望台，落在下方船緣處，長笑道：「荒人確實名不虛傳，本人佩服，幸好來日方長，向某人暫且失陪哩！」

說罷騰身而去，投往西岸的密林，消沒不見。

「哎喲喲！」

高彥忘了己身的痛苦，探手抓著小白雁的兩邊香肩，情急道：「雅兒受了傷嗎？」

程蒼古從欄杆處躍下來，卓狂生則仍呆瞧著向雨田消失的密林。

小白雁持劍的手無力的垂下來，嗔道：「你才受傷！我哪像你這麼窩囊？不過人家的手又痠又痛！」

高彥忙探手為她搓揉玉手，憐惜的道：「我為你揉揉，保證沒事。」

小白雁也是奇怪，方才還像要取高彥小命的樣子，現在卻任他搓揉手臂，只是嘟著嘴兒，氣鼓鼓的不作聲。

眾兄弟從階梯處蜂擁到望台來。

程蒼古和卓狂生則對視苦笑，誰想得到向雨田厲害至此，邊荒集恐怕只有燕飛才堪作他的對手。

十多人把小白雁團團圍著，看得目不轉睛。

小白雁皺眉道：「有甚麼好看的？沒見過女人嗎？」

眾人大感尷尬。

小白雁旋又「噗哧」嬌笑，一肘撞在高彥腋下，痛得他踉蹌跌退時，道：「今回眞的是救了你一命，以後你不欠我，我小白雁也沒有欠你。再敢佔我便宜，休怪本姑娘辣手無情。」

說畢歡天喜地的步下階梯去了。

萬俟明瑤會否是她呢？

這個可能性是存在的，當時並不知道她的名字。唉！如果確是她，自己該怎麼辦？

拓跋珪走在載著楚無暇的馬車前方，心中思潮起伏。

左右分別是崔宏和長孫道生，長孫嵩等已奉他命令趕回盛樂，一方面負起重建盛樂之責，更要防止秘族的人搶奪黃金，順道把陣亡的戰士運回家鄉安葬。

秘族靠到慕容垂的一方，令整個形勢改變過來，以前想好的戰略大計，再難生出效用。

不理萬俟明瑤是否心中的她，拓跋珪清楚自己再沒有別的選擇，正如他所說的：順我者昌，逆我者亡。

昨夜他從楚無暇處，獲悉一些有關秘族非常珍貴和鮮爲人知的事。

崔宏和長孫道生見他心事重重的樣子，都不敢出言打擾他。

車隊的速度頗快，所謂的五車金子，只是每車盛載一箱黃金，每箱約五千兩之重，不過是兩三個胖漢的重量，對車速只有少許的影響。

拓跋珪忽然狠狠道：「這個仇我們一定要報的，我要教秘族血債血償。」

崔宏和長孫道生都有點摸不著頭腦，以拓跋珪一向的行事作風，定是睚眥必報，不用像要說服自己似的申明心意。

長孫道生道：「離開了沙漠的秘人，就像惡魚離開了大海，再難神出鬼沒，來去如風，道生願負起肅清秘族之責。」

拓跋珪斷然道：「此事由我親自主持大局，對付秘人，絕不能用尋常手段。他們既能在沙漠最惡劣的環境稱雄，也能在廣闊的原野發揮他們的威力。一旦讓他們養成氣候，他們將無孔不入的滲透我們的土地，肆意破壞，令我們終日心驚膽跳，人心不穩，更會嚴重損害我們得來不易的威望。」

長孫道生沉默下去。

崔宏皺眉道：「秘人怎曉得我們今次運金到平城的事呢？」

拓跋珪道：「秘人該不知道車隊運載的是甚麼東西。如果我所料不差，秘人是看到我們盛樂與平城相隔過遠的弱點，力圖切斷兩地間的運輸線，只沒想過今次護送運金車到平城來的全是我族的精銳戰士，又有無暇、崔卿和道生這樣的高手，所以功虧一簣。目前的情況雙方都生出警惕心，大家都要重整策略。而我們還要防範慕容垂突然來犯的奇兵。」

崔宏道：「聽道生說秘族人數不過千人，是否屬實呢？」

拓跋珪道：「秘族眞正的人數，恐怕只有秘人才清楚。不過以偷襲車隊的人數推算，今次應慕容垂之邀來對付我們的秘人，應不會多到哪裡去。崔卿還有甚麼問題呢？」

崔宏道：「秘人當年爲何與柔然族聯手反抗苻堅？照形勢，只要秘族躲在大漠內，不論苻秦帝國如何強大，仍奈何不了他們。」

拓跋珪的心平靜下來。

自昨夜曉得偷襲車隊的是秘人後，爲了那說不出來的原因，他一直心情反覆，沒法安靜下來，也難以思考出反擊秘人的方法。可是當這位由燕飛引介的智士抽絲剝繭的向他發問，他的思路逐漸步上正軌，頗有點撥開雲霧見青天、迷途知返的感覺。對！現在他的復國霸業，正處於最關鍵的時刻，絕不能被個人的問題左右。如果萬俟明瑤確是她，他也要殺之無赦。

拓跋珪點頭道：「崔卿問得好，柔然族自從出了個丘豆伐可汗，在他精明的領導下，柔然族成了大草原上最強大的游牧民族，對苻堅構成嚴重的威脅。丘豆伐可汗是有野心的人，更清楚如被苻堅統一中原，下一個便輪到他們柔然族，所以不住寇邊，令苻堅不敢大舉南犯。秘族與柔然族一向河水不犯井水，關係良好。可是如柔然族被滅，秘人將有唇亡齒寒之禍。所以當王猛奉苻堅之命，討伐柔然族，秘族知道難以獨善其身，這才有聯手對抗秦軍之舉。秘人對領土從來沒有興趣，但對入侵他們勢力範圍的敵人卻是心狠手辣，苻堅正因犯了秘人的大忌，故而激起秘人誓死反抗的心。結果是柔然族敗退極北，秘族族主萬俟弩拿被王猛用計生擒，押返長安囚禁，令秘族在投鼠忌器下不敢再動干戈。而苻堅的南征條件亦告成熟，只是千算萬算，卻沒算過王猛死得這麼早。」

崔宏道：「如此說，秘人今次離開沙漠，並非心甘情願的事，只因萬俟明瑤爲了諾言，不得不勉力而爲。」

拓跋珪道：「秘人是個神秘而獨特的民族，難以常人的標準視之，他們的眞正想法，怕只有他們自己清楚。」

崔宏道：「不論他們如何與眾不同，但他們對領袖的尊敬和崇拜肯定是盲目的，所以會因萬俟弩拿被擒，不敢輕舉妄動，現在亦因萬俟明瑤對慕容垂的承諾，全族投入與他們沒有直接關連的戰爭去。當年王猛正因看破此點，施以擒賊先擒王之計，壓伏秘人。這個方法在今天仍然有效，只要我們能活捉萬俟明瑤，立可解除秘族的威脅。否則我們與慕容垂之戰，將處於劣勢。」

長孫道生同意道：「崔先生所言甚是，這麼簡單的道理，我偏沒有想到。」

拓跋珪暗嘆一口氣，道：「因爲秘族早在我們心中，形成神龍見首不見尾的印象，根本起不了可生擒活捉其首領的念頭。崔卿卻是旁觀者清，沒有這心障。」

轉向崔宏問道：「崔卿心中可有對策？」

崔宏道：「首先我們要弄清楚秘族的戰略部署，例如是否只負責切斷盛樂與平城間的聯繫，設法孤立我們。又或秘人的目標只限於我們，邊荒集則由慕容垂負責。當弄清楚情況後，我們才可以部署反擊，務要在慕容垂全力來攻前，擒下萬俟明瑤。」

長孫道生道：「現在秘人採取的戰略，正是我們以前對付苻堅的馬賊戰術，只是我們成了苻堅，但比苻堅更不堪，皆因大敵窺伺在旁。當年苻堅奈何不了我們，現在我們能擊敗秘人嗎？」

崔宏道：「從表面的形勢看，我們確遠及不上當時的苻堅，可是當日的我們是一意流竄，以保命爲主，現在秘人卻有軍事的目標，所以只要我們能巧施妙計，引秘人落入陷阱，活捉萬俟明瑤並非不可能的事。」

拓跋珪仰天笑道：「能得崔卿之助，是我拓跋珪的福氣，也代表我拓跋族氣運昌隆，將來如能完成霸業，崔卿應居首功。」

第二十二章　魔道之爭

燕飛將蝶戀花平放膝上，想起乘船到秦淮樓見紀千千那動人的晚上。

小艇駛離謝家的碼頭。

宋悲風負起操舟之責，神情輕鬆，顯是因謝道韞復元有望而心情大佳。見燕飛閉上雙目，還以爲他是因爲謝道韞療治內傷，致眞元損耗，故乘機休息。

燕飛此時心中想的並不是紀千千，事實上他有點不敢想她，更不知該不該告訴她自己大有可能變成了永遠不死的怪物。

他想的是蝶戀花因盧循偷襲的示警，那是蝶戀花首次顯出「護主」的靈性。

在那晚之前，從沒有發生這般的異事，究竟是因他的人變了？還是蝶戀花本身的變易？看來當是前者居多，因爲當時安玉晴指他結下金丹的話仍是言猶在耳。

金丹、元神、元嬰、陽神諸多道家名詞，指的可能都是所謂的身外之身，是抗拒生死的一種法門，這類事確是玄之又玄，教人沒法理解，更永遠沒法證實。

眞的是沒法證實嗎？

燕飛心中苦笑。唉！膝上的蝶戀花便可能是鐵證。又不見它在胎息百日前示警護主，卻偏在胎息後有此異能，變成像有生命的東西似的。

當時雖嚇了一跳，卻是喜多於驚，怎想得到同時是敲響了噩夢的警鐘。

陽神是透過蝶戀花向他示警，說不定自此陽神一直「依附」在蝶戀花劍體上。

燕飛愈想愈糊塗，愈想愈感難以接受，古人有謂不語怪力亂神，在光天化日下更令人難以想像世間竟有此異事。可是正如安玉晴說的，眼前的天地本身便是個千古難解的奇謎，只是我們習以為常，對所有超乎人類思維的事置之不理、視而不見，埋首於自以為明白了一切的狹小空間裡，對任何脫離「現實」的看法視之為虛妄之論。

眞的是這樣嗎？

燕飛張開雙目，蝶戀花在眼前閃閃生輝，不知是否因他心中的想法，蝶戀花再不是一把普通的利刃，而是具有超凡異稟的靈器。燕飛生出與它血肉相連的沉重感覺。

宋悲風望向他，道：「恢復精神了嗎？」

燕飛知他誤會了，也不說破，點頭道：「好多了。」稍頓又道：「謝琰眞的說過不准劉裕踏入謝家半步嗎？」

宋悲風頹然道：「是二少爺私下對著小裕說的，小裕該不會說謊。二少爺眞是不智，怎可以和小裕鬧到這麼僵的？謝家再不是以前的謝家了，希望大小姐痊癒後，可以出來主持大局，不要讓謝混這小子敗壞謝家的聲名。」

燕飛道：「孫少爺長得非常俊俏，現在只是年少無知，有大小姐循循善誘，將來該可成材。」

宋悲風道：「希望是這樣吧！但我心中仍然害怕，怕的是天意弄人。如果不是大小姐傷勢嚴重，小裕和二少爺的關係不會發展至今天的田地，孫少爺亦不會近劉毅而遠小裕。我在建康見盡政治的醜惡無情，一旦成為政敵，將會各走極端，當有一天謝家成為小裕最大的絆腳石，小裕沒有人情可說時，我們亦很難怪小裕。」

燕飛愕然道：「不會發展至那樣的情況吧？我明白劉裕，他是個念舊的人。」

宋悲風搖頭道：「小裕與你和我都不同，他的想法實際，所以他可於絕處想到與司馬道子這奸賊修好。換了是你和我，會這樣做嗎？我絕不是批評他，反佩服他死裡求生的手段，只有他這樣的人，才能在目前的處境裡掙扎向上，其他人都不行。」

又嘆道：「現在最能影響他的人是屠奉三。我喜歡奉三，而且欣賞他，卻不得不承認他本身是心狠手辣的人，更是爲求成功不擇手段。小裕需要這樣一個人爲他籌謀運策，但也會不自覺的受到他的影響。」

燕飛不由想起拓跋珪，心忖或許只有具備如此素質的人，才能成就帝王霸業。吁出一口氣道：「事實證明他們行事的方式是有效的，否則他們早死掉了。戰爭本身便是爲求勝利，無所不用其極。不過我仍深信劉裕是感情豐富的人。屠奉三或許是另一類人，但他也有不爲人知的另一面，在邊荒集的兩次攻防戰裡，他都表現出高尙的情操，不把生命和個人的利益放在眼裡。」

宋悲風嘆了一口氣，沒再說下去。

燕飛手執蝶戀花，站了起來。

宋悲風訝道：「小飛要到哪裡去？」

燕飛道：「宋大哥先返青溪小築，我要去見一個人。」

宋悲風識趣的沒有問他要去見誰，把艇靠岸，讓燕飛登岸去也。

到了午膳時間，艙廳熱鬧起來，履舄交錯，佳餚美點，流水般送到席上。

今次邊荒遊的團友仍以商家爲主，囊裡多金的世家子弟爲副。對今早發生的事，大多數人都是懵然不知，知道的也是知而不詳，還以爲有人在開玩笑或患了失心瘋。

卓狂生和程蒼古據坐一桌，監察全廳，也爲團友提供保護。

想起今早的事，兩人仍猶有餘悸。

程蒼古道：「今次幸好鬼使神差的讓你來了，否則後果不堪設想，肯定會被那姓向的傢伙鬧個天翻地覆。」

卓狂生喝了一口熱茶，道：「照我看小白雁該是我們邊荒集的福星，如果不是她，當不會有甚麼娘的『一箭沉隱龍』，而我和高彥也不會發了瘋的趕來迎接小白雁，最妙是她那一劍不但救了高小子一命，還嚇走了向雨田。我保證向雨田到現在仍疑神疑鬼，以爲我們早有預謀，布下陷阱等他上鉤。哈！眞爽！」

程蒼古沉吟道：「這小子眞是個怪人，佩劍可隨手擲出，榴木棍要斷便斷，似對身外物顯得毫不珍惜，但對自己的小命卻謹愼得過了分，不肯冒險，教人難解。」

卓狂生道：「只看這人的面相談吐，便知他是極端聰明的人，事實上他一擊不中，立即遠颺的策略令他分毫無損。王猛的孫子說得對，他絕對不是膽小的人，採用這種算是膽小的戰術該有他的理由。」

程蒼古道：「不理他有甚麼理由，此人武功之高，招式之奇，技擊之巧，是我平生僅見。其詭變之道，恐怕猶在燕飛之上。最令人防不勝防是他彷彿能分身般使出截然相反的招式，如此一個照面便吃虧，在我來說還是破題兒第一遭。」

卓狂生點頭道：「不是長他人的志氣，我們荒人的所謂高手，任何一個落單遇上他，都要吃不完兜著走，也就是說他有刺殺集內任何人的本事。眞想立即以飛鴿傳書把燕飛急召回來。唉！我們當然不可以這般窩囊。」

程蒼古道：「這小子等若一個厲害了幾倍的花妖，只要來幾顆煙霧彈，人多不但沒有用，反更爲累事。」

想起他迅如魔魅的身法，要來便來，要去便去，卓狂生欲語無言。

此時高彥垂頭喪氣地來了，在兩人對面坐下，拍桌道：「酒！」

卓狂生罵道：「酒！借酒消愁有他娘的用？若小白雁回心轉意出來見你，你卻變成爛醉如泥的死酒鬼，成甚麼樣子？」

程蒼古問道：「仍不肯開門嗎？」

高彥失去了所有人生樂趣似的頹然搖頭。

卓狂生道：「你不會爬窗進去嗎？」

高彥一呆道：「爬窗？」

程蒼古道：「你是聰明一世，糊塗一時，竟忘了我的船主艙的窗門不是密封的。」

高彥怪叫一聲，惹得人人側目，旋風般衝出大廳。卓狂生嘆道：「你究竟是害他還是幫他呢？」

程蒼古撫鬚微笑道：「那就要走著瞧了！」

燕飛進入支遁的禪室，這位有道高僧端坐蒲團上，合什致禮，打手勢請燕飛在他面前的蒲團坐下，含笑道：「燕施主終於來了！」

燕飛依指示坐在他前方，心中生出奇異感覺。一直以來，他對方外之人，總抱著敬而遠之的態度，所以從來沒有和支遁深談過。原因或許是他不想打擾他們的清修，又或許是因爲感到和他們是不同的兩類人，而更因他對宗教一向不感興趣。

可是，今天踏入歸善寺的大門，他卻有著全新的感受，因爲他忽然發覺他大有可能比支遁他們自己更明白他們。更明白甚麼是四大皆空。

大家都「覺醒」到人是被困在生死的囚籠內，大家都在想辦法破籠而逃，出乎生死之外。可是燕飛和他們卻有個基本的差異，燕飛是根本沒得選擇，他並不是心甘情願的，但「逃脫」已變成他唯一的選擇。一是他能攜美而去，一是他萬劫不復，再不會有第三個可能性。

這算是甚麼娘的命運？

支遁面帶疑問道：「燕施主的苦笑，暗藏禪機深意，令老衲感到非常奇怪，爲何施主能令老衲生出這般感覺？」

燕飛心中佩服，曉得這位佛法精深的高僧，對他的心意生出靈機妙覺，不過抱歉的是他仍不能把心事說出來，爲的亦是怕擾他清修。他自問沒有資格論斷「成佛」是否等若「破碎虛空」，又或「成佛」是另一種超脫生死輪迴的法門，只感到若說出心中所思所想，或會從根本動搖支遁本身的信念，對他有害無益。每次如眼前般的情況出現時，他都感到無比的孤獨。

他面對的極可能是由古至今，沒有人曾面對過的死結和難題，即使是廣成子，他的目標也比燕飛簡單明白多了。

燕飛嘆道：「我只是心中感到苦惱，所以不自覺地表現出來吧！」

支遁雙目奇光閃閃深凝地瞥他一眼，然後緩緩閉目，寶相莊嚴的道：「燕施主爲何而煩惱呢？」

燕飛來找他，只是爲見安玉晴，但對這位謝安的方外至交忽然「多事」起來的關懷問語，卻不能不答。只好找話題答道：「我的煩惱是因難以分身而來，既想留在邊荒集與兄弟共抗強敵，卻又不得不到建康來。」

支遁道：「道韞的傷勢，是否沒有起色？」

燕飛這次不用找話來搪塞，輕鬆起來，答道：「孫恩是故意留手，故而王夫人生機未絕，照我估計，王夫人可在幾天內復元。」

支遁閉目道：「這是個好消息，既然如此，燕施主將可在數天內返回邊荒集去。」

燕飛苦笑道：「我也希望可以如此，但孫恩一意傷害王夫人，正是向我發出挑戰書，我和孫恩之戰，勢在必發，更是避無可避。」

支遁道：「竺法慶既授首燕施主劍下，天下間該沒有施主解決不來的事。」

燕飛坦白道：「我對與孫恩一戰，事實上沒有半分把握，只能盡力而爲。」

支遁淡淡道：「當日與竺法慶之戰，施主是否信心十足呢？」

燕飛一呆道：「那次能殺竺法慶，全賴機緣巧合，盡力而爲下取得的意外成果。」

支遁岔開話題問道：「然則邊荒集又有甚麼迫不及待的事，令施主感到身難二用之苦？」

燕飛心中大奇，如此追問到底，實不似這位高僧一向的作風，卻又不得不老實作答，因爲對他隱瞞仙門的事，燕飛早有點於心不安。只好道：「皆因慕容垂請出深居大漠的一個神秘民族，來對付我們荒人，令變數大增，所以……」

支遁倏地睜開雙目，沉聲道：「是否以沙漠爲家的秘族？」

燕飛一呆道：「原來安姑娘已向大師提及此事。」

支遁凝望燕飛，他的目光似能洞悉燕飛的肺腑，道：「玉晴對此沒有說過半句話。」

燕飛錯愕道：「大師怎會知道有此異族？」

支遁雙目射出奇異的神色，語氣卻非常平靜，道：「燕施主願聽牽涉到佛道兩門的一個秘密嗎？」

燕飛想不到他會有此反應，暗忖自己的煩惱還不夠多嗎？不過他一向尊敬支遁，想到能被支遁認爲是秘密的事，肯定非同小可，且必與眼前情況多少有點關係，至少與秘族有關係。答道：「晚輩洗耳恭聽。」

支遁道：「春秋戰國之時，諸家學說興起，呈百花齊放之局。到秦一統天下，以法家治國，兩代而亡。高祖劉邦，開大漢盛世，文景兩朝，以黃老之術治國，予民休養生息之機，遂有後來漢武帝威懾四夷的武功。」

燕飛聽得糊塗起來，支遁即將說出來的秘事，難道竟與歷朝的治亂興衰有關係？

支遁道：「漢武帝採取董仲舒上承天意，任用德教的『大一統』政策，『罷黜百家、獨尊儒學』，其他諸家學說，被打爲異端，從此天下多事矣。」

燕飛道：「思想只能被壓制於一時，政權卻不住更迭，像此時的建康，便是黃老當道。」

支遁道：「燕施主的看法正確，所謂人心不死，便是此意。任何一種思想，本身自有其生命力。到東漢時期，道家和佛門相繼與儒教結合，便取得新的立足點和活力，轉趨興盛。儒、佛、道本有相通相借之處，遂成主流。既有主流，便有異流，漸成對立之勢。」

燕飛訝道：「異流？」

支遁道：「此事確實一言難盡，內中情況異常複雜。大致而言之，異流便是主流思想外的各種論說。當年武帝策問董仲舒，因此有名傳千古的《天人三策》，在策尾董仲舒總結道：『春秋大一統者，天地之常經，古今之通誼也。今師異道，人異論，百家殊方，指意不同，是以上無以持一統；法制變數，下不知所守。臣愚以為諸不在六藝之科，孔子之術者，皆絕其道，勿使並進。邪辟之說滅息，然後統紀可一，而法度可明，民知所從矣。』正是『皆絕其道』這句話，令各家思想出現分裂和對立，凡不能融入儒家學說者，均受到迫害和排擠，形成主流和異流誓不兩立的對抗局面。主異之爭已持續了數百年，至今未息。」

燕飛差點抓頭，謙虛的道：「請大師恕我愚魯，大師說的似是學說之爭，與我目前的情況有何關係？」

支遁道：「不論儒道墨法，又或孔丘、老子、莊周、楊朱、墨翟和惠施，他們都是想提供一套管治國家的理念和方法。體現於現實裡，便成爭天下的國家大事，誰能奪得政權，便可以實施自己的一套辦法；體現於江湖上，便是正統派系與異端派系之爭。」

燕飛深吸一口氣道：「竟有這麼一回事嗎？我真的全無所覺。」

支遁道：「這是一場秘而不宣的戰爭，沒有人願意張揚，鬥爭更是隨時勢的變化，若斷若續。像竺法慶便是個可疑者，只看他對北方佛門的殘忍手段，差點把北方佛門連根拔起，便知其中可能牽涉到這場恩怨。」

燕飛咋舌道：「這個眞令人想不到。」

支遁道：「我們習慣統稱異流派系爲魔門，魔門中也包含不同的派系，凡屬魔門者，均千方百計掩飾自己的身分。我今天爲何會向施主說及關於魔門的事，皆因在三十多年前，魔門終出了一個出類拔萃的超卓人物，而此人與秘族大有關係。」

燕飛聽得頭皮發麻，心中湧起有點明白，但又不願深思探究下去的惶惑感覺。

第二十三章　嫡傳弟子

高彥穿窗入房，稍放下心來，剛才他不知多麼擔心小白雁的美腿會從窗口踢出來，那麼他肯定要掉進潁水去。

「蠢蛋！到現在才懂得爬窗進來。眞不明白你憑甚麼成名立萬的？」

高彥別頭瞧去，小白雁正臥在床上，津津有味吃著手上的梨子。她沒脫靴子的長腿交叉疊著，搖搖晃晃的，好不舒適寫意。

尹清雅的「友善」對待，令高彥喜出望外，毫不客氣地坐到床沿去，差點觸到她一雙美腿，面向著這千嬌百媚的天之驕女，大暈其浪的道：「原來雅兒對我只是裝個惡兮兮的樣子給人看……」

尹清雅打岔道：「少說廢話，給我滾遠點，滾到窗旁的椅子坐下，否則本姑娘便把你轟出房去。你當我還像以前般好說話嗎？」

高彥見她說時笑盈盈的，似是毫不認眞，但他已有點摸清楚她的脾性，哪敢造次，而事實上她肯容他留在房內，已是皇恩浩蕩，忙乖乖地到靠窗的椅子坐下。

尹清雅倏地從床上坐起來，移坐到床沿，手一揮，吃剩的梨核向著高彥擲去，高彥哪想到她有此一著，欲避不及時，梨核在他面頰旁寸許處掠過，投往潁水去。

尹清雅「噗哧」嬌笑，向他吐舌頭扮了個可愛的鬼臉。

高彥整個心舒暢起來，正要鼓其如簧之舌，尹清雅做了個阻止他說出來的手勢，油然道：「我今次到邊荒來，除了要和你算清楚新仇舊恨，還要和你這小子說個明白，不讓你再瞎纏下去。」

高彥意亂情迷地呆瞪著她，像沒有聽到她說的話。

尹清雅大嗔道：「你沒聽我說話嗎？」

高彥心中得意興奮之情，就算以卓狂生寫天書的妙筆，也難以描述其萬一。和尹清雅在一起，不論被打被罵，他都甘之如飴。沒有她的世界，一切都失去了意義，他也就只像行屍走肉般生存著。得到了她，等若得到了天下，何況此時她正在眼前大發嬌嗔，高彥發覺活著原來如此美妙。道：「雅兒請繼續說話，你的聲音是世上最悅耳的聲音。」

尹清雅狠狠瞪眼，氣鼓鼓的道：「你又在向我耍手段，不說哩！不說哩！」

高彥試探著站起來，見尹清雅露出不善神色，忙又坐回椅內去。攤手道：「親個嘴兒好嗎？」

尹清雅氣得杏目圓瞪，失聲道：「甚麼？」

高彥陪笑道：「嘿！沒有甚麼？雅兒肚子餓嗎？我陪你到飯堂吃點東西吧！」

尹清雅一口拒絕道：「不吃！要吃你自己一個人去。」

高彥道：「我唱首歌給你聽如何？」

尹清雅忍俊不住的笑道：「不聽！」

高彥道：「那我便翻幾個觔斗給你看。」

尹清雅「噗哧」嬌笑，狠盯他一眼，低聲罵道：「你這個死小子臭小子。」

高彥跳將起來，旋轉一匝，來到她身前單膝跪下，心神皆醉的道：「雅兒你不要騙自己了，我和你是天造地設的一對，你再不可能找到一個比我更好的情人和夫婿，沒有人比我高彥更會逗你開心、討你高興。」

尹清雅沒好氣的道：「你這小子又發瘋了，讓我清清楚楚地告訴你，我……嘿！我剛才救了你的小命，以後大家兩不相欠，由今天開始，你走你的陽關道，我過我的獨木橋，明白嗎？」

高彥一呆道：「陽關道難道不可以有獨木橋嗎？」

尹清雅也呆了一呆，接著唇角逸出笑意，罵道：「你這冥頑不靈的臭小子，惹火了本姑娘我便宰了你。」

高彥探手去摸她右手，嘻皮笑臉的道：「雅兒的手還痠不痠，讓我給你揉揉，保證舒服入心。」

尹清雅使個身法避開他的手，借勢站起來，直抵窗前，目光投往河岸。

高彥如影隨形，來到她身後，差點便貼著她香背，嗅吸著她的髮香、體香，眞不知人間何世。

尹清雅輕嘆道：「今次我溜到邊荒來，師父一定擔心死了。我在邊荒集玩三天便要回去，你勿要癡心妄想，否則以後我都不理你。」

高彥心迷神醉的道：「我們永遠都不要再分開哩！雅兒要返兩湖，我便陪你回去。」

尹清雅氣道：「叫你不要瞎纏，你偏要瞎纏人家，你的腦袋是否石頭做的？你到洞庭去，是否不想活呢？」

高彥愕然道：「你的師父怎會殺我？他親口答應過不會阻止你嫁我，只要我的好雅兒點頭便成。」

尹清雅旋風般轉過嬌軀，大嗔道：「你又胡謅了！」

高彥以爲她要動粗，嚇得急退兩步，搖手道：「原來雅兒竟不曉得我到過兩湖找你，還與你師父硬拚一場，結果你師父輸了賭約，承諾以後不干涉我和你卿卿我我、談情說愛，結爲夫妻。」

尹清雅雙手扠著小蠻腰，怒道：「你以爲自己是甚麼人呢？憑你的身手，給師父提鞋也不配。」

高彥笑嘻嘻道：「陪我去的是燕飛，動手的也是他。他也沒有打贏你師父他老人家，只因我給你師父逮著，燕飛便與你師父立下賭約，如果在一段時間內救不回我，他便自盡於你師父眼前，結果如何，看看老子仍活生生站在這裡和你說話便明白。此事現在已傳得街知巷聞，我們的戀情已成南方最膾炙人口的話題。整件事千眞萬確，如有一字虛言，教我娶不到你作嬌妻。」

尹清雅呆望著他，好一會兒後，默默坐入椅子裡，一臉茫然的神色。

高彥從未見過她這般的神情，移到她身前蹲下道：「雅兒怎麼哩？」

尹清雅幽幽道：「人家今次給你害慘了，師父因我而丟了面子，難怪他嚥不下這口氣，現在師父心中一定很難受。」

高彥正要說話安慰她，尹清雅探出雙指按著他的嘴唇，輕柔的道：「人家的心很亂，你出去一會兒好嗎？讓我一個人想想。」

高彥的心又酸又疼，見她破天荒首度軟語相求，哪敢不順從，依言的離房去了。

支遁道：「此人複姓墨夷，名明，長得一表人才，儒雅風流、博學多聞、文經武緯、通曉古今治亂興衰，實爲百年難遇的奇才。」

燕飛道：「大師不是說過魔門中人，會千方百計掩飾他們的身分，唯恐敗露行藏嗎？那又如何曉得他出自魔門呢？」

支遁解釋道：「自漢武帝獨尊儒學後，魔門備受排擠，思想從此走上轉趨極端的不歸路，也因而被指爲入魔，魔門的稱謂，便因此而來。從屬魔門中人，其行事作風，總有蛛絲馬跡可尋，當時佛道兩門的高人，更從他的驚世武功看破他源自魔門。」

燕飛聽到這裡，對所謂魔門中人，不但沒生惡感，反有點同情他們的遭遇。點頭道：「我明白了。」

支遁道：「要說明墨夷明此人的來龍去脈，不得不從北方石趙政權說起。永嘉之亂，匈奴王劉聰攻陷洛陽，殺王公士民三萬餘人，擄懷帝北去，次年愍帝即位長安，又被俘虜，晉室被逼南渡，北方成了胡族爭霸的場所。劉聰破晉後，國勢達於巔峰，卻不知奮發，荒淫奢侈，國政日趨紊亂，功臣豪將紛紛坐地割據，其中又以據有趙魏舊地的石勒勢力最大。石勒爲胡族雄才，慓悍絕倫，以漢人張賓爲謀士，大破匈奴，即帝位，國號仍用趙。後世的人稱之爲石趙。」

燕飛長居北方，本身又是拓跋族的王族，對北方政權的更迭是耳熟能詳。但他對石勒的認識，主要是因他殘暴的手段，石勒的燒殺掠奪在胡族裡也是臭名遠播，受害者達數百萬戶，時人稱之爲「胡蝗」，其禍害可見一斑。

支遁續道：「石趙全盛之時，版圖遼闊，南至淮河、漢水，東濱於海，北到綏遠，幾乎佔有整個北方。石勒死後，其兄之子石虎登位，暴政尤過石勒，令各族叛變，到石虎死，諸子爭位，就在此時，漢族大將冉閔乘時而起，奪取帝位，而冉閔之能成功奪權，正因得墨夷明全力扶持他。」

燕飛道：「這麼說，墨夷明該是三十多年前在北方能翻手爲雲，覆手爲雨的風雲人物。只看他能令一個以漢人爲首的政權，在眾胡中崛起稱霸，便知他的本領。」

支遁道：「縱然我們和他站在敵對的立場，也不得不承認他是魔門不世出的人物。當年冉閔還遣使聯絡建康，希望雙方能聯手共驅胡虜，但因對墨夷明的懷疑，終不能成事。接著鮮卑的慕容氏勢力轉強，冉閔兵敗被擒，斬於龍城，墨夷明憑蓋世魔功，突圍逃走。燕王慕容儁親率高手追殺千里，卻被他先後擊殺燕國高手三十餘人，成功逃逸，自此不知其行止。此戰轟動天下，傳誦一時。」

燕飛皺眉道：「然則墨夷明究竟如何與秘族扯上關係？」

支遁淡淡道：「因爲據我們的消息，墨夷明最後逃進大漠去，得到秘族全力庇護，而燕王亦因鞭長莫及，奈他莫何。」

燕飛問道：「他仍然在世嗎？」

支遁道：「這怕只有秘人才清楚。」

燕飛心中湧起非常古怪的感覺。唉！墨夷明！他眞的不想知道關於他的任何事。更不想知道關於魔門的任何事，乎至不想碰上任何魔門中人。道：「大師爲何告訴我這個人呢？」

支遁道：「魔門要爭霸天下的心是永遠不會止息的，一旦讓他們奪得政權，將是以儒、佛、道三家爲主流的正統人士的大災難。現在我們正全力支持劉裕，魔門肯定會千方百計加以阻撓，不讓他有得志的一天。」

燕飛道：「大師是否要我警告劉裕呢？」

支遁道：「燕施主自己心中有數便成，老衲不想再多添劉裕的煩惱。事實上近百年來，除了一個墨夷明外，魔門再沒有其他傑出的人才，魔門自墨夷明功虧一簣後，已經式微了。」

燕飛搖頭道：「魔門已出了另一個超卓的人物，此人將來的成就，肯定不會在墨夷明之下。」

支遁愕然道：「誰？」

燕飛一字一句的緩緩道：「就是墨夷明的嫡傳弟子，秘人向雨田。」

慕容戰立在街頭，看著另一邊正進行得如火如荼的第一樓重建工程，龐義現身和他隔遠打個招呼後，便隱入這個龐大的木建架構裡。街上人來人往，不住有貨物材料從東門送入邊荒集來。潁水是邊荒集的命脈，現在南方的一段暢通無阻，加上壽陽的胡彬又是自己人，又有邊荒遊的績效，所以南方和邊荒集的貿易，在東晉的默許下，比起以往是有過之而無不及。

至於北方水路，因為在慕容垂的勢力範圍內，燕人雖因自顧不暇，暫時無力封鎖泗水入潁的水口，但敢從水路來的商旅仍是寥寥可數，主要還是依賴走陸路的行腳商旅，規模上遠比不上南方。這種南北貿易失衡是個大問題，唯有由荒人本身的船隊到北方走私貨，再帶回邊荒集轉售。幸好荒人從燕羌聯軍手上奪得大批戰馬、軍械和裝備，都是南人急需的物資，所以仍有生意可做。

今早開始，氣溫進一步下降，天色暗沉沉的，寒風從西北方吹來，令集內賣寒衣的店舖門庭若市。

經過的荒人都不敢騷擾他們的最高統帥，讓他雖身處繁盛的通衢大道，仍可以一個人靜心思索眼前的形勢。

誰都不曉得慕容戰心中一片茫然，腦袋近乎空白，大有不知何去何從的感慨。

自昨夜朔千黛不辭而別後，他對將來便感到模模糊糊的，這是他從來沒有過的感覺。今次離開的是她，下一次會是誰呢？

現在他肩負著邊荒集存亡的重任，這個沉重的負擔令他有喘不過氣來的感覺。他從來都是個樂觀的人，撲朔迷離的未來一向對他總有一種神奇美妙的魅力，樂極固會生悲，但否極之時也會泰來，邊荒集便是在這樣好運、厄運的糾纏不清裡不住茁壯成長，但也可以是逐步走向滅亡。誰都說不準將來的命運。

邊荒集此刻面對的是與從前截然不同的情況，如被慕容垂得逞，邊荒集會被徹底摧毀。

紅子春的聲音在他身後響起道：「你不是要去找大小姐嗎？爲何在這裡發呆？」

慕容戰瞥一眼負手來到身旁的紅子春，道：「我在想當千千主婢回到邊荒集時，見到第一樓重現，且比以前更爲宏偉壯觀，會是如何歡欣雀躍。」

紅子春點頭道：「我們每個人都希望見到有那麼的一天。唉！今天冷得異乎尋常，眞令人擔心。」

慕容戰愕然道：「擔心甚麼？」

紅子春以專家的姿態仰觀天色，苦笑道：「我怕會下雪。」

慕容戰一震道：「不會這麼早吧？」

假如眞的下雪，方鴻生的靈鼻將會失靈，沒法查出秘人部隊的蹤跡。

紅子春道：「很難說，我在邊荒集生活十多年，先後見過兩場秋雪，都是罕見的大風雪。」

慕容戰苦笑道：「我們的運氣不至於那麼差吧！」

紅子春嘆道：「好運氣不會永遠站在我們這一邊，有謂『安危相易，禍福相生』，我們憑一場大雨贏回邊荒集，也可能因一場大風雪把邊荒集賠出去。」

慕容戰斷然道：「我是不會認命的，大風雪有大風雪的打法，你們南人不慣在風雪裡作戰，我們胡人卻是習以爲常。」

紅子春道：「先不說大風雪能令秘人輕易滲透邊荒，使我們處於挨揍的劣勢，只是風雪便可以癱瘓南北陸路的交通，只要慕容垂派兵封鎖泗潁的水口，北方休想有一件貨能運到邊荒集來，我們還做甚麼娘的南北貿易？」

慕容戰道：「情況確實如此，大風雪如果持續十多天，會對我們的經濟造成很大的損害，接著便是嚴冬，且會是最難捱的冬天，但也可令慕容垂沒法向我們大舉進犯。」

紅子春道：「往好的方面想是這樣子，但往壞的方面想，卻給予能在最惡劣環境下作戰的秘族戰士千載一時的良機，當邊荒集布滿了人馬難行的積雪，我們如何反擊秘人？」

慕容戰苦笑道：「這個便要靠大家一起動腦筋了。」

紅子春再仰望上空，道：「希望我今次的預測不靈光吧！噢！我的娘！」

慕容戰大吃一驚，朝上瞧去。

高空處充塞著一層層棉絮似的東西，向下降時似變成被吹落的花瓣般零零落落的隨風飄降，然後本是羽毛般的雪花化爲一朵朵一簇簇的雪團，密密麻麻籠罩大地的灑下來。

慕容戰嘆道：「這叫一語成讖，我們糟糕哩！」

第二十四章　縹緲之約

安玉晴瞧著燕飛，唇角飄出一絲欣悅的笑意，道：「想不到你竟會在一天尚未過去的短時間內來找我，令玉晴有點意外啊！」

燕飛坦白的道：「我心煩得要命，而姑娘卻是我唯一可傾訴的對象。其他人雖然也都是知交，但我能和他們談這種事嗎？」

安玉晴微笑道：「彼此彼此。但我和你的分別是我根本沒有朋友，如果有的話那便只得你一個人。而你更是天下間唯一能了解我的人，只有和你談話對我來說才算有意義。沒有了你，我會感到很孤獨。不過請放心，我指的並不是男女之情，而是知己朋友。」

與她說話眞是一種享受，燕飛的心安靜下來，忘記了靜室之外的一切，道：「聽姑娘這麼說，世上除了仙門外，其他一切於你來說都是沒有意義的了？」

安玉晴道：「也不是這麼說，因爲我們仍是這如夢似幻奇異天地的一部分。例如我便很享受現在與你相處的時光，感覺一切都充滿意義，且有點非常刺激好玩的樂趣，你怎可以說除仙門外，其他一切我都不在意？當然這一切都是因仙門而來的。」

燕飛苦笑道：「好玩？我覺得一點都不好玩。」

安玉晴輕輕道：「諷刺嗎？人在出生後，便要面對死亡。有人恐懼它，有人視它如歸宿，又或當死亡爲過渡。不論採取哪種態度，死亡總是一視同仁，從沒有人能例外，去了的便不能回來。死亡的對立是永生不死，但縱能不死又如何呢？面對你的將是永無休止的噩夢，看著你身邊的人一個個生老病死，如此不住重複。這樣死亡反會是最大恩賜，最好的解脫。」

燕飛愕然道：「我以爲你會安慰我，怎麼反似嫌我知道得不夠清楚，還要告訴我永生不死是如何慘絕人寰的事？」

安玉晴「噗哧」嬌笑道：「因爲我爲你想出了一個形神俱滅的自盡方法，所以故意恐嚇你，驅策你去努力。」

燕飛從沒有見過她這般帶著嬌媚的神態，看得眼前一亮，更是精神大振，喜道：「如果連這樣無法可想的事都可以給你想到辦法，那姑娘便等若我燕飛的再生父母。」

安玉晴淡淡道：「你們荒人的用詞眞誇大，你是玉晴唯一的朋友嘛！朋友有難，玉晴當然義不容辭哩。」

燕飛道：「究竟有甚麼辦法呢？」

安玉晴平和的道：「坦白說，這只是一個可能性，沒有人曉得是否眞的有效，皆因從來沒有人嘗試過。方法很簡單，就是以『破碎虛空』來自盡，而不是開啓仙門。照我猜想，這是唯一能令形神俱滅的招數，在我們這人世內，不論有形的或無形的，都抵受不住那能把無形虛空也能破開的驚天力量。」

燕飛劇震道：「你說得對。」

安玉晴嘆道：「紀千千得愛如斯，可以無憾矣！」

燕飛想了想才明白她這兩句話背後含意，頹然道：「安姑娘掌握我的處境了！」

安玉晴微嗔道：「如果不明白便是蠢蛋。如此絕世奇招，哪有人拿來自殺的，不是荒天下之大謬嗎？你卻像得寶般歡欣雀躍。唉！不論是好是歹，總該試試嘛！」

燕飛堅決的道：「愚蠢也好，聰明也好，事實上我也弄不清楚兩者間的分別，我只知道要不就我和她一起進入洞天福地，要不就和她一起死去，我絕不會讓她單獨面對死亡的。」

安玉晴雙目閃耀著智慧的光芒，溫柔的輕輕道：「愛情從來都是短暫的，就算此生不渝，也只是短暫的一生裡發生的事，紀千千是有智慧的人，她會安然接受自己的命運，也會鼓勵你去面對仙緣，你心中實不應有任何內疚的感覺。」

燕飛反問道：「那你本身又有何想法呢？」

安玉晴雙目射出糅雜了自憐和失落的神色，苦澀的笑道：「雖然服下了洞極丹，可是我的眞氣卻偏向太陰眞水的路子，如照你所說的必須以太陽眞火與太陰眞水兩極相激，方能開啓仙門，恐怕我窮一生之力，也沒法練成兩種極端相反的先天眞氣，那根本是不可能的，我可以有甚麼想法呢？」

燕飛微笑道：「我現在別無選擇，只能竭盡全力設法勘破這最後一著的奧秘，且要超越三珮合一產生的力量，破開可容不止一人穿越的缺口。假設我誠意邀請姑娘攜手離開，姑娘願意和我們一起走嗎？」

安玉晴微垂螓首，平靜的道：「燕飛你是認眞的嗎？你的煩惱還不夠嗎？」

燕飛一字一句的肯定道：「我燕飛於此立誓，一是我們三個人一起離開，一是三個都不走。」

安玉晴嬌軀劇顫，抬頭往他凝望，雙眸異采大盛，道：「這是爲了甚麼呢？你的紀千千會怎麼想？」

燕飛的臉龐散發著神聖的光澤，從容道：「從第一次與姑娘相遇，我便感到我們之間有種解不開的緣分，假如沒有姑娘仗義出手，我或許已成任遙劍下的冤魂，更不會有後來的事。到我遇上令尊，爲他解除水毒之害，亦因而令他悟通洞極丹之秘，使姑娘能服下靈丹，改變體質，我便感到如讓你只能對仙門望洞興嘆，會是我燕飛完全沒法接受的事。把我們連繫在一起的，也許便是仙緣吧！」

稍頓續道：「至於千千會怎麼想，我們都不用擔心，千千是個很特別的女子，會明白我們的目標超越了一切凡塵世俗的事物和觀念。千千是我燕飛深愛的情人，姑娘卻是我的紅顏知己，如果我們眞能一起離開，攜手勇闖仙門，才眞的是既刺激又好玩。」

安玉晴雙目閃閃生輝，笑道：「燕飛你不用作出任何承諾，將來看情況再說如何？無論如何，聽見你說這些話，玉晴已非常感激。」

燕飛搖頭道：「不！要就一起離開，否則一個都不走，只有以此立下死志，我們方有成功的機會。」

安玉晴默然片刻，然後櫻唇輕吐道：「那眞的有可能嗎？」

燕飛道：「假如安姑娘和千千分別掌握太陰眞水和太陽眞火的異能，我們便有一試的資格。」

安玉晴欲語無言。

燕飛訝道：「姑娘不認爲這是一個可能性嗎？」

安玉晴白他一眼，垂首道：「燕飛呵燕飛，你敢聽眞心話嗎？」

燕飛苦笑道：「這麼說，你的眞心話肯定會令我難受。安姑娘請直言，我準備好哩！」

安玉晴道：「你這個辦法完全是想當然耳：一個人的力量有限，三個人合起來當然大得多了。問題是即使眞如你所料，我們確能擴大進入洞天福地的仙門，亦只有你一個人有本領穿越，因爲我和紀千千只得其一偏，將抵受不住仙門開啓所產生的能量，會再重演之前天地心三珮合一，你被拋往遠處差些兒沒命的情況。更何況恐怕只有結下金丹，把陰神化作陽神者，方可穿過仙門，抵達彼岸，捨此再無他法。」

燕飛嘆道：「我的心給你說得涼了一截，不過我深信一定有解決的辦法。」

安玉晴道：「每一個修道的人，都有這種堅定不移的信念，而事實上他們最終都面對失敗。即使《太平洞極經》上載有廣成子羽化登仙的事蹟，可是他是否眞的曾成功開啓仙門，破空而去，卻沒有人知道。像師公他武功蓋世，智可通天，仍要含怨而逝，這條路只可以用難比登天來形容。」

燕飛堅決的道：「我怎樣也要試一次。」

安玉晴道：「你有想過後果嗎？你只有試一次的能力，如果不成功，你將失去以『破碎虛空』進入仙界又或自盡的唯一機會，接下來的便是永無休止的長生噩夢，你將面對你最不願意遇上的事。」

燕飛道：「不論後果如何，我已決定了這麼做。一是我們三個人攜手離開，一是全都留下。」

安玉晴忽然展露笑容，道：「現在人家眞的相信燕飛你有誠意哩！好吧！待我再好好想想這件事。」

卓狂生獨據一桌，在艙廳裡發呆的看著外面大雪紛飛的情景時，高彥神色沮喪的回來，在他身旁坐下。

卓狂生道：「她仍不讓你進去嗎？」

高彥搖頭道：「她說會出來找我。唉！眞令人擔心，她的反應如此古怪。」

卓狂生哂道：「剛剛相反，她的反應不知多麼合理。」

高彥失聲道：「合理？」

偌大的艙廳，只兩桌坐了客人。其他團友不是到了上面的望台，便是到甲板處欣賞大雪之下兩岸的美景。這場早來的大雪，令來觀光的人有意外的驚喜。

卓狂生嘆道：「今次完了！」

高彥劇震道：「完了！你不要嚇我！」

卓狂生苦笑道：「我不是說你和小白雁完蛋，而是說我們完蛋大吉。這樣的大雪，方總如何可以嗅到敵人蹤跡？反而對刻苦耐勞的敵人有利。」

高彥道：「兵來將擋，水來土掩，只要我們能維持水路的交通，怕他娘的甚麼呢？此事待回到邊荒集才想吧！告訴我，爲何她這樣的反應合理呢？」

卓狂生道：「你這小子眞是聰明一世，愚蠢一時，這麼簡單的道理都想不通。用劉爺的絕招，你要站在別人的立場去想，不要整天只想小白雁如何愛你，如何肯爲你不顧一切。他奶奶的！實情當然不是如此。在她心中，老聶對她的恩情顯然分量十足，所以當她曉得你這小子夥同燕飛令老聶受辱，她便產生自責的情緒，感到是她害了老聶，因此心中非常難過。正如你所說的，在師父和半生不熟的愛情間，她不知如何取捨。明白嗎？」

高彥抓頭道：「甚麼叫半生不熟的愛情？」

卓狂生以專家姿態指點道：「當然是指你和小白雁間的情況。照表面的情況看，小白雁確實對你有點意思，但卻遠不是你所說的甚麼娘的海枯石爛，此志不渝。頂多只是愛和你這混小子一起吃喝玩樂。不是唬你，你和小白雁的愛正處於危險邊緣，是成是敗，全看你的誠意。」

高彥一呆道：「誠意？老子我還欠缺誠意嗎？」

卓狂生盯著他嘆息道：「你的所謂誠意，就是甚麼都只為自己著想，甚麼都一廂情願。他奶奶的，你這種只顧自己的態度必須改變過來，轉而為小白雁設想，才能令她感到你將她放在最重要的位置。」

高彥出乎他意料之外的露出思索的神色，點頭道：「你這番話很有道理。我是不可以只顧自己，而忽略她的感受。她有她的處境，更有她的顧慮和煩惱。對！我要設法了解她，為她解決煩惱。哈！那老子是否要向老聶負荊請罪，求他老人家大人有大量，原諒小子我的冒犯呢？嘿！我說得不對嗎？為何你擠眉弄眼的，是否肚子痛？」

卓狂生裝出個沒命表情。

高彥終有所覺，轉頭一瞥，登時又驚又喜。

嘟著小嘴兒站在他身後的小白雁，忍著笑坐到兩人對面，道：「我甚麼都聽不到。來人！肚子餓哩！有甚麼好吃的東西？」

燕飛離開安玉晴寄居的靜院，踏足歸善園，心中舒暢多了。

他雖然為自己定下幾乎不可能達至的目標，但至少有了奮鬥努力的方向，生命因而也變得有趣起來。對安玉晴他有一份深刻的感情，包含了感激、景慕和難以形容的男女微妙的關係。他當然絕對不是移情別戀，對紀千千他是永不會變心的，可是男女間除了愛情，也可以有其他吧！

燕飛走上園內的小橋，倏地立定，輕鬆的道：「出來吧！」

盧循現身在小橋另一端，雙目異芒大盛，兩眼不眨的盯著他，沉著的道：「今早我收到天師的飛鴿傳書，要我向燕兄傳達一個口信。」

燕飛心忖要來的終會來，想躲也躲不了，暗嘆一口氣，道：「盧兄請說！」

盧循微笑道：「燕兄是聰明人，當猜到是怎麼一回事，不過在我說出來前，卻想先領教高明，看看燕兄是否眞有挑戰天師的資格。這全是我個人自作的主張，與天師無關。」

燕飛啞然笑道：「盧兄請三思而行，因我實有殺你之心，只是礙於你是傳口信的使者，向你下毒手似乎有欠風度。可是如果盧兄肯這樣便宜我，我是絕不會放過殺你的機會。盧兄請！」

盧循現出疑惑之色，奇道：「燕兄竟不知我已練成黃天大法，要殺我可不是那麼容易。」

燕飛淡淡道：「盧兄是甚麼斤兩，我當然一清二楚，否則令師怎肯於百忙中抽空來應酬我？盧兄不是改變了主意吧？要動手就快，還有別的事等著我去做。」

盧循出奇地沒有動氣，用神打量他，同時催發眞氣，如牆如堵的向燕飛平推過去。道：「動手前，我想請教燕兄一件事。」

燕飛運轉體內的眞陽眞陰，盧循攻來的眞氣不能影響他分毫，他就像在風暴裡的崇山峻岳，屹然不動。道：「你爲何認爲我會回答你呢？」

「鏘！」

蝶戀花出鞘。

要殺練成了黃天大法的盧循，只有一個辦法，就是逼他硬拚仙門訣，然後看他可以捱多少劍。

蝶戀花化作長芒，朝盧循電射而去。

高手對決，開始時總會用硬拚的招數，以測探對方深淺，再定下進攻退守的戰略策術。所以如果對手一上來便是硬碰硬的手法，怎都不會躲避，否則不但有失身分，還輸了氣勢，且等於自認沒有硬拚的功力。

燕飛正是利用此點，先在言詞上寸步不讓，故意激怒盧循，雖然不大成功，但也營造出盧循不得不顯示點眞功夫的氛圍，除非盧循是不要面子的人，否則怎都不能甫交戰便左閃右避。

如能殺死盧循，對天師軍會造成嚴重的打擊，對劉裕將非常有利。故而燕飛向盧循直言有殺他之念，絕不是只在口頭上說說的。

盧循果然雙目殺機大熾，全身道袍鼓脹，雙目紫芒遽盛，顯示他在剎那間把黃天大法提至極限，同時腳踏奇步，衝刺而至，雙拳擊出。

換過次一級的高手，會認爲盧循是要右拳重擊劍鋒，另一拳則覷隙進擊，是爲連消帶打的招數。再次一級的，恐怕連對方出拳的先後次序也弄不清楚。

但高明如燕飛，卻看破盧循此招乾坤暗藏，非如表面所見那麼簡單，因爲他不但感應到盧循的功力分布，是以後至的左拳爲主，且是留有餘力。

燕飛心中暗讚，盧循確已得孫恩眞傳，簡簡單單的一招，內中卻變化萬千，包含了誘敵、惑敵之計。

蝶戀花原式不變，直搠而去，事實上已生出微妙的變化，緩了一線。

盧循生出感應，喝了聲好，左拳忽然消失了，原來是寬大的袍袖往前捲揮，套著了拳頭，右拳則往後疾收三寸。

充盈勁氣的袍袖，後發先至的抽擊蝶戀花劍鋒。如他抽個正著，即使燕飛用的是仙門訣，也要被他抽打得寶刃偏向一邊，如此盧循便可把勁力轉移到右拳，乘虛而入，重創燕飛，至不濟也可以取得先手的優勢。

燕飛冷喝一聲，蝶戀花於高速中生出變化，化前搠爲橫挑，正中盧循來勢洶洶的寬袍袖。水火在劍鋒交擊，爆發仙門勁。

「蓬！」

出乎燕飛意料之外的，盧循的袍袖並沒有被太陽、太陰兩股截然相反的眞氣激爆炸成碎粉，只是朝內塌陷，現出被包裹著的拳頭形狀，接著盧循全身一震，斜飛而去，落到三丈外的一叢竹樹旁。

燕飛亦被他的反震之力，震得挫退半步，沒法趁勢追擊。

「鏘！」

蝶戀花回到鞘內去。

盧循落地後仍退了一步，駭然道：「這是甚麼功夫？」

燕飛像沒有發生過任何事般，微笑道：「要知這是甚麼功夫，回去問孫恩吧！盧兄確已得黃天大法眞傳，非常難得。」

盧循此時臉上重現血色，顯示他有硬擋一招仙門訣的能力，雙目射出驚疑不定的神色，沉聲道：「我不得不承認燕兄有挑戰天師的資格，此戰就此作罷。如何？」

燕飛心叫可惜，不過對方終是傳信使者，硬逼他動手怎都是有欠風度，除非他是自動送上門來。何況他更有深一層的考慮，盧循此時的功力猶在史仇尼歸之上，如果要殺他，必須用仙門訣，如用至極限，眞元上損耗肯定非常嚴重，且可能反傷己身，如此就更沒法和孫恩速戰速決，好能盡快趕返邊荒集。

換句話說，要殺盧循絕非易事。所謂行家一出手，便知有沒有，只從盧循擋劍的這一招，便知他走的是詭變多奇的路子，彷如滑不留手的泥鰍，要拿著他的要害會是非常困難的事。

燕飛從容道：「悉隨尊意。」

盧循嘆道：「雖然我和燕兄一向處於敵對的立場，但我對燕兄卻很欣賞。說出來燕兄也許不相信，現在我最想的事，不是殺死燕兄，而是邀燕兄一起到酒館去，坐下來把酒言歡，討論武學上的諸般難題。」

又道：「事實上，自從我得天師傳授黃天大法，便終日沉醉於武道的天地裡，其他一切似都變得無關重要。」

燕飛訝道：「原來盧兄竟有此念，確令我大感意外，在我印象中盧兄一向是冷血無情的人，是那種爲求成功，不擇手段者。」

盧循正容道：「人總是人，自有其血肉和感情。燕兄並不是我，不會明白我們東吳本土世族對晉室的仇恨。不說廢話了，天師著我向燕兄傳言，天師會在太湖西山的主峰縹緲峰等待燕兄十天，請燕兄如期赴約。」

燕飛點頭道：「我知道哩！」

見盧循欲言又止，微笑道：「盧兄心中有甚麼疑問，儘管說出來，看我會否回答。」

盧循登時敵意全消，欣然道：「首先要多謝燕兄好意。我想問的是燕兄與天師第二度決戰時，究竟發生過甚麼事？天師歸來後像變成另一個人似的，對天師道的事從此袖手不理。」

燕飛困難的道：「我該怎麼答你？可以這樣說吧！在機緣巧合下，決戰未分出結果前便結束了，但令師卻意外地知道了成仙成聖絕非是癡心妄想，也可以說令師是忽然悟通了至道。」

盧循呆了一呆，然後施禮道：「多謝燕兄指點。」

然後立即離開。

第二十五章　兵來將擋

邊荒集，大江幫總壇，東廳。江文清、慕容戰、紅子春、劉穆之和王鎮惡五人圍桌而坐，窗外雪花紛飛，變成了個純白的天地，他們卻是心情沉重。

唯一的好消息，是收到程蒼古從荒夢三號送出的飛鴿傳書，獲知擊退了向雨田的事，不過各人都沒有因此歡欣雀躍，因爲向雨田變得愈來愈厲害了，要來便來，要走便走，誰都奈何不了他。

紅子春道：「這傢伙是否回復了平時的功力呢？」

他問這句話，正表示他抱著懷疑的態度，所以希望得到答案。

王鎮惡道：「照時間看，他該是緊追在我身後返回邊荒集，除非他有套在迅速奔行時修復功力的本領，否則他根本沒有時間練功。」

眾人的心直往下墜，未達最佳狀態的向雨田已這麼難纏，處於巔峰時的向雨田又會是怎樣一番情況？他們都有點不敢想下去。

慕容戰目光投往白濛濛的窗外，道：「方總今回肯定無功而回，我們該怎麼辦呢？」

王鎮惡沉聲道：「我們要收窄戰線。這要分兩方面來說，首先我們須增強邊荒集本身的防禦力，以防秘人大批來襲。向雨田是聰明人，一天弄不清楚我們能把握他行蹤的方法，一天不敢貿然來犯。如果他們眞夠膽子混進邊荒集來，方總的靈鼻會教他們後悔莫及。」

紅子春點頭道：「對！即使秘人傾巢來攻，以我們的實力，他們只是以卵擊石。想混進來破壞嗎？卻是正中我們下懷，還恨不得他們會這般做。」

劉穆之微笑道：「所以情況也不算那麼壞。」

王鎮惡道：「另一方面我們把力量集中在保護潁水交通上，只要水路暢通，邊荒集便可以保持興盛。不論燕人或秘人，都不善水戰，故而我們的戰船隊，確有實力維持水路的交通。」

當陸路積雪難行，潁水便成邊荒集的交通要道，等於邊荒集的命脈，一旦被截斷，情況不堪想像。

江文清嘆了一口氣，欲語無言。

眾人明白她的心事。爲了支援南方的劉裕和屠奉三，大江幫須調走大批戰船和戰士，水上的力量轉趨薄弱，勢將無法兼顧潁水的安全和防務。

且由於建造戰船，不得不在南方搜購材料，也令大江幫財政緊絀，出現困難。

劉穆之道：「現在泗水北岸城池，名義上已淪入燕人之手，不過燕人陣腳未穩，無力對廣闊的地域施行嚴格的管治，所以我們仍可依賴荒人兄弟到北方買貨回來，與南人進行交易。慕容垂不會看不到這情況，早晚他會設法封殺我們與北方的聯繫。」

紅子春搖頭道：「只要有利可圖，沒有人能全面封鎖北人和我們做生意。慕容寶今次全軍覆沒，大燕損失了八萬精兵，慕容垂又要枕兵關外，以防關中群雄出關爭霸，平城和雁門的戰線亦牽制了大批燕軍，想封殺我們，談何容易？」

劉穆之嘆道：「問題出在這場早臨的秋雪，令潁水變成唯一的交通要道，慕容垂只須派人封鎖泗潁的水口，於兩岸設立堡寨，再以鐵鍊封江，我們將會被逼落下風。」

慕容戰點頭道：「對！慕容垂肯定會這麼做。」

王鎮惡斷然道：「應付的方法，是先慕容垂一步，佔據水口。我們要贏這場戰爭，必須化被動爲主動，牽著慕容垂來走。現在邊荒集內有大批燕人、羌人遺下的防禦武器，只要能於水口建立據點，當可守得穩如泰山，且得水路支援，縱然慕容垂全力來攻，我們也可以死守一段日子。」

劉穆之撚鬚微笑道：「這是最佳的防禦方法，把戰線推展到邊荒的北界，守中帶攻，只要我們在各方面配合得宜，水口的據點將等於石頭城之於建康。」

江文清舒一口氣道：「如此我們只要有十艘高性能的戰船，該可守得住潁水。」

慕容戰作出最後決定，道：「就這麼辦，我還要去找拓跋當家、呼雷當家和姬大少說話，聽聽他們的意見。」

紅子春道：「又如何處理秘人呢？如何化被動爲主動？」

慕容戰道：「這個重任將落到高小子身上。在邊荒集，沒有人比他更精通探子之道，他手下又有大批出色的探子，高小子本身更對邊荒瞭如指掌，對方即使躲進巫女丘原，亦難瞞過他的耳目。秘人始終是外來人，尚須一段時間方可以弄清楚邊荒的環境。所以這場探子戰必須以快制慢，誰先掌握到對方的情況，誰便可以得勝。」

紅子春搖頭嘆道：「唉！高小子！他的腦袋早被小白雁弄昏了。」

江文清道：「如果邊荒集完蛋，他的小白雁之戀就再也戀不下去。」

劉穆之憬然而悟道：「聽戰帥剛才的一番話，我才深切感受到高少在荒人心中的地位，難怪向雨田一意刺殺高少，因爲他正是向雨田最顧忌的人。」

王鎮惡道：「現在小白雁來了，他可以分身嗎？」

江文清道：「怎由得他選擇？事情有緩急輕重之分嘛！」

劉穆之道：「一般秘族高手當然不是問題，可是如遇上向雨田，高少豈不是凶多吉少。」

慕容戰笑道：「你放心吧！在淝水之戰前，因有燕飛的保護，所以沒有人敢向高小子動手，於是人人都動腦筋想，當高小子到集外辦事時怎樣收拾他，可是到今天仍沒有人辦得到，小白雁那次是唯一的例外。這小子自有一套在邊荒生存的辦法，他跟蹤人容易，誰想追蹤上他卻是難比登天。」

接著道：「就這麼決定。高小子何時回來，便何時展開對邊荒的全面搜索；進佔水口的行動由大小姐和鎮惡負責，甚麼時候準備好，便甚麼時候出發。」

眾人轟然答應。

燕飛回到青溪小築，不見宋悲風，也見不到屠奉三和蒯恩，只有劉裕一個人獨坐廳內發呆。

燕飛在他身旁坐下，道：「宋大哥不是回來了嗎？」

劉裕朝他瞧去，神情複雜的道：「宋大哥出去找一個幫會的朋友，查問一些事情。你剛才到哪裡去了？」

燕飛不答反問，道：「你為何滿懷心事的樣子？」

「砰！」

劉裕一掌拍在桌面上，把燕飛嚇了一跳，然後沉痛的道：「我心裡很痛苦，很恨！」

燕飛嘆道：「仍看不開嗎？」

劉裕狠狠道：「這種事怎可看得開、拋得下？淡眞……唉！我眞的不可以再想下去，這些話，我只能對你一個人說。終有一天我會親手殺死桓玄和劉牢之，爲淡眞洗雪恥辱。」

燕飛道：「活在仇恨裡並不是辦法，我也嘗過其中的滋味，食不知味、睡難安寢，劉兄何不把心神放在更遠大的目標和理想上，爲南方的子民謀取幸福。」

劉裕道：「我明白這個道理。事實上我已好多了，只是這兩天人放鬆下來，特別多感觸。或許我不用隱瞞你，所以流露內心的情緒。但道理歸道理，只要每次想起淡眞，我都有點控制不了自己。」

燕飛道：「心病還須心藥醫，難道沒有人可代替淡眞在你心中的位置嗎？」

劉裕心中首先想起的竟是謝鍾秀，接著才是江文清，然後是任青媞。連他自己也深感顫慄。爲何不是江文清呢？這美女對自己恩深義重，本身的條件更是無懈可擊，才貌俱全，肯定是好嬌妻和賢內助。

隱隱中，他把握到背後的原因。因爲謝鍾秀活脫是另一個王淡眞，那種酷肖的高門大族貴女的特質，令他擁抱著她時，感到逝去了永不回頭的美好時刻又重新降臨到他身上。抱著謝鍾秀，就像抱著王淡眞。那種似曾相識禁戀似的感覺，不是其他人可以代替的。

劉裕心中生出危險的警號。

謝鍾秀是絕對碰不得的。

建康的高門大族可以接受他爲繼謝玄之後的另一個軍事強人，可是卻絕不會容忍他以寒門布衣的身分，迎娶高門大族的天之驕女。

正如屠奉三所指，只有成爲帝王九五之尊，他才可以漠視這高門寒族不可踰越的鴻溝和禁忌。

燕飛道：「你在想甚麼？」

劉裕心中冒起寒氣，爲自己的想法感到震驚。

不！

謝鍾秀是碰不得的，想都不可以想，何況他曾在宋悲風和屠奉三前表明立場。

劉裕苦笑道：「話說出來舒服多了。沒事哩！你尚未答我的問題。」

燕飛平靜的道：「我剛見過盧循。」

劉裕爲之愕然。

燕飛把見盧循的經過說出來，然後道：「與孫恩此戰是避無可避，只要我死不了，便會趕返邊荒集。」

劉裕擔心的道：「聽你的語氣，似乎信心不大。」

燕飛苦笑道：「對著孫恩如此人物，誰敢誇言必勝？幸好我的武功每天都在進步中，應有一拚之力。」

劉裕道：「燕飛是不會輸的。」

燕飛道：「希望是這樣吧！你的情況又如何呢？」

劉裕回復常態，雙目閃現異芒，沉聲道：「我已到了人生最關鍵的時刻，成敗不再繫於司馬道子對我的態度，而在我能否擊敗天師軍。奉三已爲我擬定了戰術和策略，這條路並不易走，但我會堅持下去，直至我眞正成爲高門和寒族沒有人敢懷疑的救主。那我便算得到初步的成功。」

燕飛一呆道：「仍只屬於初步？」

劉裕道：「這是條很長的路，解決了天師軍，還有桓玄這更棘手的難題。桓玄和聶天還的勢力每天都在增長著，而我們卻在與天師軍的大戰裡不住損耗，彼長此消下，我們須靠靈活的策略，才有取得最後勝利的希望。」

又問道：「你打算何時到太湖去？」

燕飛沉吟道：「要看王夫人的情況方可作決定。」

劉裕道：「又要和你分道揚鑣了，唉！眞捨不得你。數天內我們會出發到前線去，找尋適合的據點。哈！差點忘了告訴你，司馬元顯今晚會在淮月樓設宴爲你洗塵，就當爲了我吧！勉爲其難也要應酬他一下。」

燕飛苦笑無言。

第二十六章　愛恨糾纏

長子城。黃昏。

紀千千主婢吃過晚膳，到園中的小亭坐下閒聊。前天開始，天氣轉寒，兩人都穿上禦寒的棉衣。

紀千千道：「秋天未過，天氣已變得這麼寒冷，今年北國的冬天當是別有滋味。」

小詩垂下頭去。

紀千千嗔道：「傻丫頭，又在想甚麼呢？」

小詩輕輕道：「小姐今天的心情很好呢！」

紀千千心忖今早才和燕郎「相會」，心情當然舒暢。有感而發道：「人在面對逆境時，不但要堅強，還要保持樂觀愉快的心情，才能有扭轉劣勢的機會。」

小詩往她望去，道：「外面是否又在打仗哩？」

紀千千憐惜地道：「爲甚麼會想到打仗？」

小詩道：「這幾天見到的人都神情緊張，又很少見到皇上，我很害怕。」

紀千千奇道：「害怕甚麼呢？」

小詩垂首道：「我怕他們會攻打邊荒集。」

紀千千嘆道：「這是早晚會發生的事，但我們的荒人兄弟自有應付的辦法。」

小詩沒有說話。

紀千千明白小詩的心事，她是被慕容垂的戰爭手段嚇破了膽，恐懼慕容永軍的慘淡收場，會在荒人身上重演。

風娘出現在園內的碎石道上，朝她們走過去。

紀千千在她現身前的一刻，生出警覺，自然而然地朝她看去，接觸到風娘的眼神，後者現出訝異的神色。

紀千千心叫糟糕，同時心中警惕，以後須小心一點兒。紀千千曉得會在這類自然反應上，洩露出自己功力大進的秘密。若是以前的她，於風娘離她遠達百多步的距離，是沒有可能先一步察覺她的臨近。

風娘來到小亭外，先向紀千千請安，然後道：「皇上要我來告訴小姐，明天清早我們會返回滎陽去，我已叫人爲小姐整理行裝。」

紀千千淡淡道：「千千還可以爲自己作主嗎？皇上高興怎麼辦便怎麼辦吧！」

風娘雙目現出無奈的神色，道：「不敢再打擾小姐了……」

紀千千插口道：「大娘！」

風娘訝道：「小姐有甚麼吩咐呢？」

紀千千向小詩道：「詩詩先回屋內去，我有幾句話想和大娘說。」

小詩依言去後，紀千千道：「大娘請坐。」

風娘嘆道：「我站在這裡可以了，小姐該明白有很多事我是不方便說的，小姐想知道的話，可直接向皇上提出。」

紀千千微笑道：「我要問的事，與皇上沒有半點關係，也無關現今的情況，大娘該不會爲難。」

風娘露出苦澀的神色，道：「過去了的事，我更不願提起，也不想回憶。」

紀千千嗔道：「好了！這麼說我甚麼都不用問了，有甚麼不是過去了的事呢？」

風娘軟化下來，嘆道：「小姐請說。」

紀千千露出令人無法拒絕的笑容，輕輕道：「我只是想問有關燕飛的事。大娘是怎樣認識燕飛的娘呢？」

風娘雙目射出傷感的神色，道：「此事一言難盡，我眞的不想提起，只可以告訴小姐，我們曾是要好的姊妹，卻又同時……唉！老身要告退哩！請小姐見諒。」

紀千千嬌嗔道：「大娘！」

風娘道：「我曾和燕飛的娘，在一個很特別的地方一起生活了一段日子，看著小燕飛來到這世上。我也不知道那段日子是快樂還是痛苦，只希望有仙人能把這段記憶從我的腦海刪去。」

紀千千道：「那你一定曉得燕飛的爹是誰哩？」

風娘劇顫一下，垂下頭去，道：「小姐請恕老身失陪。」

就那麼轉身去了。

看著她遠去的背影，紀千千思潮起伏，隱隱猜到風娘言有未盡的那句話，該是「同時愛上同一個男子」，而此人正是燕飛的爹。他們之間的關係亦不簡單，當是恩中有怨，愛中有恨，所以風娘方有不知是痛苦還是快樂的感嘆。

燕飛的爹能令鮮卑族最出色的兩位女性同時爲他傾心，肯定非是平凡之輩。看看現在的燕飛，即可想見他父親當年的風采。

他究竟是誰呢？

爲何燕飛的娘從不向燕郎提及他爹的任何事？

紀千千心中充滿疑團，恨不得立即追上風娘，問個究竟。當然曉得追上她亦問不出甚麼東西來，更不忍心再逼她。

此事只好暫時作罷。

練功的時間又到了。

慕容戰、呼雷方和拓跋儀三大邊荒集胡族領袖，聯袂來到位於東南方設於廢墟核心處，姬別命名爲「兵器廠」的建築物組群。

如果要打開門做生意，廢墟當然不是理想的地方，可是作爲製造兵器和火器的工廠，卻是再沒有地方比廢墟更爲理想，最妙是四周滿布頹垣敗瓦的遼闊區域，自然而然成爲了兵刃火器的試練場。所以兵工廠一帶的荒屋，有個不成文的規矩，便是外人禁足，如果不幸被流矢或火器誤傷，是不可以怪責別人的。

廢墟在防衛上亦大有好處，十多座磚石結構的大廠房，四周設置了八座高起五丈的望樓，由姬別的手下輪流巡哨，以保證兵工廠的安全。

慕容戰來到主廠的大門前，笑道：「每次我到兵工廠來，都會有種古怪的感覺。你們說吧，誰可以聯想到像姬公子這麼一個花花大少，竟擁有如此殺氣騰騰，專門製造殺人利器的廠房呢？」

把門的數名大漢向三人肅立致敬，更有人往內通報姬別。

大雪變成了徐徐降下、欲續還休的雪花，但目及處仍是一片雪白，把荒蕪不堪的廢墟都淨化了。

呼雷方道：「據聞姬大少製兵器的絕藝來自家傳，但他愛拈花惹草卻是本性。終日對著個大火爐難道不厭倦嗎？當然要換上華衣麗服，到鶯鶯燕燕的場所享受別有不同的溫柔鄉滋味。這叫調劑生活，我們姬少比任何人更懂得享受。」

拓跋儀不由想到香素君，她便是他的溫柔鄉了，只有她才可以令他忘記了一切。

慕容戰笑道：「有人說女人是水造的，這一水一火該算剛柔相濟了。哈……」

姬別從大門搶出，如果沒見過他現在的裝扮模樣，肯定驟眼間認不出他來。此刻的他一身粗布麻衣，圍著沾滿污漬的牛皮大圍裙，腳踏長皮靴，頭纏長布條，怪模怪樣似的，沒半分平時行頭十足、風流倜儻的影子。

呼雷方呵呵笑道：「大老闆竟親自下場，眞令人想不到啊！」

姬別嘆道：「甚麼大老闆，不要說哩！現在我手頭很緊，手下三百多個兒郎只能支半薪，幸好眾兄弟都知我是只拖不欠，更是爲了邊荒集，大家才肯捱義氣，與我共度時艱。」

又把沾上污漬的手往身上抹，道：「三位大哥來找我有何貴幹？不要告訴我天已塌下來了，我這人最受不起刺激。」

慕容戰道：「差不多是這樣子，有甚麼清靜的地方可以說話？」

拓跋儀道：「清靜的地方只有掉頭走方可以尋得，在兵工廠你想聽不到打鐵的聲音，根本是不可能的。」

姬別欣然道：「清靜的地方還是有的，就是深藏地底的兵器庫，不過我可不習慣聽不到打鐵和爐火的聲音，對我來說那是天下間最動聽的妙音，比得上青樓絲竹管弦的正聲雅音。哈！隨我來吧！」

眾人正要舉步。

急驟的蹄聲自遠而近。

三人回頭望去。

一騎迅速馳至，馬上的騎士竟是姚猛。

四人同時心往下沉，曉得姚猛來得如此匆忙，當不會是甚麼好事。

姚猛直衝至四人前方，急勒馬韁，戰馬人立而起，發出嘶叫。

馬兒前蹄重踏地上，姚猛躍下馬來，喘息道：「方總和丁宣回來了。」

慕容戰一呆道：「這麼快？」

姚猛道：「泗潁水口已被慕容垂派兵佔領，他們是被逼回頭的。」

四人同時色變。

第二十七章　愛的宣言

高彥朝船尾的方向走去，四、五個荒人兄弟正聚集在艙門外，低聲談笑，見高彥從船艙走出來，立即閉口。

高彥心情之佳，已難以任何言詞來形容，明知他們在說自己，但哪會計較，佯怒道：「好小子！竟敢在背後說老子是非。」

其中一人道：「你高少現在有財有勢，我們夜窩族的兄弟全要跟你討生活，怎敢說你是非。我們是在羨慕你，小白雁確實美得可滴出蜜來，難怪高少神魂顛倒。」

另一人道：「高少雖然艷福齊天，可是我們一眾兄弟都在爲你擔心。」

高彥悶哼道：「擔心甚麼？」

那人道：「擔心小白雁踢你下床時，一時不慎踢錯了地方，你再爬上去已經沒用了。」

高彥沒好氣道：「我去你們的娘！」

說罷昂然去了，把眾人的哄笑聲拋在後方。

天仍徐徐下著輕柔的雪花，穎水兩岸白茫茫一片，小白雁獨自一人立在船尾處，欣賞早來的秋雪。

高彥感到過去的所有努力、期待、焦慮、失眠，都在這一刻得到回報。他的血液在沸騰著，有種想大叫大嚷的衝動。從第一眼在邊荒集見到尹清雅，他便一頭栽進愛情的極樂天地去，這令人激動迷失的情緒自此從沒有減退，只有愈趨熾熱。假如這就是眞正的愛情，他是絕不會嫌多的。他無法以言語來表達他心中的感覺，可是在這一刻看著她曼妙的背影，像與雪花渾融在一起如幻如眞的美景，他無須語言便理解了一切。

高彥來到尹清雅身旁。

尹清雅沒有看他，雀躍道：「我還是第一次看到秋雪，眞美！」接著瞥他一眼，微嗔道：「爲甚麼那樣瞪著人家？不准這樣看，你不知道這樣看女兒家是無禮的嗎？」

高彥再次說不出話來。

在雨雪飄飄裡，左岸出現一個荒村，若隱若現。

尹清雅忘了責怪他，指著荒村道：「那是你的第幾號行宮呢？」

高彥欣然道：「好像是三號行宮。」

尹清雅天眞的問道：「這個村有鬼嗎？」

高彥笑道：「這個是尹家村，你的宗親鬼肯定不會害你。」

尹清雅生氣的道：「人家是說正經的，你卻只懂胡謅。信不信我一腳把你踢下河裡去？」

高彥氣定神閒的道：「你把我踢下水裡，便會錯過了我的愛的宣言。」

尹清雅「噗哧」嬌笑，然後白他一眼，沒好氣的道：「愛的宣言？眞是誇大！你那幾下手段瞞得過本姑娘嗎？不外是臉皮夠厚、口不擇言、自我陶醉、硬要派清雅看上你吧！告訴我，你還有別的功夫嗎？若仍是以前那一套，最好獻醜不如藏拙，免拿出來丟人現眼。惹火了我，你便要吃不完兜著走，本姑娘最拿手是懲治狂蜂浪蝶呢！」

高彥胸有成竹的道：「今次不同了！因爲我是站在雅兒的立場爲雅兒著想。」

尹清雅訝異地瞥他一眼，見他一臉認眞誠懇的神情，奇道：「你這小子又動甚麼古怪念頭了？」

高彥道：「不是怪念頭，而是充滿高尚情操的偉大想法，充滿爲愛而犧牲的精神。剛才你吃飽肚子回房後，你有奇怪我一直沒有過來找你嗎？因我要獨自一個人思量，想出能顧及雅兒感受兩全其美的好辦法。」

尹清雅好奇心起，道：「說來聽聽！如果仍是不像樣子，我今晚再不理睬你。」

高彥信心十足的道：「聽著哩！我已下定決心，排除萬難……」

尹清雅截斷他嘆道：「死混蛋，還不是這一套？」

高彥不滿道：「你知道我接著說的是甚麼嗎？」

尹清雅沒好氣道：「你可以有甚麼新花式？我才不會代你說出來。」

高彥道：「今次你怎都沒法猜著，我要說的是，若得不到我未來岳師父的親口允婚，我一天都不會迎娶你。」

尹清雅目光往他投去，說不出任何話。

高彥神氣的道：「這夠偉大吧！雅兒現在唯一擔心的是聶幫主的意向，只要他同意我們的婚事，便等於撥開雲霧見青天，我們將可有個幸福美好的將來。」

尹清雅仍在發呆。

高彥道：「是否還須解釋一下，我偉大在甚麼地方呢？」

尹清雅大嗔道：「死小子！誰和你有未來？你可以停止發瘋嗎？除了一廂情願，你還懂得甚麼？

也不秤秤自己是甚麼斤兩？我師父恨不得把你五馬分屍，你還妄想他會把我許給你。快給我清醒過來，以後想也不要想你所謂的偉大辦法。如你肯安分守己，我便讓你陪我在邊荒集玩三天，三天後我回兩湖去，從此與你再沒有任何關係。今晚不睬你哩！」

說罷斷然去了，剩下高彥呆在那裡。

燕飛在思索一個問題。

這是個不能不想的問題，就是如何擊敗孫恩。

小艇離開青溪小築的碼頭，由宋悲風划船，載著他和劉裕赴司馬元顯設於淮月樓東五層的夜宴。屠奉三因另有事務纏身，須安排從邊荒來的首批戰士進駐冶城，所以稍後才自行赴會。

劉裕見燕飛現出思考的神色，不敢擾他思路，保持沉默。

他唯一可以勝過孫恩的就是仙門訣，可是照盧循的情況推斷，他的七招仙門訣肯定奈何不了孫恩，所以必須在決戰前，想出辦法，在仙門訣上再有突破。

他現在的仙門訣是孤注一擲，先後送出眞陽眞陰，透過蝶戀花贈與敵人，變化欠奉，難度只在如何逼人硬拚上。這當然不算理想，亦違背了他本身「日月麗天大法」的精神。要在短短十天內另創能擊敗孫恩的新招，是絕無可能的。

但能否把仙門訣融入他以前的劍法中呢？這個肯定是有可能的。

燕飛劇震道：「我想通了！」

劉裕和宋悲風齊朝他望去，前者道：「你想通的事，當是至關緊要，因爲我從未見過你現在這般的神態。」

宋悲風笑道：「能令燕飛都震驚的究竟是甚麼？快說來聽聽。」

燕飛閃爍著前所未見的異采，似可洞悉天地間任何秘密，一字一句的緩緩道：「我想到了擊敗孫恩的方法。」

兩人大感愕然。這種事竟可以光「想」不練的「想」出來嗎？

劉裕恍然道：「今次見你，總是滿懷心事的樣子，原來是為孫恩頭痛。」

燕飛心忖自己的心事豈是三言兩語能解釋清楚，更不可道出眞相。忽然心中湧起「洩露天機」這句話，明白到「天機」為何不可以洩露予無緣者的理由，皆因有害無利。

宋悲風欣然道：「小飛想到甚麼破妖之法？」

燕飛含糊的道：「我只是想通武學上一道難題，令我大添對孫恩一仗的勝算，能否奏功，還要看當時的情況。」

劉裕道：「無論如何，你已恢復了信心和鬥志。對嗎？」

燕飛點頭同意。

孫恩固然是他目前最大的煩惱，但也是能激勵他突破不可缺少的元素。在朝擊敗孫恩的目標邁進的同時，他對「破碎虛空」這終極招數愈來愈有把握，觸類旁通下，說不定有一天他可以悟破攜美破空而去的手段。這才是他驚喜的眞正原因，但卻不可以說出來。

燕飛向宋悲風道：「如果我們現在抽空到謝家走一趟，探望大小姐，是否適宜呢？」

宋悲風道：「怎會有問題？大小姐不知會多麼高興才是。」

劉裕一震道：「小飛你是否要盡早趕往太湖去？」

燕飛從容道：「如果大小姐的情況容許，明天我便動身。」

劉裕呆了一呆，嘆道：「那你們去吧！我在艇上等你們。」

宋悲風誠懇的道：「剛才我曾到過謝家見大小姐，她精神和身體都大有改善，問起小裕你為何不去見她，我不得不把二少絕情的話如實告之。她聽後很生氣，著我告訴你她為二少向你道歉，希望你不要把二少的話放在心上，還邀請你到謝家去。」

劉裕苦笑道：「這有分別嗎？」

燕飛笑道：「當然有分別，如果你拒絕大小姐的邀請，代表你是個心胸狹窄、不夠寬容的人，更代表你仍惱恨謝琰。」

宋悲風鼓勵道：「有大小姐主持大局，哪到謝混那小子作惡？現在我每次回烏衣巷，都當那小子透明一樣，見面絕不會施禮請安。哼！我伺候安公時，他還是個乳臭未乾的小子，根本沒資格說話。」

劉裕忽然想起謝鍾秀，心中生出危險的感覺，但卻脫口道：「好吧！」

話出口才後悔，卻已收不回來。

夕陽裡，前方塵頭揚起，數十騎全速奔至。

天氣冷得異乎尋常，寒風陣陣從西北方吹來，令旅人更希望及早抵達目的地。

拓跋珪正處於高度戒備下，忙下令馬隊停止前進，戰士結陣保護運金車。

此處離平城只有十多里的路程，一路上他們都小心翼翼，避過山林險地，只找平野的路走，以防秘人伏擊突襲。

在隊尾的長孫道生和崔宏策騎來到他左右，齊往來騎望去。

長孫道生舒一口氣，道：「是自己人。」

拓跋珪點頭道：「來的是張袞，事情有點不尋常。」

張袞和五十多名戰士，到離他們二百多步方開始減速，抵達他們前方，戰馬都呼著一團團的白氣。

拓跋珪道：「發生了甚麼事？」

張袞勒馬停定，道：「敵人反擊了。」

拓跋珪神色不變的道：「是否慕容垂來了？」

張袞喘著氣道：「現在還弄不清楚，中午時收到報告，有敵騎在平城和雁門一帶廣闊的屯田區，肆意破壞，燒毀糧倉農田，驅散牲口，似是敵方大舉進攻的先兆。」

拓跋珪嘆道：「好一個萬俟明瑤。」

張袞愕然道：「萬俟明瑤？」

拓跋珪道：「此事稍後再說，還有其他事嗎？」

張袞從懷裡掏出小竹筒，雙手奉上，道：「這是邊荒集來的飛鴿傳書，請族主過目。」

拓跋珪接過後取出信函，神色冷靜的閱讀一遍後，隨手遞給長孫道生，沉聲道：「一切待返回平城後再說。」

「酒來！」

卓狂生看著像鬥敗公雞似的高彥，來到艙廳他那一桌坐下，頭痛的道：「情海又生波——你們不是好好的了嗎？又發生了甚麼事？」

此時客人已吃過晚膳，只剩下兩三桌客人，仍在閒聊。

高彥憤然道：「還不是給你這傢伙害慘了。他奶奶的，甚麼事事爲人設想，卻得到這樣的回報。」

卓狂生皺眉道：「說吧！」

高彥負氣道：「有甚麼好說的？」

卓狂生正爲邊荒集憂心，聞言光火道：「你這小子，別忘記你和小白雁之有今天，全賴老子在背後運籌帷幄，否則小白雁至今仍在兩湖。你奶奶的，每次碰釘子都來怪我。你都不知自己多麼幸福，多麼令人羨慕，別人想碰小白雁的釘子還求之而不得。收起你的苦臉，再不說出來，我會大刑伺候。哼！你奶奶的！」

高彥無奈下道出情況。

卓狂生拍桌道：「那眞要恭喜你了！」

高彥一呆道：「恭喜我？」

卓狂生道：「當然要恭喜你，小白雁只是爲你著想，怕你這小子眞的發了瘋，硬是到兩湖去哭著要老聶把愛徒許給你，輕則被人侮辱，重則被五馬分屍，明白嗎？她是擔心你。唔！現在我有點相信，她眞的喜歡了你這個根本和她毫不匹配的小子。」

高彥懷疑的道：「眞的是這樣子嗎？」

卓狂生傲然道：「本館主的分析，從來不會失誤。他奶奶的，現在是乘勝追擊的好時機。」

高彥頹然道：「她說今晚不會理睬我。唉！乘甚麼勝呢？今晚我肯定睡不著。」

卓狂生罵道：「一晚的耐性也沒有嗎？你奶奶的。嘿！待我想想。對！她不是說到邊荒集後和你吃喝玩樂三天嗎？這可是你最後的機會，定要把生米煮成熟飯。想想看吧！如果你能令小白雁珠胎暗結，聶天還又因承諾無可奈何，只好將錯就錯，把小白雁嫁給你。哈！這肯定是最好的辦法。」

高彥先是目射奇光，接著神情一黯，慘然道：「如果我用這種手法得到小白雁，便不是爲她著想，她嫁也嫁得不開心，老聶更不高興，所以我也不會開心。唉！該是所有人都不開心，包括你在內。」

卓狂生苦笑道：「這的確是不光采的手段。但有別的辦法嗎？要聶天還高高興興的把愛徒許給你，等於要太陽改從西方升起來，再往東方落下去。根本是不可能的。」

高彥勉力振起精神，道：「此計是你想出來的，你必須動腦筋爲我找出解決的辦法。」

卓狂生失聲道：「我想出來的？你的娘！我只叫你顧及小白雁的感受，卻沒有叫你也要照顧老聶的感受。你當老聶是三歲小兒嗎？他不但是雄據一方的黑道霸主，而且是與我們誓不兩立的敵人，大小姐和他更是仇深如海。你說他會把愛徒嫁給一個荒人嗎？他如何向桓玄交代。你的腦袋是用甚麼做的？」

高彥堅持道：「你不是我認識的那個整天妙想天開的卓瘋子嗎？我的『愛的宣言』不是說來玩玩

的，且一言既出，駟馬難追，否則雅兒會看不起我。快給老子想想，你也不想小白雁之戀沒有個圓滿的好結局。」

卓狂生呆瞪著他。

高彥攤手道：「俗諺不是有謂『精誠所至，金石爲開』嗎？老子正是精誠的人，該沒有甚麼是做不到的。」

卓狂生一震道：「我想到了。」

高彥大喜道：「想到了甚麼？」

卓狂生苦笑道：「我會每晚臨睡前爲你和小白雁求神作福，祝你們有情人終成眷屬。」

高彥失聲道：「這叫做辦法？」

卓狂生油然道：「當然是辦法。我愈來愈相信你和小白雁是天作之合，天地間再沒有力量能拆散你們。兄弟！你想到甚麼便幹甚麼，不要理會任何人說的話，包括我卓狂生在內，這就是最好的辦法，一切由老天爺做主。討論到此爲止，你去睡覺，我就在這裡趁記憶猶新之際，寫這小白雁勇救高小子，一劍嚇退向雨田的精采章節。」

第二十八章　情難言表

燕飛在謝娉婷和謝鍾秀的陪伴下，到忘官軒爲謝道韞做第二次治療，劉裕和宋悲風則由梁定都招呼，在可俯瞰秦淮河景色的東園別廳等候。謝混或許赴他的清談會去了，不見影蹤，也沒有人提起他。沒有謝琰、謝混兩父子的謝府，令兩人輕鬆多了，似乎謝家又回復了少許昔日的光輝。當然這只是他們一廂情願的錯覺，謝氏家族的盛世已隨謝安、謝玄的逝世一去不返，而嚴厲的打擊正接踵而來。

宋悲風輕輕啜飲著小琦送上的茶，還要小琦坐在他身旁，和她有一句沒一句的閒聊起來，梁定都不時加入他們的談話，說的不離謝府內的事。

小琦以前是伺候宋悲風的婢女，心地善良，善解人意，當日燕飛落魄暫居謝家，宋悲風便派她照顧燕飛的起居。以往宋悲風多次回謝家都見不著她，只今次謝鍾秀讓她出來見舊主。

劉裕神色平靜地立在窗前，目光投往下方的秦淮河，心中卻波起浪湧，原因來自謝鍾秀。離廳前她有點失去控制的深深看了他一眼，令劉裕也差點失控，有如被洪水沖破了防禦的堤岸，再控制不了心中氾濫成災的激情。

那是個似曾相識的眼神。

對！

他曾經看過。

那是當王淡真被逼嫁到江陵，劉裕在船上截著她，想把她帶走，卻被她拒絕，劉裕不得不離開時，她望向他的眼神——糅雜了烈燒的愛火和令人魂斷神傷的無奈、絕望和悲憤，碎裂了劉裕的心的眼神。

歷史在重演著。

他已失去淡真，成爲永不可彌補的遺憾，他怎可以讓事情再一次發生？如此他做人究竟還有甚麼意思？他不明白一向比王淡真更高高在上的謝鍾秀，爲何會忽然戀上他，但劉裕再沒有絲毫懷疑，她的眼神赤裸裸地呈現了她的心意。他也弄不清楚自己是否愛上了她，但一股無以名之的力量已把他們連結在一起，他們再不是沒有關連的兩個人。

一切像天崩地裂般發生，劉裕一直以理智克制著對她似有若無的微妙感覺被引發出來，龐大得連他本人都大吃一驚。

可是她是絕對碰不得的。儘管他將來可以變作另一個劉牢之，至乎擊敗孫恩和桓玄，一躍而成南方最有權力的人，可是他仍是一介布衣，如要強娶謝鍾秀，會令建康的高門離心，認爲他是現有制度成規的破壞者，且以建康高門最難接受的方式進行破壞。

他和謝鍾秀的好事是沒有可能的，她也深明此點，所以眼神才如此幽怨無奈，她更曉得他絕不會和她私奔。

唉！何況他曾親口向屠奉三和宋悲風作出承諾，不會碰她。

但自己已失去了淡真，還要失去她嗎？生命還有何意義可言？出生入死又爲了甚麼？唯一解決的方法，就是成爲新朝的帝君，那時身爲九五之尊，再非布衣的身分，愛幹甚麼便甚麼，誰敢說個

「不」字？

布衣想變成皇帝，在目前的南方社會裡，是幾近不可能的事。但卻非全無辦法。自晉室南渡，偏安江左，驅逐胡虜、還我山河，一直是南方漢人的大願。誰能揮軍北伐，統一天下，誰便有資格成為新朝之主，向為深植人心的信念。所以只要他劉裕能掌握兵權，控制大局，然後進行北伐，收復中原，那九五之尊的寶座，將水到渠成的落在他手心內。

從沒有一刻，劉裕這麼刻意去想做皇帝的事。一直以來，在這方面他都是模模糊糊的，此刻一切都變得清晰起來，不但有明確的方向，且目標宏遠。因為他曉得自己未來的苦與樂，全繫於眼前的決定。

忽然他想起江文清。

自與她邊荒集分別後，他愈來愈少想起她，反而想任青媞的時間比想她還多一點。他是否對她沒有男女之間的感情呢？捫心自問，實況又非如此。和她一起的感覺是很舒服的，她不論內涵和姿色，都無可挑剔；加上大家屢經生死劫難，情深義重，雙方的感情遠非任青媞和謝鍾秀能比擬，但為何她對自己的吸引力總像比不上謝鍾秀甚或任妖女，箇中道理他是明白的。因為他渴求刺激，一種能令他忘掉了王淡真的激烈情懷。

任青媞的吸引力在她的高度危險性，以及她本身飄忽難測的行為。謝鍾秀更不用說，活脫脫的正是另一個王淡真，連處境也極度相似。

對江文清他是心懷內疚，尤其當他感到對別的女子動心，更像做了對不起她的事。現在她把復仇振幫的希望全寄託在他身上，他更感到不可負她。

假如他真的當了皇帝，一切問題皆可迎刃而解，他絕對沒想過妃嬪成群的帝王生活，但……

燕飛來到他身旁，低聲道：「王夫人想單獨見你。」

謝道韞獨坐軒內，只點燃了兩邊的宮燈，穿上厚棉衣，精神看來不錯，如果劉裕不知實情，絕沒法聯想到昨天她還沒法下床。

劉裕踏足忘官軒，心中百般感慨，遙想當日赴紀千千雨枰台之會前，在這裡舉行的小會議，謝鍾秀仍是個只愛纏著謝玄撒嬌的天真孩子，淡真則是個無憂無慮、情竇初開的少女，當時誰想得到等待她們的命運會是如此殘忍不仁。她們理該是受庭院保護的鮮花，哪知竟會受風雪的摧殘。

謝道韞露出一個親切的笑容，輕輕道：「小裕長得更威武了，走起路來大有龍行虎步之姿，小玄確沒有選錯人。來！到我這裡來。」

劉裕向她施禮請安，恭敬地坐下。現在謝家裡，她是唯一能令他敬佩的人，亦只有從她這裡，可以看到謝家詩酒風流的家風傳承。

謝道韞明顯消瘦了，不過她最大的改變是眼神，那是種歷盡劫難後心如槁木的神色。她永不能回復至當年忘官軒內的風流才女，就像他再不是那一天的劉裕。

謝道韞道：「你和小琰間究竟發生過甚麼事？」

現在劉裕最想談的，是有關謝鍾秀未來的幸福，如果得到謝道韞的認許，他的感覺會舒服多了。但他更知道這是謹毛失貌，一個不好會惹來不堪想像的後果。謝道韞可以全無困難地接受他作謝玄的繼承者，可是若牽涉到打破高門布衣不能通婚的大禁忌，恐怕以謝道韞的開明，亦沒法接受，那便糟糕至極。

他眞的不想影響謝道韞的康復，表面看她已回復了昔日的堅強，但他卻清楚她只是勉爲其難，負起擔當謝家主持者的重任。

劉裕苦笑道：「大人要我去刺殺劉牢之，在我痛陳利害下大人仍不肯收回成命，遂一怒和我劃清界線。唉！我也想不到事情會發展至這個地步。」

謝道韞鳳目一寒，旋又現出心力交瘁的疲憊神色，黯然道：「小裕你不要怪他，他從來都是這個樣子，自行其是，脾氣又大，安公也沒法改變他。」

劉裕道：「在走投無路下，我只好求助於司馬元顯，透過他與司馬道子妥協，否則我只有逃亡一法。」

謝道韞嘆道：「我已從宋叔處清楚了這方面的情況，怎會怪你呢？小玄最害怕的情況終於出現，未來會是怎樣子呢？小裕可以告訴我嗎？」

劉裕一呆道：「玄帥最害怕的情況？」

謝道韞雙目射出緬懷的神色，該是想起謝玄，痛心的道：「小玄最害怕的是小琰會被司馬道子利用，藉以分化北府兵，更怕他心高氣傲，沒有重用你，卻領兵出征。他擔心的一切，已全變成眼前的現實，你教我該怎麼辦吧！」

劉裕爲之啞口無言，現在一切已成定局，謝琰能否回來，純看他是不是命不該絕，誰都沒法幫忙。

他可以說甚麼呢？

謝道韞回復平靜，淡淡道：「小裕的表情已告訴了我答案，情況眞的那麼惡劣嗎？」

劉裕道：「戰場上變化萬千，成敗誰都難以預料，或許戰果會出人意表。」

謝道韞無奈的道：「我太清楚小琰了，所以一直勸他拒絕司馬道子的任命，只是他聽不入耳。」

劉裕心中熱血上湧，奮然道：「只要我劉裕尚有一口氣在，絕不會讓孫恩橫行下去。」

謝道韞道：「你明白他們嗎？」

劉裕呆了一呆，問道：「夫人是指天師軍嗎？」

謝道韞點頭應是，然後雙目湧出神傷魂斷的神色，想起最不該想的事，道：「只有到過會稽的人或許會明白當地的民心，絕不是躲在建康城裡的人能明白的。坦白告訴你，當日小玄力主栽培你，我也曾提出疑問，到現在才眞正明白小玄的選擇是明智的。只有來自民間的人，才能明白民眾的心事。小琰一向高高在上，從沒有試圖了解民眾的想法，他只是另一個王郎，分別在一個只懂開壇作法，一個卻沉迷於高門大族的顯貴身分，他們的失敗是注定了的。我沒有資格教你怎麼去做，因爲我本身也是高門的一分子。當日我們完全不明白，爲何四周的城池可以在如此短的時間內失守，現在我終於明白了，那是人心所向的問題。小玄是對的。」

接著深深凝視劉裕，以堅定的語氣道：「我們南方漢人的命運，不論是高門大族，又或寒門布衣，正掌握在你的手上。這不是言之尙早，而是眼前事實。劉牢之本是個人才，但他的所作所爲卻令所有人失望，玄弟正因看穿他的本質，所以提拔你來代替他。現在建康的皇族高門對你是又愛又怕，民眾則因你的『一箭沉隱龍』而生出無限憧憬，機會已擺在你眼前，就看你怎樣掌握。只要能團結上下，你的成就會超越你的玄帥，不會辜負他對你的厚望。」

劉裕心中敬佩，謝道韞肯定是建康高門最有視野遠見的人，對現時的形勢看得透徹清晰。心中一熱，脫口道：「孫小姐……嘿！孫小姐她……」

謝道韞微笑道：「我差點忘記謝你，你們爲鍾秀費神了，她年紀尚小，該不須急著嫁出去。唉！」

劉裕本想向她透露他對謝鍾秀的心意，豈知她誤會了，以爲是指請她爲謝鍾秀作主拒絕司馬元顯求婚的事，還多謝他，教他難以一鼓作氣，到了唇邊的話沒有一句說得出來。她最後的一聲嘆息，不用說是想起自己的婚姻。

謝道韞又道：「淡眞的事令我很難過，鍾秀也爲此悒鬱不樂，這種事誰都沒法子。」

劉裕見她說起王淡眞，眼都紅了，他自己心中亦一陣苦楚，熱情和勇氣全面冷卻，更沒法向她說及自己對謝鍾秀的心意，且是絕對不宜。還有甚麼好說的，只好告退離開。

拓跋珪來到床旁，俯視正擁被臥在床上的楚無暇，微笑道：「你的臉色好看多了。」

楚無暇輕輕道：「族主何不坐下來，陪無暇閒聊兩句，好讓無暇爲你解憂。」

拓跋珪淡淡道：「我還是喜歡站在這裡，這是我的一個習慣，喜歡時刻保持警覺，這是做馬賊時養成的壞習慣，令我睡難安寢，假如連這種事你都可以爲我解憂，說不定我眞的會迷上你。」

楚無暇訝道：「原來收留我和愛我根本是兩回事，那無暇不得不施盡渾身解數來博取族主的愛寵，就看族主是否有膽量嘗試一些比較危險的玩意，肯不肯爲治好失眠症付出代價？」

拓跋珪大感興趣道：「究竟你有何提議？爲何竟牽涉到膽量的問題，又須付出代價？」

楚無暇取來放在枕邊的百寶袋，探手從裡面取出一個高只三寸的小藥瓶，以兩指揑著，送到拓跋珪眼前，柔聲道：「這是我從佛藏取來的寶貝，瓶內盛著三粒寧心丹，乃來自漢人的丹學大家，有『半仙』之稱的郭景純之手，是建康高門夢寐以求的珍品，乃無價之寶。」

拓跋珪啞然笑道：「難怪你說是有危險性的玩意，竟然是這麼一回事。你當我拓跋珪是甚麼人呢？際此大敵當前的關鍵時刻，怎能像南方那些所謂名士般沉迷於丹藥，還用做正經事嗎？」

楚無暇淡淡道：「無暇現在的命運，已與族主連結在一起，怎會做不利族主的事？這寧心丹並不會影響人的神志，反會令你的思路更清晰，忘憂去慮，保證有幾晚可以安眠。」

拓跋珪卻絲毫不爲所動，道：「聽來確有點吸引力，不過服食丹藥是有後遺症的，我是絕不會試這種東西。」

楚無暇微笑道：「剛好相反，寧心丹之所以被視爲丹寶之一，正因藥效令人驚奇，可持續十多天之久，卻不會有任何後遺症。瓶內本有七顆寧心丹，給大活彌勒和佛娘各服去一顆，另兩顆則被我在回程上服用了。你看我像出了事的模樣嗎？」

拓跋珪雙目射出精芒，盯著她道：「你有甚麼心事，爲何連服兩顆寧心丹？」

楚無暇嘆了一口氣，徐徐道：「告訴我，世上還有甚麼值得我開懷的事呢？」

拓跋珪差點啞口無言，因爲從她幽怨的語氣聽出，她是對他並未迷上她的話作出反擊，只好岔開道：「你的話不是前後矛盾嗎？剛說過這玩意帶有危險，且須付出代價，現在又說服寧心丹不會有不良的後果。」

楚無暇把藥瓶收入被子內，一雙美眸閃閃生輝，道：「族主誤會了，無暇指的危險，並不是寧心丹本身，而是服藥後會引發的情況。你嚐過寧心丹那種滋味後，便永遠忘不掉那種感覺，至乎覺得那才是真的快樂，人要如此活著才有意義。當這樣的情況發生時，你會忍不住追求丹藥的效應，最終變成沉迷丹藥的人，和建康的高門名士變成同路人。那才是最大的危險。」

拓跋珪沉吟片晌，皺眉道：「既然如此，竺法慶和尼惠暉怎能停止服用呢？照你說的道理，瓶內該沒有半顆剩下來。」

楚無暇欣然道：「問得好！先不說他們都有鋼鐵般的意志，最主要他們服藥的目的，有點像神農嚐百草，是要親身體驗寧心丹的藥性，看看可否製造出類似的丹藥來。製丹煉藥賣往南方，一直是我們彌勒教一個重要的收入來源。」

拓跋珪問道：「他們成功了嗎？」

楚無暇道：「郭景純學究天人，對丹藥有獨特的心得，除非試丹的是『丹王』安世清，否則天下怕沒有人能複製出另一顆寧心丹來。不過已足可令我們大幅改善五石散的煉製，令南方名士更趨之若鶩。差點忘了告訴你，五石散是一盤有高度競爭性的生意，品質非常重要，絕瞞不過服慣藥的人。」

拓跋珪笑道：「你們是不安好心才對。不但可從南方人士口袋裡掏錢，還害得人不思進取，沉迷丹藥。」

楚無暇笑道：「一個願打，一個願捱，有甚麼好說呢？名士服藥之風又不是因我們彌勒教而起，我們也只是因勢成事。寧心丹的利和弊全給族主說清楚哩！一切由族主決定，我只是提供族主一個選擇。」

拓跋珪沉吟道：「只要意志堅定，是否可以說停便停呢？」

楚無暇往他望去，美目內異采閃爍，似是在說：族主終於心動了。

第二十九章　公子心聲

當劉裕離開謝家的一刻，他有截然不同的感覺，他的生命再不是活在對過去的追悔和仇恨裡，而是奮勇前進，爲自己的目標和理想努力，關鍵正在於謝鍾秀。

謝道韞指建康的高門對他又愛又怕，他何嘗不對建康的高門愛恨難分。他是由建康高門最顯赫的謝玄一手提拔起來，但也是建康門閥的制度，令他失去了最深愛的女子。他一向是個實事求是的人，所以肯和司馬道子妥協，與高門裡的有志之士結盟，但絕不表示他同意高門永遠把寒門踐踏在腳下的門閥制度，只是在形勢所逼下，不得不作出的手段。

王弘說得對，門閥制度由來已久，不是任何人能在短期內摧毀，那只會帶來大災難，令南方四分五裂。

燕飛也說得好，人是不能永遠活在仇恨裡，那只會侵蝕人的心。

在如此這般的情況下，他最想得到的便是謝鍾秀，只有她能轉移他對淡眞的愛，且於他個人來說，等於徹底摧毀了高門寒門間的阻隔。兼且她是謝玄之女，如果他能給她幸福，也是報答謝玄恩情的最好辦法。更何況她對自己是如此依戀，充滿期望，他劉裕怎可一錯再錯，坐看她成爲高門大族政治的犧牲品，步上淡眞的後塵。

他是絕不容這樣的情況發生的。

他要成爲新朝的天子，這已成他唯一的出路。

宋悲風的聲音把他扯回現實去，只聽他向坐在身旁的燕飛問道：「大小姐的情況如何？」

燕飛大有深意的瞥劉裕一眼道：「宋大哥可以問劉兄。」

劉裕收攏心神，點頭道：「大小姐精神非常好，表面看不像曾受重傷的人，說了很多話仍沒有露出疲態。」

宋悲風欣然道：「小飛的療傷之術，肯定是當世無雙。」

燕飛含笑瞧著劉裕，道：「是否我的錯覺，劉兄的神態似有點異於平常模樣。」

劉裕差點想把心事盡情傾訴，卻知萬萬不可，他顧忌的當然不是燕飛，而是宋悲風。矛盾的是他必須取得宋悲風的合作，才能進行他決定了的事。

首先他必須再秘密與謝鍾秀見另一次面，弄清楚她對自己的心意，同時自己也須向她表明心跡。他會把心中的愛意完全向她傾注，就像當日對淡眞的熱戀。

這是至關緊要的一步。

宋悲風亦若有所思地盯著他。

劉裕生出被他看破心事的感覺，微笑道：「我確實有煥然一新的感覺，其中道理可否容我稍後稟上。」

燕飛笑道：「老哥你今晚的心情很好。」

劉裕自問心中的確充滿澎湃的激情，可與天爭的強大鬥志，不怕任何艱難險阻的決心，卻不想在這短短的船程討論這方面的任何事，岔開道：「燕兄是否決定了明天起程呢？」

燕飛點頭道：「明早吃過早點，我立即上路。」

心想的是離開建康前，先向安玉晴道別，只是不想說出來，因爲感到不宜讓她捲入劉裕的事情去。

宋悲風道：「與孫恩的事了斷後，小飛可否於返回邊荒途中，向我們報個平安。」

燕飛微笑道：「那時你們仍在建康嗎？」

劉裕道：「宴後我們會告訴你報平安的手法。這方面是由老屠負責的，他會在短時間內在孔老大的傳信基礎上，加以擴充而成爲我們的軍情網，只要你在某處留下口信，我們會很快收到信息。」

燕飛點頭道：「你們終於大展拳腳了！」

劉裕目光投往出現在前方的淮月樓，正要說話，忽然倒抽一口涼氣，嚷道：「我的娘！發生了甚麼事？」

燕飛也愕然道：「碼頭上怎會聚集這麼多人，且大部分是樓內的姑娘，有甚麼熱鬧好看的呢？」見到他們的小艇不住接近，守在碼頭區過百的男女齊聲歡呼喝采，不住呼喚燕飛的名字。

燕飛立感頭皮發麻，知道是衝著他來的尷尬場面。

宋悲風呵呵笑道：「秦淮的姑娘，誰不想目睹贏得紀千千芳心的絕代劍客燕飛的風流模樣？小飛今回難爲你了！」

楚無暇沒有直接答他，平靜的道：「族主可知我爲何連服兩顆寧心丹嗎？」

拓跋珪終於在床沿坐下，道：「這正是我想知道的。」

楚無暇神色如常地輕輕道：「因爲我懊悔以前做過的所有事，更希望所有事從沒有發生過，最好是能忘掉以前的一切，開始新的生活。」

拓跋珪心中激盪著自己也沒法理清的意念和情緒，包含著憐惜、妒忌、鄙視、肉慾等說不清的複雜感覺，忽然間，他清楚明白自己再不能把她視作棄之不足惜的玩物。愈了解她，愈感到她對自己的誘惑力。除了表面的美麗外，她還是個有內涵和個性的女人。一個很特別的女人。

拓跋珪按捺著把她摟入懷裡的衝動，問道：「你成功了嗎？」

楚無暇幽幽的白他一眼，道：「這正是對你先前問題的答案，任何靈丹妙藥的功效都是短暫的，只有極少數能徹底改變體質靈覺的丹藥是例外，但那要冒更高的風險。無暇本以為把佛藏帶回來後，便可得到族主的愛寵，效力該遠勝寧心丹。唉！」

拓跋珪也大感招架不來，苦笑道：「如果你曉得我拓跋珪一向為人行事的作風，該知道我對你是另眼相看。現在對我來說，沒有比打敗慕容垂更重要的事。何況男女間的事，要逐漸發展才有味道，如果我甫見你便佔有了你，反不是甚麼好事。無論如何，你已告訴了我答案，不論是甚麼丹藥，只有麻醉一時的效用，有點像喝酒，變成了心癮更絕非好事。你的好意，我心領了。」

楚無暇柔聲道：「族主相信感覺嗎？」

拓跋珪一頭霧水的回應道：「相信感覺？這句算是甚麼話？感覺是與生俱來的，根本輪不到你相信或不相信。」

楚無暇嬌笑道：「正因是與生俱來的，所以我們才會忽略感覺，不當作一回事，也不會特別理會。就像我們習慣了呼吸，可是當你吐納調息的時候，便發覺呼吸竟可對我們如此重要，不懂吐納方法者，休想打下練武的根基。」

拓跋珪投降道：「你想說甚麼呢？何不乾脆點直接說出來，不要再繞圈子了。」

楚無暇欣然道：「族主肯定從不愛談這類的事，所以顯得沒有耐性。不說哩！」

拓跋珪苦笑道：「除家國大事外，其他事的確很難引起我的興趣。不過你的話給我新鮮的感覺。好吧！我耐心聽你說。」

楚無暇雙目像蒙上一層迷霧，徐徐道：「色、聲、香、味、觸，是人的所感，有所感自有所思，所以思感是二而為一，一切都是『心』的問題，只有能感、能思，才代表我們生活著。我們彌勒教賣丹藥，賣的正是一種感覺，與平常思感有異的感覺。平常的感覺就像一條永不會冒出水面的魚兒，永不曉得水面外的世界是怎樣的，可是當牠服下丹藥後，便首次離開水中，看到了外面的世界，醒悟到竟可以有如此的境界。當然這是短暫的，但至少牠擁有了新的感覺，明白到可以有另一種完全有別於往常的思感，那是一種全新的境界。」

拓跋珪啞然失笑，道：「說到底，你是想說服我嘗試寧心丹。」

楚無暇搖頭道：「當然不是這樣，丹藥的效果會因人而異，是否會沉迷亦看個人的意志。有點像上青樓，青樓姑娘出賣的亦是感覺，有人傾家蕩產，亦有人因而得到生活的調劑和樂趣。族主不是想治好失眠症嗎？無暇只是向你提供一個可能的辦法。」

拓跋珪笑道：「這是個有趣的談話，令我輕鬆了很多，暫時我的情況仍未惡劣至須借助丹藥的田地。無暇好好休息，我本有些事想問你，留待明晚吧！」

說畢離房去了。

「噹！」

碰杯後，四人把酒一飲而盡，氣氛輕鬆起來。

東五層回復舊觀，不知情者肯定沒法猜到不久前這裡曾發生過刺殺事件，鼎鼎大名的乾歸且因行刺不遂飲恨秦淮河。

司馬元顯情緒高漲，頻頻勸酒。

今晚的布置又與那晚不同，於廂房中放了張大方几，司馬元顯、燕飛、劉裕、屠奉三各據一方。

司馬元顯笑道：「今晚肯定沒有人敢來行刺，除非他不曉得燕飛在這裡喝酒，但如果消息不靈通至此，就根本沒做刺客的資格。」

屠奉三接口道：「該說也只能做第九流的刺客。」

眾人起鬨大笑。

司馬元顯嘆道：「我們又在一起哩！」

宋悲風本在被邀之列，但宋悲風託詞不習慣風月場所，只負責送燕飛來，卻不參加晚宴。

三人明白司馬元顯的意思，指的是當日與郝長亨在大江鬥法的組合，再次聚首一堂。只從這句話，可知司馬元顯對當晚發生的事念念不忘。

司馬元顯意興飛揚的道：「今晚我們以江湖兄弟的身分論交，把甚麼階級地位全部拋開，唉！這句話我很久前便想說了，但到今晚才有機會。」

燕飛欣然道：「今次見到公子，就像見到另一個人，教我非常意外。」

司馬元顯道：「都說是江湖聚會，還喚我作甚麼公子，叫元顯便成，先罰燕兄一杯。」

劉裕笑道：「『公子』就是你的江湖綽號，喚你公子是妥當的。」

司馬元顯怪笑道：「對！對！該罰自己才對。」舉酒又喝一杯。

三人見他已有幾分醉意，不再爲他斟酒。

司馬元顯嘆道：「告訴你們或許不會相信，事實上我非常懷念安公在世時的日子，那時我不知天高地厚，終日沉迷酒色，從來不懂反省自己的行爲，碰了很多釘子。」

燕飛地位超然，不像劉、屠兩人般在說話上有顧忌，暢所欲言的笑道：「既然碰釘子，那些日子有何值得懷念之處？」

司馬元顯道：「最值得懷念的，是做甚麼都不用負責任。唉！那時候眞的荒唐，竟敢和安公爭風吃醋，回去還要給我爹臭罵一頓，卻全無覺悟。」

燕飛道：「那你何時開始醒悟到自己的行爲有不對的地方呢？」

司馬元顯道：「今晚老宋不在，我們說起話來方便多了。現在我要說一件丟臉的事，你們有興趣聽嗎？」

劉裕生出古怪的感覺，聽著司馬元顯傾吐心事，便知這掌握大權的王族公子，內心並不像表面般風光快樂，且是滿懷心事，但只能隱藏在心底裡，到此刻對著他們三個曾並肩作戰的夥伴，在帶點酒意下，得到發洩的機會。

屠奉三笑道：「公子肯說，我們當然樂意聽。」

司馬元顯道：「事情是這樣的，你們聽過王恭的女兒王淡眞嗎？她和玄帥的女兒謝鍾秀並稱建康雙嬌，均爲人間絕色。」

燕飛目光不由朝劉裕投去，後者神色不變，但燕飛已捕捉到他眼中一閃即逝的神傷。

屠奉三並不知劉裕和王淡眞的關係，沒有留意，點頭道：「當然聽過。窈窕淑女，君子好逑，公子當然不會錯過追求她的機會。」

司馬元顯談興極濃，似恨不得把心事一古腦兒說出來，道：「是不肯放過。我得知她秘密離開都城，藉口奔安公的喪，到廣陵去與她爹王恭會合，忍不住領人追了上去，卻慘中埋伏，不知給哪個混蛋射了一箭，嚇得我逃回都城。不瞞諸位，那一箭也把我震醒過來，醒悟到自己離開都城便一無是處。」

劉裕心道那個混蛋便是老子，當然曉得不可以說出來。同時心中湧起怪異的感覺，司馬元顯現在對他們推心置腹，當他們是朋友。但將來有一天，如果司馬元顯成爲自己登上帝座的障礙，自己能否狠起心腸對付他呢？

劉裕眞的不知道。

司馬元顯續道：「但眞正的全面醒覺，還是與三位有關。那晚我連遭重挫，最後更被三位俘虜，可說是我一輩子中最大的屈辱，令我想到自己也可以被人殺死。最教我想不到的，是燕兄不但以禮待我，還當我是兄弟朋友，且信任我。當我們一起划艇逃避『隱龍』的追殺，那種感覺眞的難以形容，到今天我仍然很回味當時鬥智鬥力的情況。哈！現在我們又可以並肩作戰哩！」

衆人又添酒對飲。

司馬元顯放下酒杯苦笑道：「以前的日子都不知是怎樣過的？渾渾噩噩的，好像永遠沒有滿足，每天也有點不知幹甚麼才好。現在雖然擔子愈來愈重，要操心的事不勝枚舉，但總覺得心中有著落，相信自己是有能力辦事的。」

燕飛微笑道：「既然如此，爲何公子又說非常懷念安公在世時的日子？」

司馬元顯點頭道：「的確很矛盾。或許是因現在責任太多。愈清楚情況，愈感到害怕。幸好有三位助我，否則我眞不知如何應付。在以前那段日子，天天風花雪月，也不知是痛苦還是快樂，卻感到一切都是安全的，不論闖了甚麼禍都有我爹爲我出頭，從來都不擔心會被人幹掉，這樣的日子，多多少少也有點值得懷念吧！」

屠奉三笑道：「當然值得懷念，我也想過過這種肆意而行的日子。」

司馬元顯感慨萬千的道：「今晚是非常特別的一晚，我從沒想過可和三位再次聚首，且是在秦淮河最著名的東五層，也說了從沒有向人透露的心底話。來！我們再喝一杯。我雖沒資格和燕兄比劍，但卻可以來個鬥酒。」

眾人舉杯相碰。

劉裕笑道：「公子可知燕飛的酒量，絕不會比他的劍法差。」

笑聲中，四人再乾一杯。

此時連劉裕等也有幾分酒意了。

司馬元顯道：「這一杯是祝燕兄旗開得勝，大敗孫恩，重演當日斬殺竺法慶的壯舉，令天師軍不戰而潰。」

燕飛訝道：「公子如何曉得此事？」

屠奉三道：「是我告訴公子的。」

司馬元顯興致盎然的問道：「燕兄對今次與孫恩之戰，有多少成勝算呢？」

事實上司馬元顯提出了劉裕和屠奉三最想問燕飛的事，均全神聽著。

燕飛目光投往花窗外，唇邊逸出一絲令人高深莫測的笑意。

第三十章　預知戰果

拓跋珪進入廳堂，等候著他的崔宏和長孫道生連忙起立恭迎。

三人於一角坐下。拓跋珪道：「確切的情況如何？」

長孫道生道：「情況並非太惡劣，因爲早過了收割的季節，大批糧貨已收進了平城和雁門的糧倉內，縱使秘人肆意破壞，仍不會影響冬天糧食上的供應。」

拓跋珪沉聲向崔宏道：「崔卿有甚麼看法？」

崔宏道：「秘人是要製造恐慌，打擊族主的威望，爲慕容垂的反攻造勢，更是要激怒我們。」

拓跋珪雙目厲芒閃動，道：「如何可以施展崔卿擒賊先擒王之策？」

長孫道生現出猶有餘悸的神色，道：「萬俟明瑤不論輕身功夫和其七節軟鞭，均是詭異難測，當晚我和崔兄及楚姑娘合力圍攻她，仍奈何不了她，最後若不是由楚姑娘拚著捱她一掌，把她刺傷，後果不堪想像。想殺她已不容易，更遑論生擒她。」

拓跋珪斷言道：「於我拓跋珪而言，沒有不可能做到的事，崔卿可有辦法？」

崔宏道：「族主心中的想法，該與屬下相同。天下間若有一個人能生擒活捉萬俟明瑤，這個人將是燕飛。但必須有巧計配合，把萬俟明瑤從暗處引出來，令她由暗轉明。」

拓跋珪嘆道：「小飛確是最佳人選，只恨邊荒集同樣需要他，教他如何分身？」

崔宏道：「這就是策略的重要性，任何計策都要配合時機，才能收電閃雷鳴的效應。」

長孫道生不解道：「時機指的是甚麼呢？」

崔宏道：「今回秘人離開大漠來助慕容垂對付我們和荒人，擺明是針對兩方的獨特情況，採取打擊經濟和擾亂民心的手段，令我們陷入困境，不但可令我們陷入各自爲戰的被動局面，更可重挫戰士的鬥志和士氣，方法高明，亦是秘人能採取的最優秀戰略，成功的機會很高。」

拓跋珪點頭道：「崔卿所言甚是。我們現在是陣腳未穩，平城和雁門周圍的民眾尚未建立起對我們歸附之心，的確很容易被敵人動搖。兼之盛樂離此過遠，只要秘人能截斷兩地的交通，我們將變爲孤軍，如果不是平城和雁門可互爲呼應，只是慕容詳已足可收拾我們。」

崔宏繼續分析道：「尤爲重要的，邊荒集是我們的命脈，如我們和邊荒集的聯繫被斬斷，明年春暖花開之時，就是我們黯然敗退的日子。」

長孫道生皺眉道：「沒有這麼嚴重吧！兩城庫藏的糧食，該足夠我們食用至明年秋天。」

拓跋珪沉聲道：「在正常情況下，確是如此，但崔卿說的該非一般情況。」

長孫道生道：「我能想到的，是附近鄉鎮的民眾因恐慌擠到兩城來，令我們的糧食不足以供應驟增的人口。」

崔宏道：「誰都知道牲口戰馬可由盛樂供應，但糧食物資必須透過邊荒集向南方搜購，秘人的戰略目標，不但要截斷盛樂至平城的交通，更重要是中斷邊荒集與我們這裡的聯繫，如此我們在寒冬過後，根本無力抵抗慕容垂的大軍，而荒人則動彈不得，沒法與我們聯手抗敵。」

拓跋珪微笑道：「剛才崔卿指的時機，是怎麼樣的時機呢？」

崔宏欣然道：「族主想到哩！」

拓跋珪含笑不語。

長孫道生苦笑道：「請恕道生愚魯，仍然不明白。」

拓跋珪笑道：「非是道生愚魯，而是道生慣了在沙場明刀明槍的與敵周旋，不慣耍手段玩陰謀。崔卿指的是當我們在平城和雁門最大的糧倉，均被敵人潛入放火燒掉的時候，那就是我們需要的時機了。」

長孫道生愕然以對。

拓跋珪從容道：「我們可假設慕容垂定於明春反攻我們，一切計策均可依這預測擬定。對秘人四處破壞，我們是毫無辦法，故對此採以不變應萬變之策，只要保得住平城和雁門，便不算輸。哼！既然猜到秘人會燒我們的糧倉，當然不會讓他們把真糧燒掉，只要他們認定我們糧食供應不足便成。」

接著向崔宏道：「崔卿請說下去。」

崔宏道：「慕容垂現時的兵力雖不足以截斷我們和邊荒的聯繫，但要封鎖邊荒穎水的交通卻是綽有餘裕。當邊荒集與北方的交通被割斷，我們亦因缺糧，不得不向邊荒集求援，整個鬥爭的中心將會轉移到平城、雁門和邊荒集的聯繫上，如何突破敵人的封鎖，正是敵我成敗的關鍵。」

長孫道生精神大振，恍然道：「我明白了，如果在這時候，我們帶著五箱黃金，到邊荒集去購糧，敵人將會傾力而來，破壞此事，如此便可以令萬俟明瑤由暗轉明，再由燕飛出手活捉此女，一舉解決了秘人的問題。」

拓跋珪欣然道：「細節由你們仔細商量，將真糧變成假糧一事必須火速去辦，遲則不及。此事交由你們兩人全權處理。」

崔宏和長孫道生轟然接令。

拓跋珪雙目殺機大盛，沉聲道：「任何和我拓跋珪作對的人，都不會有好下場的。」

燕飛微笑道：「今仗將以平手作結，因爲我是不可以受傷的。」

三人聽得面面相覷，即使說話的是燕飛，也有點沒法接受，這種事是沒可能猜測到的，偏是燕飛說得那麼肯定，還一副理所當然的態度。不過，三人可以肯定的，是燕飛絲毫不害怕孫恩。

司馬元顯說出三人的心聲，道：「燕兄是否能知過去未來，否則怎可能這般肯定？」

燕飛啞然笑道：「沒有人能看破未來的迷津，但知彼知己的能力我還是有的。在這人世間，恐怕沒有對手比我和孫恩更清楚對方的虛實，因而也可以預知戰果。」

三人都自以爲明白了燕飛的意思，因爲燕飛和孫恩有兩次決戰的前例，清楚對方功底的深淺是當然的事。豈知燕飛指的其實是太陽火和太陰水的功訣，是真的掌握到對方的尺短寸長。

屠奉三道：「燕兄剛才說因爲你不會容許自己受傷，故此仗會以不分勝負作結。這麼說，如果燕兄拚著受傷，是否可除去孫恩呢？」

燕飛從容道：「我和孫恩間的情況微妙異常，不可用一般的情理測度，箇中情況實一言難盡。論功力，我確比不上他精純深厚，但說到變化，我卻肯定在他之上。可以這麼說，他的道法武功，已臻至巔峰之境，想再有突破，是難比登天。而我則是仍在路上摸索，每天都有點不同。」

劉裕道：「剛才來此途中，燕兄不是說過已悟破擊敗孫恩的方法嗎？」

燕飛答道：「於長遠而言，我確實掌握到破孫恩的法門竅訣，不過目前仍是言之尙早。」

司馬元顯皺眉道：「我明白燕兄剛才說的每一句話，卻是愈聽愈糊塗。所謂高手較量，不是毫釐之差，已足可決定勝負嗎？除非其中一方能全盤控制戰局，於勝負未分前逼對方知難而退，否則怎會是和氣收場？」

燕飛欣然道：「所以我說箇中情況非常微妙，難以描述。我也曉得這麼說會令你們如墜迷霧，說出來只是讓你們心裡有個準備，竺法慶的情況不會在孫恩身上重演一次，至少不會在這一仗發生。」

屠奉三嘆道：「燕兄確是非常人。」

司馬元顯奮然道：「讓我們齊敬燕兄一杯，祝他旗開得勝，馬到功成。」

眾人剛舉起杯子，敲門聲響，接著有女子聲音道：「淑莊可以進來嗎？」

紀千千在風娘陪伴下，到主堂去見慕容垂。風娘神色凝重，默不作聲，紀千千曉得再難從她那裡問出東西來，索性省回唇舌。

她有十多天未見過慕容垂，這是她被俘後，從未發生過的。慕容垂不是沒有忽然不知到了哪裡去的紀錄，但都只是三、四天不等，沒試過這麼久的。

她們從中園循青石板路繞往主堂正門，隔遠便看到慕容垂親送一客出門，此人一表人才，意態軒昂，縱使對著慕容垂，仍是不亢不卑，神態從容，教人一看便知非平凡之輩。尤使紀千千印象深刻處，是此人不但非是中土人士，更不似她認識的諸胡種族。

紀千千不由留神，忽然慕容垂的聲音似有若無的隱隱傳進她耳中，道：「今次一切仰仗先生，如能說服赫連勃勃，把拓跋珪的根基拔起，那拓跋小兒只能在平城坐待末日的來臨。」

那人欣然道：「這方面包在我身上，我要的只是那個妖女。」

紀千千心中一震，登時再聽不到下面的說話，不由大感訝異，她離他們遠達百步，兼之他們又是低聲交談，照她以往的能力是不可能聽到的。

慕容垂送走了客人，目光朝紀千千投去，露出傾慕愛憐的神色，然而其神態頗為輕鬆，似是解決了所有棘手的難題。

紀千千直抵他身前，風娘退往一側。

慕容垂忽然上下打量她，面露不解之色。

紀千千心中不安，知被他看破自己功力上大有精進，掩飾道：「皇上召千千來所為何事呢？」

慕容垂瞥風娘一眼，道：「我們到堂內再說。」

兩人進入主堂，在一邊的圓桌對坐，女婢奉上香茗糕點後，退出堂外，只剩下他們兩人。

慕容垂嘆道：「這是不可能的，為何今回我見到千千，竟感到千千出落得更漂亮標致了，靈秀之氣逼人而來，有如出水芙蓉。」

紀千千放下心來，知他是因自己眼神變得更靈動深邃、膚色亮澤而「驚艷」，而非懷疑她在秘密練功。淡淡道：「皇上仍未說出召千千來所為何事。」

慕容垂苦笑道：「閒聊也不可以嗎？我離開千千足有十三天之久，千千卻不問一句我究竟到了哪裡去嗎？」

紀千千道：「好吧！敢問皇上這十多天來，到過甚麼地方呢？」

慕容垂差點啞口無言，繼續苦笑道：「千千的辭鋒很厲害，教我難以招架。明早我們將返滎陽去，聽說附近很多地方都在降雪，再遲點路途會辛苦多了。」

紀千千道：「皇上的神態很輕鬆呢！」

慕容垂微笑道：「人生無常，有起有伏，我剛經歷一個嚴重的挫折，幸好現在大局已定，可以稍鬆一口氣。」

紀千千訝道：「大局已定？」

慕容垂斷然道：「今晚我們不談邊荒集的事，也不提拓跋珪那忘本的小兒，其他的事只要千千垂詢，我慕容垂會酌情回答。」

紀千千心忖其他的事我哪有興趣，不過慕容垂肯只說話不動手當然最理想。沉吟片刻，道：「皇上的爭霸大業，現在是如何一番光景？」

慕容垂啞然失笑道：「好千千！真懂得問。好吧！現在關內關外，是兩個情況。關外的情況漸趨明朗，只要去除幾個跳梁小丑，便是我慕容垂獨霸之局。至於關內嘛！恐怕誰都弄不清楚其中錯綜複雜的形勢。」

紀千千道：「該難不倒皇上吧！」

慕容垂現出充滿信心的笑容，忽然談興大發的道：「讓我告訴你有關姚萇的一件趣事，當然！對他來說絕不有趣。」

紀千千也被引起好奇心，點頭道：「千千聽著哩！」

慕容垂見惹得美人心動，忙道：「事情是這樣的，姚萇自把苻堅勒死於新平佛寺內，四出征討，戰無不勝，眼看關中要落入他的掌握裡。當苻堅之子苻丕被慕容永大敗於襄陵，逃難時被殺，姚萇更是氣勢如虹，連我他也不放在眼裡。」

紀千千靜心聆聽。

慕容垂續道：「苻丕死後，繼位者是苻堅族孫苻登，此子性格獨特，喜歡我行我素、不拘小節，更博覽群書，在各方面的才幹均遠勝苻丕。當時我便曉得姚萇有了勁敵，卻仍沒想到在戰場上所向無敵的姚萇，每次對上苻登，沒有一次可佔到便宜。哈！於是姚萇不怪自己無能，反疑神疑鬼，以爲是苻堅的鬼魂作祟，竟在軍中爲苻堅立了個神像，希望苻堅安息，不再和他計較。唉！早知如此，何必當初呢？如果他沒有勒死苻堅，只拿他作傀儡，現在該是另一番景況。」

紀千千明知慕容垂在賣關子引她說話，只好依他意願道：「立了神像後，戰況出現轉機嗎？」

慕容垂嗤之以鼻，道：「天下間怎會有這麼便宜的事，姚萇仍是不住失利，竟忽然發瘋把神像的頭斬下來送給苻登，又把苻堅挖出來鞭屍洩憤，他是輸瘋了。也幸好他遇上剋星苻登，否則早出關來和我爭地。」

紀千千現出噁心的表情，顯是想像出姚萇鞭苻堅屍的惡形惡狀。誰想得到，統一北方的一代霸主，不但不得善終，死後也不安寧。

紀千千道：「苻登可回復大秦國昔日的光輝嗎？」

慕容垂油然道：「此事談何容易。苻登的一時得意只是氐秦帝國的迴光返照，在大勢由治趨亂，由統一走向分裂，十個苻登也難成氣候，更何況他是獨木難支。姚萇若被他活活氣死，還有個比乃父更高明的姚興。苻登之所以能屢戰不敗，主因是他有個叫雷惡地的猛將，足智多謀。哈！關於苻登此人，也有很多趣聞，千千想聽嗎？」

紀千千訝道：「皇上怎能對關中發生的事，瞭如指掌呢？」

慕容垂傲然一笑，淡淡道：「這叫軍情第一，愈能曉得對方主帥的性格作風，愈能想出擊破對方的手段謀略，在這方面我是絕不會掉以輕心的。千千似乎對苻登興趣不大。」

紀千千沒有直接答他，問道：「除姚萇和苻登外，尚有甚麼人物呢？」

慕容垂答道：「算得上是人物的，五個指頭可以數盡，在我心中的排名，依次是乞伏國仁、呂光、禿髮烏孤、沮渠蒙遜和赫連勃勃。」

紀千千要的就是他這幾句話，如此方可不著痕跡地問及關於赫連勃勃的情況。漫不經意的欣然道：「五個人裡，我只認識赫連勃勃，他在邊荒集屢遭挫敗，現在情況如何呢？」

慕容垂雙目亮起精芒，用神瞧她。

紀千千神色如常，事實上內心發毛，暗忖難道慕容垂憑她這句表面全無破綻的話，猜到她剛才在門外竊聽到他和客人的密語？

第三十一章　軍情告急

司馬元顯親自開門，把李淑莊如珠如寶的迎入東五層。

燕飛和屠奉三都是第一次見到這位名動建康的「清談女王」，乍看下並不覺得她有何特別之處，頭梳雙鬟髻，結於頭頂呈十字形高髻，神情莊重嚴肅，可是到她脫下曳地長袍，現出內裡湖水綠色貼身衣裙，加上束腰的七色寬彩帶，無不眼前一亮，被她撩人的體態和美好的曲線吸引。

三人依禮起立相迎。

李淑莊忽然湊到司馬元顯耳旁低聲細訴，司馬元顯立即現出心蕩神馳的表情，不住微笑點頭。然後李淑莊目光飄向三人，同時展露出說不盡風流多情的笑容，嬌呼道：「淑莊向劉爺、燕公子和屠大哥請安，還請三位恕過淑莊慕名闖門之罪，因爲淑莊感到如錯失此拜會良機，定會終生後悔，請三位不要和淑莊計較，讓淑莊可盡待客之道。」

燕飛和屠奉三都有之前劉裕初會她時的感受，她長相上的缺點全消失了，代之是一張充滿媚惑力、風情萬種的臉孔，她的魅力是整體的，難怪能顚倒建康的公子名士。站在她身旁的司馬元顯便是最好的例子。

劉裕再感受不到她的眞氣，可能那晚她是處於戒備狀態下，故洩露了底細，當然她亦沒想過劉裕如此高明。

燕飛到此刻仍不知李淑莊是何方神聖，還以爲她像紀千千之於以前的秦淮樓，是淮月樓最有名的才女，皆因劉裕尚未有機會說及她。此女令他印象最深的是她雖一副煙視媚行的誘人情態，可是她的眼神清澈深邃，被迷倒的只是追逐於她裙下的男人，她本身或許是全不動心。燕飛眼力高明，不用感覺到她的眞氣，也可從她舉手投足間窺見她身懷武功的端倪，從而曉得此女絕不簡單。

屠奉三銳利的目光上下打量她，心中卻是另一番感受。如此目光，對良家婦女來說是踰越無禮，但對她卻是恰如其分，還代表仰慕欣賞。屠奉三當然不是對她動心，而是他擅長觀女之術，看出此女天生媚骨，足可迷死任何好色的男人，難怪在建康這麼吃得開。

司馬元顯訝道：「淑莊你的稱謂眞古怪，爲何不是三位大爺，而是一個稱爺，一個叫公子，屠爺則變成屠大哥。如果你解釋得令我們不滿意，罰你飲三大杯。」

確實很難以幾句話去說盡李淑莊的風情，妍媸的界限固然是模糊不清，但嚴肅起來又大有冷若冰霜的況味，說她輕佻卻又是風度優美，明知她是逢場作戲偏又處處透出能說服人的眞誠；從她的節制處可想見她放蕩的風情，容易親近時又感到她拒人於千里之外。而正是這種種互相矛盾的感覺，造成她獨特的風姿，非常引人入勝。

當她的眼神投向屠奉三，以他的修養也不由心中一蕩，似乎是她看自己那一眼與看其他人都不同，至此方明白那晚劉裕爲何沒法奈何她。

李淑莊兩邊玉頰各飛起一朵紅暈，有點不好意思的垂下螓首，表情豐富生動，盡顯女性嬌柔可人的情態，哪還有半點像淮月樓的大老闆、建康城能叱吒風雲的女中豪傑。輕輕道：「元顯公子怎這麼促狹，奴家的話是發自內心的嘛！哪解說得清楚呢？劉爺是大劉爺下的小劉爺，奴家怎敢爲他改稱謂。燕公子獨得秦淮花魁，而凡到我們青樓作樂的恩客，我們慣了稱之爲公子，所以燕公子是實至名歸。難道我稱燕公子爲燕壯士或燕大俠嗎？那與今夜東五層的情景多格格不入呢？至於屠大哥，一向縱橫江湖，對青樓是過門不入，今趟到淮月樓，亦非爲了我們女兒家，稱他作大哥，反更親切。這樣的解釋元顯公子如仍不滿意，淑莊甘願領罰。」

燕飛倒沒有甚麼感受，劉裕和屠奉三則暗叫厲害，她是不著痕跡的挑撥離間，目的是要引起司馬元顯妒忌之心，尤其司馬元顯曾是爭逐於紀千千裙下的不貳之臣，與燕飛本是「情敵」的關係。

不過李淑莊顯然低估了司馬元顯和他們之間的交情，亦猜錯了司馬元顯的眞正情性。司馬元顯全無異樣神色的開懷笑起來，道：「淑莊果是辯才無礙，請淑莊入座。」

慕容垂目光從紀千千處移開，投往屋樑，沉聲道：「赫連勃勃只是個忘恩負義、狼心狗肺之徒，千千爲何還有興趣提他？」

紀千千安下心來，原來並非被慕容垂看破，只因慕容垂想起赫連勃勃，心生怒意，致有這種神態。同時心中訝異，既然如此，慕容垂又怎會打赫連勃勃的主意。

她的頭腦再次活躍起來，道：「他的聲譽這麼差嗎？」

她本身絕不是善玩陰謀手段的人，只是在形勢所須下，不得不學習此道，勉力爲之。

慕容垂回復平靜，道：「任何認爲赫連勃勃是可靠的人，終會後悔。我曾警告姚萇，他卻以爲我是在離間他和赫連勃勃，置之不理，到他醒覺時，悔之晚已。」

紀千千保持緘默，怕慕容垂因她過分關心，對她起疑。

慕容垂忽又啞然笑道：「如果不理其德性，這傢伙確實是個人才，兵法武功，均是上上之選，兼且膽大包天，連我慕容垂也敢算計。如果他不是投向姚萇，我早把他煎皮拆骨、活宰生吞。」

紀千千道：「他是否背叛了姚萇呢？」

慕容垂搖頭道：「這小子很懂混水摸魚之道，趁姚萇和苻登拚得難分難解之際，竟硬吞了柔然人送給姚萇的八千匹戰馬，又聚眾三萬偷襲他的岳丈沒奕于，收編了他岳丈的部隊，自稱大夏天王，封大哥右地為丞相，二哥力俟提為大將軍，叱干阿利為御史大夫，弟阿利羅為征南將軍，差點把姚萇氣死，這才明白到自己是養虎為患，否則赫連勃勃怎可能有翻身的機會。這樣的一個人，你說是否卑鄙無恥之徒？」

紀千千點頭應是，心想的卻是要盡快通知燕飛，讓他知會拓跋珪，防範赫連勃勃的突襲。

司馬元顯的位置換上李淑莊，司馬元顯則坐到燕飛身旁，盡顯李淑莊在建康受尊崇的地位。李淑莊巧笑倩兮，殷勤地向四人逐一敬酒，然後道：「燕公子可知自己已成現在秦淮姑娘最希望伺候的人呢？」

劉裕和屠奉三交換個眼色，都暗罵李淑莊一而再，再而三在這題目上做文章，為的是要挑起司馬元顯妒忌之心。她說的該是實情，教人沒法挑剔，問題在於這種事上，最難令人接受的正是事實，令人無法當作是誇大失實、吹捧之言而置之一笑。

她的策略對以前未開竅的司馬元顯肯定會有一定效用，但現在的司馬元顯，最關心的是司馬王朝的興衰，哪會把這種話放在心上，何況他還頗為崇拜燕飛。

果然司馬元顯笑道：「我們是與有榮焉，我在秦淮河打滾多年，但剛才所有姑娘擠到碼頭迎賓的場面，我還是首次得睹。」

李淑莊表面不露任何情緒起落的神色，熱情奔放地瞄燕飛一眼，又低首像是要掩飾心中的羞澀，再以她在這世上沒有哪個男人能抵禦得住妖媚的鳳目，含情脈脈地再瞥燕飛一眼，柔聲道：「不知燕公子會在建康逗留多久呢？」

司馬元顯欣然笑道：「淑莊若要打我們燕公子的主意，便要顯點本事，讓燕公子今晚心甘情願的不離淮月樓半步。」

李淑莊失望的道：「明天燕公子便要離開建康嗎？」

燕飛從容道：「燕某俗務纏身，難作久留。」

李淑莊微嗔道：「甚麼事令公子來去匆匆呢？」

劉裕和屠奉三心叫不妙，正要搶答，司馬元顯早先一步代答道：「燕兄明早將會趕往太湖，與『天師』孫恩作生死決戰，此戰將會是千古流傳的一場決戰。」

李淑莊呆了一呆，舉杯道：「奴家僅在此向燕公子敬一杯，祝燕公子於斬殺惡和尚竺法慶後，再誅妖道。」

燕飛只好舉杯回敬。

劉裕和屠奉三雖知被李淑莊探得情報，但都不是眞的在意，因爲以燕飛之能，根本不怕她要甚麼手段。

不過他們均感到李淑莊不請自來，帶有破壞和示威的含意，是來者不善，善者不來。

她爲何這麼愚蠢呢？

小艇離開淮月樓的碼頭，由宋悲風操舟，載著燕飛、劉裕和屠奉三返回青溪小築。

燕飛立在船首處，寒意逼人的河風吹得他衣衫獵獵作響，狀如乘風欲去的天神。劉、屠兩人坐在船艇中間處。這艘無篷快艇長二丈寬四尺，足供八人乘坐。

宋悲風笑道：「淮月樓的小菜在建康相當著名，司馬元顯招呼你們的肯定是該樓最拿手的幾道菜式。」

劉裕道：「我反覺得粗茶淡飯最夠滋味……」

屠奉三截入道：「那個女人才是最夠味道，話中有刺，擺明不把我們放在眼裡。可惜沒時間和她計較，否則我會教她明白開罪我們的後果。」

宋悲風大訝道：「李淑莊竟主動的來惹你們嗎？」

燕飛默然不語，似沉醉在他的天地裡。

劉裕本想向他說及關於李淑莊的事，見他聞李淑莊之名卻沒有反應，遂打消念頭，向屠奉三問道：「我們甚麼時候離開？」

屠奉三斬釘截鐵的道：「明天黃昏時動身，我愈想愈感到不妥當。唉！這裡的生活太舒適了，我有點不習慣。」

宋悲風皺眉道：「我們的荒人兄弟軍今天才到了第一批五百人，不用我們照顧和安排嗎？」

劉裕心中想著的卻是另一件事，正猶豫不決，他該不該秘密和謝鍾秀見個面？好弄清楚她的心意，也向她作出男子漢大丈夫永不改變的承諾。他眞的很有這個衝動。想起她，內心便像燃起一團烈啖。

要見謝鍾秀，必須於動身到前線去前進行，且必須宋悲風的協助才行，但那怎麼成呢？宋悲風不但會大力反對，還會對他失望，乎至生出反感。

唉！假如自己贏得她芳心後，卻於戰場上陣亡，對她會是多麼殘忍的事。自己該不該聰明點，待幹出成績來才向她示愛，那時要說服宋悲風也會容易些兒。

屠奉三的聲音傳入他耳中，道：「劉爺有甚麼意見？」

劉裕根本不曉得屠奉三和宋悲風在說甚麼，見兩人都瞪著自己，只好含糊的道：「一切由屠兄安排好了。」

屠奉三啞然失笑，道：「你在想甚麼呢？一副神不守舍的樣子。我是在問你的意見，明天該走陸路還是水路呢？若走水路，便要勞駕你劉爺向司馬元顯借艘性能超卓、禁得起大海風浪的戰船。萬一遇上天師軍的船仍可有一戰之力。」

劉裕大感尷尬，心忖這叫作賊心虛，連忙回過神來，道：「首先要弄清楚一件事，我們是否從此不買劉牢之的賬呢？說到底他仍是我名義上的頂頭上司。」

屠奉三雙目閃閃生輝，沉聲道：「他管他的，你做你的，和他還有甚麼上司下屬可言。只要我們能擊破天師軍，便可和他分庭抗禮，司馬道子更會大力支持你。現在最重要是把天師軍打個落花流水，其他一切都不用介意，也只有放手去大幹一場，我們方有亮麗的前景，否則一切休提。」

劉裕道：「如此我們便先秘密潛入廣陵，與我的恩師孫無終碰個頭，又可見孔老大，肯定可以有好處。」

屠奉三欣然道：「好計！」

宋悲風愕然道：「這豈非要分裂北府兵嗎？」

屠奉三冷笑道：「北府兵早在謝玄辭世後四分五裂，只看誰能重整北府兵，像胡彬便完全投向我們這邊，如果劉毅那小子不是這麼忘恩負義，何謙派系的將領也會向我們投誠。」

劉裕沉吟道：「到前線後，我要設法與朱序碰個頭。」

屠奉三點頭道：「這是高明的策略，但時機定要計算準確，否則會令朱序認爲你在搞事。」

宋悲風皺眉道：「我不明白！」

劉裕解釋道：「朱序是謝琰的副帥，如果謝琰的部隊有甚麼閃失，倉皇撤退之際，曉得附近有我們在接應，別無選擇下只有朝我們所在之處撤來，而我正是要令朱序清楚此點。」

宋悲風恍然道：「難怪你們要在前線取得據點。」

屠奉三道：「今仗首要是情報，其次是時機，只有能掌握全盤情況，我們方可把握時機。此是兵法中有形、無形之術。在佔領據點前，我們的部隊是無形的，佔地後便從無形變作有形。所以時間的拿捏非常重要，過早會變成被天師軍狂攻猛打的目標，過遲便錯失接應收撫謝琰部隊的機會。」

宋悲風道：「假如二少眞的贏了呢？」

劉裕苦笑道：「那我們只好拉大隊返回邊荒集去，那時我們在司馬道子眼中，將失去利用價値，又同時開罪了劉牢之和謝琰，建康再沒有我們容身之所。」

屠奉三微笑道：「謝琰可以變成另一個謝玄嗎？那是不可能的。謝琰本身如何窩囊不在話下，更有劉牢之在一旁扯他後腿，謝琰豈有僥倖可言？」

宋悲風嘆道：「聽你們這番話，令我眞正感受到兵家所說的運籌帷幄、決勝於千里之外的況味。」

此時燕飛忽然轉過身來，在船頭坐下，雙目閃動著奇異的光芒，沉聲道：「我要立即向邊荒集的拓跋儀送出飛鴿傳書，辦得到嗎？」

三人同感錯愕。

屠奉三道：「你想到甚麼要緊的事？」

燕飛剛接到紀千千的心靈傳感，他可以如何解釋呢？只好含糊的答道：「我忽然想到赫連勃勃或許會趁此時的形勢，混水摸魚，所以須警告拓跋珪，此事必須立即去辦。」

小艇抵達青溪小築，緩緩靠岸。

劉裕心中一動，道：「我陪你到千里馬行去發信。」

宋悲風道：「不如我們一起去，掉頭順流而下，出大江後亦是順流，半個時辰便成。」

劉裕忙道：「不用這般勞師動眾，宋大哥和奉三回去休息好了。」

接著向屠奉三使個眼色，表示和燕飛有私話要說。

屠奉三雖然精明，但終非劉裕肚裡的蛔蟲，哪想得到他心裡正轉著的念頭。欣然道：「宋大哥，我們回去吧！」

宋悲風只好隨他登岸。

當劉裕接過搖櫓，代替了宋悲風，他清楚曉得他與謝鍾秀的戀事，已像燎原之火，一發不可收拾。

第三十二章　一場春夢

燕飛坐在小艇中間，面向正在搖櫓的劉裕，忍不住的問道：「劉兄是否有話要說，為何一副心事重重、欲言又止的神態？」

劉裕苦笑道：「因為我怕說出來後，你會責怪我。」

燕飛失笑道：「是否與謝鍾秀有關呢？」

劉裕大訝道：「你怎會一猜便中？」

燕飛道：「謝鍾秀別頭看你時，我正在她後側，想裝作看不見都不成。好啦！你和她的事是如何發生的？」

劉裕只好從實招來，然後道：「我一直在壓抑自己，可是今晚她瞥我的一眼，把我的防禦力完全毀掉了。唉！我怎忍心她重蹈淡真的覆轍，她又是玄帥的骨肉，在任何一方面來看，我都不可以袖手旁觀。」

燕飛輕輕道：「你愛她嗎？」

劉裕頹然道：「我不知道，事情來得太突然了，在她投懷悲泣前，我從沒想過和她有任何可能性，可是當我擁著她的一刻，感覺著她的身軀在我懷抱裡抖動，我忘掉了一切，自那刻開始，我便沒法忘記那種動人的滋味。但我仍能控制自己，甚至向宋大哥和奉三作出承諾，不會對她有非分之想。可是你也見到了，她回頭看我的那一眼，是那麼令人心碎。於是我在想，大丈夫立身處世，為的是甚麼呢？去他娘的甚麼高門寒門之別、士族布衣之差。我劉裕今次到建康來，是要翻天覆地，如果連一個愛自己的女子亦保護不了，做了皇帝又如何？如此打生打死還有甚麼意義？」

燕飛不住點頭，似乎表示同意，待他說罷後問道：「你打算如何處置江文清？」

劉裕急喘一口氣，道：「我不會負她的。」

燕飛微笑道：「你剛才說的天公地道，絕不是非分之想。我完全同意。敢作敢為，才是好漢。我有甚麼地方可以幫忙？」

劉裕道：「我想今晚見她一面，只有你能助我偷入謝家，探訪她的閨房。」

燕飛笑道：「那我們要蒙頭罩臉才成，被人發覺時可以裝作是小偷之流。」

劉裕大喜道：「你答應哩！」

燕飛凝望著他，雙目射出深刻的感情，道：「我不單樂意玉成你的好事，還代你高興，正如我常說的，人不能長期活在仇恨和痛悔中。老天爺對你曾經很殘忍不仁，現在該到了補償你的時候。但你要答應我一件事，不論是文清或是鍾秀，你必須有始有終，把你對淡真的愛轉移到她們身上去，令她們幸福快樂。」

劉裕堅定的道：「我絕不會忘記燕兄這一番話。」

燕飛道：「由我來操舟吧！我要把船程縮短，好讓你多點時間夜會佳人。」

卓狂生來到立在船尾的高彥身旁，恐嚇道：「還不回房睡覺，小心向雨田忽然從水裡跳出來，掐著你脆弱的咽喉。」

高彥嘆道：「我很痛苦。」

卓狂生勸道：「痛苦也回房內才痛苦吧！雖然雪停了，但仍是寒風陣陣，你看甲板上除你之外還有別的人嗎？著了涼又如何陪你的小白雁玩足三天三夜？隨我回去吧！」

高彥嘆道：「你怎會明白我？你自己回去吧！我捱不住自然會回艙裡去。」

卓狂生微怒道：「我不明白你？你有多難了解呢？他娘的！你這小子肯定是自懂人事後便為娘兒發瘋，以前是花天酒地，現在是為小白雁發狂。」

高彥苦笑道：「都說你不明白我。回想起來，我以前晚晚泡青樓，實是逼不得已，因為未尋得真愛。說起那時的生活，眞是無聊透頂，不要看我夜夜笙歌，左擁右抱，其實我感到很孤獨，希望可以藉不住追求新鮮的東西塡補心中的不足。現在我終於找到眞愛，卻落得這種田地，你教我今晚怎能入睡呢？」

卓狂生正要說話，足音響起。

一個荒人兄弟滿臉喜色的趕來，大聲嚷道：「小白雁有令，召見高少。」

高彥登時欣喜如狂，一陣風的走了，剩下卓狂生和那荒人兄弟你看我我看你，不知好氣還是好笑。

兩道黑影，從靠河的東牆翻入謝家，接著幾個起落，避過兩頭守夜的惡犬，落在東園別廳的屋脊上。

這兩個不速之客，正是燕飛和劉裕，均穿一身夜行黑衣，還蒙著頭臉，只露出眼睛。

劉裕見遠近房舍綿延，倒抽一口涼氣道：「如何找她？」

燕飛沉吟道：「當年我在謝家養傷，住的是在北院的賓客樓，而北院亦是家將下人聚居的地方，當然不適合作謝鍾秀的香閨，可以從考慮範圍中剔除。中間是忘官軒所在的四季園，該是謝家休息遊賞的地方。如此只剩下我們身處的南院和東院，這兩院皆臨近秦淮河，景觀最美，如果我是像謝安、謝玄般的風流名士，也會選兩院之一作居所。」

劉裕道：「你似乎漏了西院。」

燕飛道：「北院和西院論景色遠及不上東南兩院，肯定不會是謝安、謝玄的居室所在，在高門大族裡，這種事是會一絲不苟的。哈！我記起哩！我第一次見安公，是在東院的望淮閣，如此看謝安該居於東院，謝琰是謝安之子，也該住在此院內。」

劉裕問道：「這麼說，鍾秀的居室是否設於南院內的機會最大呢？」

燕飛苦笑道：「恐怕只有天才曉得，眞後悔沒有請宋大哥一起來。唉！你也知我只是說笑。噢！」

劉裕緊張的問道：「你想到了甚麼？」

燕飛現出回憶的神情，道：「我記起哩！我第一次見到謝鍾秀，是在貫通東北院的九曲迴廊上，當時她和朋友出外剛回來，她肯定是返東院去，如此推論，她該是住在東院裡，就是我們現在身處的院落。」

劉裕掃視遠近，頹然道：「只是東院便有高高低低、或聚或散的百多座房舍，如何尋找？」

燕飛微笑道：「如果我不是深悉你的底細，絕猜不到你竟然是北府兵最出色的探子，否則怎會說出這麼外行的話來。」

劉裕尷尬的道：「我是當局者迷。對！當時謝家最有地位的三個人是謝安、謝石和謝玄。如果謝安、謝玄均居於東院，謝石理該住南院。而謝安、謝玄的住處肯定是東院景觀最佳、規模最宏大的兩組院落，如此鍾秀的香閨所在，已是呼之欲出了。」

燕飛四下觀望，指著臨河的一組園林院落，道：「那就是望淮閣所在的建築組群，該是現在謝琰、謝混居室所在。」又指著隔鄰的院落，道：「這一組又如何呢？只有這組樓閣，可與其媲美。」

劉裕吁出一口氣道：「眞沒想到在謝家找一個人這麼費周章。雖然這處院落有十多幢房舍，但怎都比搜遍全府好多了。麻煩你老哥給小弟把風，我要進行尋佳人的遊戲哩！」

燕飛道：「你有何尋人妙法呢？千萬別摸錯了別個小姐的香閨。」

劉裕胸有成竹道：「憑的是我雖比不上方總但仍屬靈銳的鼻子，幸好我和她曾親熱過。」

燕飛笑道：「我們去吧！」

兩人從屋簷滑下，展開身法，往目標樓房潛去。

「進來！」

高彥有點提心吊膽的把門推開，因爲對尹清雅會用哪種方式歡迎他，根本是無從揣測。

尹清雅輕鬆的道：「還不滾進來？」

高彥放下心來，連忙把門關上，神氣的走進去，直抵坐在窗旁的尹清雅身前，先探手握著她椅子的兩邊扶手，情不自禁的俯前道：「我來哩！」

尹清雅舉手掩著兩邊臉頰，美目圓睜道：「你想幹甚麼？是否想討打？」

高彥在離她俏臉不到半尺的位置與她四目交投，嗅吸著她迷人的氣息，所有悲苦一掃而空，感到甚麼都是値得的，心花怒放道：「我甚麼都不想，只想和雅兒以後永不分離，每天令雅兒快快樂樂。」

尹清雅沒好氣的低罵道：「你這小子眞是死性不改，如你還不滾到另一邊坐下，本姑娘會立刻把你轟出門外去。」

高彥一個旋身，轉了開去，又再一個旋身，以他認爲最優美的姿態坐到和她隔了一張小几的椅子上，哈哈笑道：「這叫大丈夫能屈能伸，在時機未成熟下，暫且撤退。」

尹清雅嬌笑道：「甚麼能屈能伸，又胡言亂語了。」

高彥嘻皮笑臉道：「伸者站也，屈者坐也，剛才我是伸，現在是屈，不是能屈能伸是甚麼？」

尹清雅登時語塞，笑嗔道：「死小子！除了口甜舌滑外，你還有甚麼本事？」

高彥昂然道：「辯才無礙，便是一種大本事，想當年春秋戰國之時，縱橫家者如蘇秦、張儀，便是憑三寸不爛之舌，贏得功名富貴，留名史冊。我高彥則賴此贏得雅兒的芳心，因爲她曉得天下間只有我一人能哄得她高興，其他人都不成。」

尹清雅沒好氣道：「腦袋和嘴巴都是你的，你愛怎麼想，愛怎麼說，愛一廂情願，我確實拿你沒法。好啦！趁我還有耐性前，告訴我邊荒集有甚麼特別的玩意兒？」

高彥心中大樂，心忖如此豈非接受了我說的輕薄話，而不會動輒動武。那種感覺如似逍遙雲端，像神仙般快樂，如數家珍道：「邊荒集是個讓人晝伏夜出的地方，白天讓我們一起睡覺，晚上才出來活動……」

尹清雅大嗔截斷他道：「誰和你一起睡覺？」

高彥暗笑道：「一起睡覺和睡在一起是有分別的，讓我解釋給你聽……」

尹清雅捂著耳朵，霞生玉頰道：「我不要聽。」好一會兒仍聽不到高彥的聲息，別過頭來，見高彥正呆瞪著她，放下玉手，狠狠道：「死小子！有甚麼好看的？」

高彥吞一口涎沫，艱難的道：「雅兒眞動人。」

尹清雅做了個「我的天呵」的表情，氣道：「你放規矩點成嗎？」

高彥小心翼翼的道：「我可以問雅兒一個問題嗎？」

尹清雅戒備的道：「甚麼問題？」

高彥道：「上次我們在邊荒集分手時，你不是說過『雅兒有甚麼好呢』這句話嗎？你還記得嗎？」

尹清雅兩邊玉頰飛起紅暈，令她更是嬌艷欲滴。當高彥仍未弄清楚是怎麼一回事時，早給她抓著胸口從椅上硬扯起來，轟出門外去。

劉裕終於找到了謝鍾秀，卻不是嗅到她的氣味，而是聽到她的聲音。

聲音傳來處是一座兩層樓房，樓上仍透出微弱的燈光，謝鍾秀似是吩咐婢女去睡覺，看來她也準備登榻就寢。

這區域的防守格外森嚴，除有護院牽惡犬巡邏外，還有兩個暗哨。對探子來說，最頭痛正是暗哨，因爲對方靜伏暗處，令人難以察覺。敵暗我明下，很容易暴露形藏。但當然難不倒像燕飛這種頂尖兒的高手，全賴他提點，令劉裕成功潛至小樓旁的花叢內。

燕飛鬼魅般掠至他身旁，低聲道：「樓上只有她一人，你從南窗入樓，該可瞞過崗哨的耳目，最重要是她不會因誤會而驚叫。」又指著後方兩丈許處的大樹，道：「我會藏身樹上，離開時須看我的指示。」

劉裕點頭表示明白。接著燕飛現出全神貫注的神色，顯是在留意四周的動靜。劉裕感到自己的心在忐忑狂跳，也不知爲了甚麼緊張到一團糟，暗罵自己沒用時，燕飛喝道：「去！」

劉裕一溜煙的奔出去，繞到小樓另一邊，騰身而起，撲附在南窗上。

燈火熄滅。

劉裕心中叫好，拉開半掩的花窗，無聲無息地鑽進去。如蘭似麝的香氣透鼻而入，不用說床鋪衣物均用香料薰過。這還是劉裕破題兒第一遭私自闖入閨女的臥室，那種感覺眞是無法形容，好像冒瀆了不可侵犯的神聖禁地。

小樓上層以竹簾分隔作兩邊，他身處之地正中放著一張床榻，四邊垂下繡帳。一道優美的人影，正從另一邊朝竹簾走來。

劉裕心中燃起火熱的激情，忘記了一切的往竹簾移去，把正揭簾而入的美人兒一把抱著，另一手掩著她香唇，嘴巴湊到她耳旁道：「是我！是劉裕！孫小姐不要害怕。」

在黑暗裡，謝鍾秀聞言後仍劇烈地掙扎了兩下，這才安靜下來，嬌軀微微發抖。

劉裕有點不解的再低聲喚道：「我是劉裕！」緩緩把手移離她濕潤的櫻唇。

謝鍾秀喘息道：「你來幹甚麼？還不放開我！」

劉裕的滿腔熱情登時像被冰水照頭淋下，冷卻了大半，無意識地鬆手。

謝鍾秀脫身出去，沿著竹簾退後，直至抵著牆壁，張口似要大叫，最後並沒有發出任何聲音。

劉裕感到整個人完全麻木似的，更完全不明白，沒想到謝鍾秀會是如此反應，一時間腦袋一片空白。然後他發覺自己來到靠牆而立的謝鍾秀身前停下來，生硬的道：「孫小姐！我是……唉……」

謝鍾秀或許是因他沒有進一步行動，冷靜下來，不悅道：「你怎可以在三更半夜到這裡來呢？」

劉裕再沒法把那天向自己投懷送抱的謝鍾秀和眼前的她連繫起來，勉強擠出點話來，道：「孫小姐不是想再見我嗎？只有這樣我們才有說密話的機會。」

謝鍾秀氣道：「你可透過宋叔安排嘛！哪有這般無禮，亂闖我的閨房，傳出去成甚麼樣子？」

劉裕差點想找個洞鑽進去，苦笑道：「錯都錯了，孫小姐有甚麼話要對我說呢？」

謝鍾秀氣鼓鼓的道：「我只想質問你，為何要投靠司馬道子那卑鄙無恥之徒？你忘了我爹如何提攜你嗎？你對得起我爹和我們謝家嗎？你對得起淡眞嗎？有甚麼不好做的，偏要去做司馬道子的走狗，我爹的威名給你丟盡了。」

劉裕恍然大悟，整件事根本是一場誤會。她今天黃昏望自己的一眼確實充滿無奈和怨懟，問題在非是她愛上了他，而是怨他背叛謝玄，甘當司馬道子的走狗。事實上她從沒有看上自己，甚麼都是自己一廂情願的妄想。

劉裕生出無地自容，恨不得立即自盡，好一了百了。

謝鍾秀的聲音續傳入他的耳中道：「我現在明白琰叔為何不准你踏入我們家半步了，他是對的，淡眞也看錯了你。」

劉裕的心痛起來，全身像被針刺般的難受，更有無法呼吸的感覺，勉強振起精神道：「請孫小姐恕劉裕打擾之罪，以後我再不會打擾孫小姐。」

說罷也不理會是否驚動謝府的人，迅速循原路離開。

第三十三章　唯一機會

燕飛搖櫓操舟，看著劉裕的背影，想不出可以安慰他的話。沒有人比燕飛更明白劉裕受到的嚴厲打擊，那比捅他兩刀更令劉裕難受。劉裕本是軒昂的體型，似塌縮了下去，代表著他所受的屈辱、挫折和因得而復失而來極度沮喪的情緒。

劉裕背著他坐在船中，嘆道：「燕兄可會笑我？唉！現在我最恨的人是自己，我太不自量力了，竟以為她是另一個淡眞。」

燕飛道：「你不必自責，換了我是你，也會生出誤會。嘿！大丈夫何患無妻，眼前最重要的事，是把精神放在與天師軍的鬥爭上，其他一切都不重要。或許有一天你回想起今晚的事，只會付諸一笑。」

劉裕轉過身來，神色如常的點頭道：「對！比起淡眞，今晚只是一件小事，碰一鼻子灰買個好教訓，至少明白了高門寒門之隔，是鐵般的現實。以後我再不會踏入謝家半步。多謝你！」

燕飛奇道：「大家兄弟，不用言謝，只是舉手之勞吧！」

劉裕道：「你助我今晚入謝府去見謝鍾秀，我當然感激，但剛才的道謝，卻非指此，而是指因為有你，我今天才能到謝家去，引發今晚的事，也讓我如從迷夢中醒過來，重新腳踏實地做人，再沒有任何幻想妄念，不再糾纏於男女的情結裡。我的確要好好的向奉三學習。」

燕飛道：「千萬勿要對男女之情望而生畏，文清在各方面都不比謝鍾秀遜色，且比她更適合你。

我們始終是布衣寒人，不會明白高門大族的心態，更不會習慣他們的生活方式。當然！淡眞是個例外。無論如何，你曾得到過一位名門美女的傾心，足可自豪了。」

劉裕搖頭道：「我重新思索了玄帥阻止我與淡眞私奔的事，坦白說，直至剛才我仍有點恨玄帥，但現在已恨意全消。他阻止我是對的，相愛可以只講感覺，像天崩地裂般發生，但長期生活在一起卻是另一回事，淡眞將會發現我的缺點，我們的熱情會冷卻下去，直至成為一對怨偶。近日我與高門子弟接觸多了，更清楚士人布衣間的差異。」

燕飛道：「不用這麼悲觀，高門並不是高高在上，只是以另一種方式生活，他們可以看不起我們，我們也可以看不起他們。他奶奶的，現在正是由我們去證明給他們看，誰更有資格主事說話。」

劉裕點頭道：「說眞的，我現在的感覺痛快多了，有點像撥開了迷霧，看清楚自己的處境。由今夜此刻開始，我劉裕再不是以前的劉裕，再不隨便感情用事。淡眞的債我定會為她討回來，更要讓高門的人看到，我們布衣寒族，是不會永遠被他們踐踏在腳下的。」

說到最後一句話時，劉裕雙目閃耀精芒，回復了生氣。

燕飛不由想起拓跋珪，他和劉裕雖然在性格作風上絕不相似，但有一點是沒有分別的，就是不甘心居於人下，胸懷遠大的志向。

波光映雪，遠樹迷離。

一場大雪後，邊荒集變成個銀白色的天地，現在雪雖然暫停，但所有房舍都換上白色的新裝，素淨潔美。

天氣寒冷，卻無損荒人的熱情，萬人空巷的擁到碼頭區，歡迎小白雁芳駕光臨，其熱情與寒冷的天氣形成強烈的對比。

一眾議會成員，包括江文清、慕容戰、呼雷方、費二撇、陰奇、姚猛、姬別、紅子春、拓跋儀等人，卻完全是另一種心情，他們到此來不是爲了迎接小白雁，而是在等待卓狂生、高彥和程蒼古，好立即舉行鐘樓會議，以展開全面反攻的大計。

江文清笑道：「尹清雅已成了紀千千外，最受邊荒集歡迎的女性。」

姚猛嘆道：「眞怕見到高少的表情，他一心要和小白雁好好歡敘，我們卻要拆散他們，硬把他派到前線去，負責最危險的任務。」

慕容戰道：「如果有別的選擇，我們怎敢壞他的好事。只恨他是最適合的人選，只有他才辦得到。」

劉穆之道：「眞的只有他辦得到嗎？我最怕他沒法專心，反誤了大事。」

拓跋儀道：「的確沒有人比他更勝任，這小子不但對邊荒瞭如指掌，且周身法寶，又擅長潛蹤匿隱之術，更重要是他在探察之道上有極高天分，一般探子看不出任何異處的痕跡，對他卻是珍貴的線索。邊荒集是個講實力的地方，他能成爲最著名的風媒，絕非僥倖。」

紅子春苦笑道：「希望這小子以大局爲重吧！」

眾人只有相對苦笑。

司馬元顯天未亮便來了，與眾人一起吃早點，爲燕飛送行。

表面看，劉裕像個沒事人似的，談笑風生，但燕飛卻曉得他比以前更懂得把心事密藏起來。

趁此機會，劉裕向司馬元顯道：「今晚我們將動身到前線去，途中會路經廣陵，順道拜訪孫無終孫將軍，了解廣陵北府兵的情況。」

司馬元顯猶豫道：「此事該不該先問准我爹呢？」

燕飛道：「將在外，君命有所不受，這不是犯上違令，而是只有在前線作戰的將領，方明白確實的情況，曉得甚麼策略最適當。現在我們就處於這一情況，王爺當然是精明的人，但他顧忌太多，對前線的情況只是透過探子的報告。我們如果要贏得這場戰爭，絕不可因太多顧慮，以致行事上綁手綁腳，必須放手去幹，就像荒人兩次光復邊荒集的情況。公子必須拿出膽色來，劉裕他們才有成功的機會。」

比較起來，燕飛可算是這場戰爭的局外人，兼且誰都曉得他大公無私的作風，又是司馬元顯心儀仰慕的人，由他出口最具分量。

司馬元顯聽罷立即雙目放光，點頭道：「對！就像我們那次在江上與郝長亨惡鬥的情況，哪還有空暇去想別的事情。一切便如劉兄提議般去辦吧！我爹那方面由我負責。」

劉裕、屠奉三和宋悲風均放下了心頭大石，這可說是最後一個關卡，只要能離開建康，他們便如龍回大海，天地任他們縱橫。

最怕是司馬道子忽然改變主意，在這最後一刻要他們留在建康候命，那他們只有坐看天師軍奪得江山。

但若他們能離開建康，便可放手而爲，做那君命有所不受的在外之將，司馬道子當然不高興，但當形勢發展至只有他們的奇兵才有回天之力的緊張情況，司馬道子將沒有別的選擇，只好全力支持他們，還要求神拜佛保佑他們千萬勿敗個一塌糊塗。

劉裕眞的很感激屠奉三，眼前的形勢正是由他一手營造出來的，加上燕飛幫腔，他們最渴望的機會終於來到手中。

劉裕深切地體會到，自成爲謝玄的繼承人後，歷盡千辛萬苦，他一直期待的機會終於來臨。

這也是他成爲所有南人心目中的英雄的唯一機會。

錯失了，他的存在將只是一個笑話。

高彥來到尹清雅的艙房前，舉手叩門，嚷道：「雅兒！快到邊荒集哩！」

尹清雅慵懶的聲音傳來道：「大清早便吵吵嚷嚷，人家很睏呢，多睡一會兒行嗎？」

高彥心中大喜，想不到尹清雅不是叫他滾蛋而是向他撒嬌，登時血往上湧，渾身酥麻，試探地推門，卻發覺裡面上了門閂，忙柔聲勸道：「多睡會兒沒有問題，不過你先給我開門，讓我進來爲你打點行裝。」

說到最後兩句話時，連他自己都感到是理屈詞窮，因爲尹清雅只有一個小包袱，何用整理收拾？只恨再想不出更好的藉口。難道說「好進來和你親近」嗎？更令他想不到的事發生了。

「咿呀」一聲，門閂開啓。

高彥心花怒放，連忙推門，閃身而入，再輕輕關門。

尹清雅早回到榻子去，如雲的秀髮散亂地披在擁著的被子和枕上，黑髮玉肌，奪人眼目。高彥的心不爭氣的狂跳起來，躡手躡腳的來到床前。

高彥心中喚娘，不由被她異乎尋常的美麗和動人的睡姿體態震懾，屏住了呼吸，唯恐驚擾她，小心翼翼地坐到床沿去，探手為她撥開幾縷鋪在俏臉上的秀髮，指尖輕輕拂過她吹彈得破、紅撲撲的臉蛋兒。

尹清雅仍不肯張開眼睛，夢囈般道：「你的手在抖呢？」

高彥心神俱醉，哪還按捺得住，俯首便要往她白裡透紅、充滿建康氣色的臉蛋香上一口，忽然發覺難作寸進，原來在離她臉頰三寸許處，被她以玉掌擋著嘴唇，只好退而求其次，吻了她掌心。

尹清雅嬌軀輕顫，像被蚊叮似的把手縮回去，張目嗔道：「你在使壞！」

高彥怕她動手反擊，連忙坐直身體。

尹清雅似嗔似喜地瞪著他，不依的道：「你是不是要我今天又不睬你呢？」

高彥陪笑道：「雅兒大人有大量，我只是情不自禁，腦袋控制不了嘴唇。哈！雅兒的小手真香。」

尹清雅擁被坐起來，慵倦地伸個懶腰，責怪道：「你這人哩！甚麼睡意都給你趕走了。」

高彥現在最希望是看到被子從她身上滑下來的美景，再陪笑道：「是起床的時候哩！一刻鐘內可抵邊荒集。」

尹清雅一雙美眸秋波閃閃的打量他，道：「你今天精神很好，昨夜該睡得不錯。」

高彥有點尷尬的道：「睡覺是我的專長，縱然在險境裡，我要睡便睡，但小小的危險信號也會令我醒過來。」

尹清雅欣然道：「我也很貪睡。噢！不說廢話了，讓我們來個約法三章。」

高彥抓頭道：「約法三章？」

尹清雅氣道：「當然要有點規矩，否則如何管治你這個小子？一有機會便大佔人家便宜。你究竟聽不聽？」

高彥嚇了一跳，慌忙道：「聽！聽！當然聽，雅兒請降旨。」

尹清雅「噗哧」笑道：「降旨？」又白他一眼，道：「第一章是不准再提昨晚那句話。」

高彥心中大樂，故意皺起眉頭扮出搜索枯腸不得的樣子，道：「是哪句話呢？」

尹清雅大嗔道：「高彥！」

高彥怕她翻臉，忙像忽然記起了的道：「呀！記得哩！就是『雅兒有甚麼好』那一句。記得哩！記得哩！以後不會再提。」

尹清雅杏目圓瞪，扠起蠻腰嗔道：「還說！」

被子終於從她身上滑下來，露出只穿單衣的上身，她美好動人的線條展露無遺，高彥不能控制目光似的把視線移往她身上。

尹清雅臉紅似火，喝道：「死小子！看甚麼？」

高彥忙把目光上移，陪笑道：「甚麼都看不到。第二章是甚麼東西？希望不是要我蒙著眼吧！那還如何帶雅兒去狂歡？」

尹清雅甜甜一笑，道：「沒有其他哩！現在你給我滾出去，我穿衣後再出來會你。」

高彥高興得要狂歌一曲，翻幾個觔斗，如奉綸音的滾了出去。

燕飛堅拒眾人送他一程，獨自離開青溪小築，往歸善寺向安玉晴道別。

戒嚴令在半個時辰前解除，路上人車逐漸多起來，建康就像個沉睡的巨人，回復了生氣和活力。

此時他心想的並非最敬愛的紅顏知己安玉晴，而是昨夜向他傳來重要情報的紀千千，她在精神力未完全補充前，如此強用心靈傳感向他發警報，會對她造成怎樣的影響呢？說不擔心就是騙自己。

依紀千千的描述，慕容垂所招待的那個客人，肯定是懂得精神異術的波哈瑪斯，而他要對付的女人，該是投向了拓跋珪的楚無暇。

赫連勃勃為何會與波哈瑪斯混在一起。

兩人曾是姚興旗下的人，一為軍師，一為主將，該有一定的交情。

他雖從拓跋珪處曉得波哈瑪斯追殺楚無暇的事，也知道兩人間的恩怨，卻沒想過波哈瑪斯竟會為報此仇，不惜一切的挑撥赫連勃勃去攻打拓跋珪，又暗中勾結慕容垂。

赫連勃勃肯定會被煽動，因為他與拓跋珪是勢不兩立，一天不能除掉拓跋珪，他亦無法往北擴展。

尤可慮者，若拓跋族愈趨強大，他將是動輒亡國滅族的命運。

所以如赫連勃勃從波哈瑪斯處得到確切的情報，清楚現今拓跋珪危如累卵的處境，絕不會錯過此乘人之危的時機，進攻拓跋族正在重建中的盛樂城。

赫連勃勃的匈奴族是拓跋族之外河套區另一勢力，多年來與拓跋族不住交鋒衝突，均以失利作結。

現在拓跋珪為了保著平城和雁門，把軍力轉移到長城內去，大幅影響盛樂的防禦力量，如果赫連勃勃以奇兵襲之，成功的機會很大。

失去了盛樂，拓跋珪將失去長城外的根據地，游牧於河套地區的拓跋族人將遭到殘酷的屠殺，等若其基礎被人連根拔起。

拓跋珪也完了。

慕容垂的手段確實厲害，一絲不誤地掌握到整個局勢，無所不用其極地摧殘和打擊敵人，假如不是有紀千千這個神奇探子，恐怕他燕飛和拓跋珪栽到家仍弄不清楚是怎麼回事。

但只要拓跋珪曉得有這麼一回事，他會有方法去應付的，而不會因冬天的風雪而掉以輕心，致錯恨難返。

燕飛抵達歸善寺門外，由於時間尚早，廟門仍未打開，只有一道側門供人出入。

燕飛的心平靜下來，步入寺內，正殿處傳來早課誦經的聲音，洗去了他的煩惱。

任他劍法蓋世，但一個人的力量始終有限，他可以做的都做了，現在必須拋開一切，專注的去應付與孫恩的決戰。

通過半月門，他進入景致優美的歸善園，腦海浮現安玉晴的如花玉容。

忽然間他似進入了另一境界，歸善園外煩囂紛擾的世界再與他沒有半點關係。

就在這一刻，他想起當年在邊荒被乞伏國仁追殺，藉之以保命逃生的招式，腦際靈光忽現。

「鏘！」

蝶戀花出鞘。燕飛運轉太陰眞水，蝶戀花在身前劃出大大小小十多個無缺的圓環軌跡，布下一個又一個充盈太陰眞水的先天氣勁，凝聚而不散。

驀地燕飛往後疾退，倏又衝前，劍化長芒，太陽眞火從劍尖吐出，把十多個圓環串連起來。

「轟！」

一道似能裂開虛空的閃電，出現眼前。

閃電一閃即逝，並沒有眞的破開虛空。

燕飛還劍入鞘，全身發麻，曉得自己終悟破把仙門訣融入「日月麗天大法」的竅門。雖然這只是一個開始，但卻是非常好的開始。

然後他看到安玉晴。

第三十四章　攜手赴險

安玉晴睜大美眸，難以置信的道：「這是甚麼劍法？天下間竟有如此劍法？難怪竺法慶也要飲恨於你劍下。」

燕飛還劍入鞘。她的出現，這個人間世立即變得眞實起來了，令他很難想像洞天福地內可以有能與她並駕齊驅的人或物。他的確很喜歡見到她，看她的眼睛。和她在一起時，所有的感覺都被大幅度的強化了。這絕不涉及男女間的事，而純粹是人與人間的交往。

微笑道：「這是天地心三珮合一時，我從中領悟到的劍法，故名之爲『仙門劍訣』，剛才施的是起手式——『仙蹤乍現』。」

安玉晴來到他身前，仍像有點不相信自己親眼見到的情景，道：「這是不可能的，你竟能把開啓仙門的原理，應用在劍法上。你本身不會受到傷害嗎？那道閃電的威力非常驚人，天下誰還可以擋你一劍之威呢？這種劍法根本是無從抵擋的。」

燕飛微笑道：「孫恩肯定可以。何況我這一招起手式尙未練成，因爲元陽、元陰相激的電芒，只可依劍勢筆直前衝，高明如孫恩或慕容垂者，可以硬封、硬擋的手法應付。到我能令劍芒從任何位置、任何角度攻擊對手，那才算是無從抵擋。」

安玉晴皺眉道：「有可能嗎？」

燕飛道：「這個可能性是存在的，這亦是『仙門劍訣』與眾不同之處。當我以太陰眞氣形成一個氣場，便可以送出太陽眞氣，投往氣場內任何一點，例如是對手身後，同樣可以引發仙門現象，襲擊敵手。這只是個理想，我的功法離此尙遠。」

安玉晴吁出一口氣道：「確實神乎其技，到那時天下間還有人是你的對手嗎？」

燕飛道：「我仍肯定孫恩可以應付得來。如果我的劍訣眞達致如此出神入化的境界，他擋是擋不了，卻可憑本身的功力，在經脈內消受我這一劍。」

安玉晴深邃的美眸凝注他道：「剛才你知不知玉晴在一旁呢？」

燕飛欣然道：「當然知道。」

安玉晴訝道：「你是故意在我眼前表演劍訣了。對嗎？」

燕飛點頭道：「對！這樣做有兩個作用，首先是讓姑娘曉得我有信心掌握『破碎虛空』這武學之極，且天地心三珮始終是死物，人卻是活的，可藉劍法變化提升仙門訣的威力。其次我今趟是要在赴孫恩的決戰前，來向姑娘道別，爲免姑娘擔心，所以向姑娘展示仙門訣的威力，以事實說明我是有可能擊敗孫恩的。」

安玉晴欣喜的道：「你辦到哩！不過對孫恩千萬不要輕敵，他的黃天大法已臻至天人交感的境界，也像你般受到天地心三珮開啓仙門的啓發。」

燕飛微笑道：「多謝姑娘提點。請姑娘保重，如我能保命回來，途經建康會再來探訪姑娘，向姑娘報告戰情。」

說罷拍拍背上的蝶戀花，灑然去了。

邊荒集，邊城客棧。

高彥垂頭喪氣的來到小白雁入住的客房門前，舉手叩門。

房門立即打開，出現尹清雅的花容，怨道：「開會竟要那麼久的，等得人家不耐煩了，今天我要吃烤羊腿。」

高彥避開她充滿期待的目光，低聲道：「事情有變。」

尹清雅瞪著從她身邊走過的高彥，訝道：「事情有變？發生了甚麼事？」

高彥直抵豪華客房外廳一角的椅子坐下，慘然道：「我要立即起程趕往泗水去探聽軍情，沒法陪你了！」

尹清雅衝口而出嗔道：「你怎可以丟下我不管呢？」

高彥苦澀的道：「我的荒人兄弟就是那麼殘忍，但也不能怪他們，慕容垂那混蛋派兵佔領了泗水和潁水交匯處的北潁口，當冬天下大雪時，潁水將是我們與北方聯繫的唯一命脈，所以我們會不惜一切把北潁口奪回來。兩軍交鋒，軍情第一，所以我須出動去做探子，弄清楚敵人虛實後，方可以決定反攻的戰略。」

尹清雅輕舉玉步，移至他前方，皺眉道：「邊荒集只有你一個探子嗎？派別的人不行嗎？」

高彥苦笑道：「我們邊荒集的確不乏探子的人才，可惜沒有人比我更勝任此事，因爲像向雨田那樣的秘人已大批的潛入邊荒，整個邊荒只有邊荒集還算安全，其他地方已變成個危險的世界。只有我才有能力在邊荒來去自如。嘿！你現在該曉得我高彥首席風媒的地位，是憑實力贏回來的。」

接著把臉埋入舉起的雙掌裡，痛不欲生的道：「如果有別的選擇，我肯捨得丟下你嗎？」

尹清雅道：「你要去多久？」

高彥抬頭道：「一來一回，至少要三天三夜。你可以遲些才走嗎？」

尹清雅氣道：「不可以！」

高彥劇震道：「雅兒！」

尹清雅「噗哧」笑道：「人家陪你去。」

高彥失聲道：「甚麼？」

尹清雅毫不在乎的道：「有甚麼大驚小怪的？我尹清雅不如你嗎？上次在邊荒被楚無暇追殺，在白雲山區全賴本姑娘救了你一命，今回如果我不同你去，你肯定沒命回來。」

高彥嘆道：「如果可以和你同去，我哪肯一個人去？今次可不同上次，上次只是逃命，那是我高彥最擅長的事，但今次卻是去執行探敵的任務，危險將會倍增，你這麼一位千嬌百媚的姑娘，落到敵人手中後果是不堪想像的，你一定要打消這個念頭。」

尹清雅頓足大嗔道：「你這個混蛋，可否少說點廢話，本姑娘到邊荒集來，只能玩三天，你卻滾了去北面的戰線探聽敵情，那本姑娘還可以幹甚麼呢？誰來陪我玩？我不管，你不答應我便不讓你離開，是否想我以後都不理睬你？」

高彥把臉埋入雙掌內，痛苦的道：「如果只是我一個人去，我有十成把握可以活著回來見你。但如果你和我一起去，我便沒有半成把握。」

尹清雅哂道：「一計不成又另出一計，首先是誇大危險務要令我知難而退，現在又想以本身的安危來威脅我。高彥！你那一套對我是沒有用的，我早看穿了你這個人。」

高彥抬起頭來，發了半晌呆後，緩緩道：「眞古怪！我的確有點被你看通看透的感覺。但我怎捨得讓我的雅兒去冒險呢？秘人實在太可怕了，像花妖，像那個叫向雨田的怪傢伙。若你有甚麼閃失，我如何對得起你師父聶天還呢？」

尹清雅笑得花枝亂顫的喘息著道：「你的臉皮眞厚，竟把我師父也祭出來。死小子！你聽著，這是唯一可證明你是邊荒集最出色風媒的機會。證明給我看吧！只有事實才可以證明你是否實至名歸。」

高彥道：「我眞的拗不過你，不過你要答應我一件事，且要立下誓言，否則我怎麼都不會讓你去的。」

尹清雅從容道：「劃下道兒來吧！」

高彥正容道：「雅兒必須立誓絕不讓敵人生擒，否則寧願服毒自盡。」

尹清雅笑盈盈的道：「先給我看你提供的毒藥。」

高彥尷尬的道：「又給你看穿了。唉！我怎能帶你去呢？」

尹清雅怒道：「虧你還說甚麼愛人家，這是甚麼娘的愛？有這麼刺激好玩的事，竟撇開我自己一個人去玩個夠。你不覺得慚愧嗎？」

高彥一呆道：「剛才你是否說我們間確實有愛？」

尹清雅沒好氣的道：「我只是陪你去探險，並沒有打算做你的露水情人，不要想歪了心，快說！究竟肯不肯帶我去。我要一個爽快的答覆。」

高彥盡最後努力，道：「只剩下一個問題。我們這樣一起去出生入死，朝夕相對，一起吃一起睡，雖然我的定力相當不錯，但總不是聖人，何況聖人也有錯的時候。哈！你知道哩！如果我控制不了自己，雅兒你豈非要吃大虧？」

尹清雅兩眼上翻，嘆道：「低手出招，眞教人不忍卒聽。你控制不了沒有問題，最重要是我有控制你的辦法，沒話好說了吧？」

高彥肅容道：「關鍵處正在這裡，你是不可以向我動粗的，打傷了我，會影響我求生保命的能力。更絕不可以制我的穴道，因爲點穴手法最傷元氣，傷了我的元氣便沒法畫『猛鬼勿近符』，邊荒那麼多遊魂野鬼……」

尹清雅打岔嬌嗔道：「不准提『鬼』字。」

高彥心中暗喜，續道：「在這樣的情況下，你又不可以武力反抗，肯定會失身於我，好像划不來吧！如果眞的發生了這樣的事，你如何向你師父交代？」

尹清雅笑臉如花的道：「師父早認爲我陪你睡過呢！」

高彥目瞪口呆地盯著她。

尹清雅俏臉紅起來，大嗔道：「死小子！有甚麼好看的？你不是說過甚麼共度春宵嗎？師父當然會把你的假話當眞話哩！我才不會向師父解釋這種事。好了！死小子臭小子，我最後一次問你，肯不肯帶我去？如果仍然說不，我立即離開邊荒，永遠都不再回來，更永遠都不要見你這個浪得虛名的混蛋。」

高彥道：「你眞的不怕被我佔便宜？」

尹清雅漫不經意地答道：「能佔我的便宜，算你本事好哩！」

高彥終於雙目放光，搓手道：「好！一個願打一個願捱，我就賭這一手，成交！」

尹清雅雀躍道：「這才像樣。我們立即起程。」

高彥下了決定，整個人神氣起來，鬥志昂揚，興奮的道：「有你大小姐陪吃、陪睡，苦差立即變成樂事。在到泗水前，先到我的秘巢取裝備，那都是我多年來搜購的好東西。我們走吧！」

紀千千睜開眼睛，望著窗外，輕呼道：「下雪了！」

馬車外雨雪飄飛。

坐在她身旁的小詩淒然道：「小姐！你好點了嗎？」

馬車隨大隊走在往滎陽的官道上，途中會在路經的多個城市停留，現在關東之地盡入慕容垂手中，再不用像以前般晝伏夜行。

紀千千伸手輕撫愛婢臉頰，微笑道：「當然沒事，再多休息一會兒我便可以回復生龍活虎哩！不要瞎擔心。」

小詩雙目淚光閃動，道：「小姐昨晚還好好的，今早卻忽然病倒了。噢！」

紀千千摟著她肩膀，皺眉道：「不要哭！好嗎？」

小詩悲泣道：「都是我不好，小姐當日若不理我，隨燕公子離開，今天便不用受苦。」

紀千千勉力振起精神，道：「以後再不准說這種話，我們是姊妹而非主從，大家同甘共苦。這一場仗我們是絕不會輸的，我也永遠不會向惡勢力屈服。終有一天我們會回復自由，這個好日子正逐漸臨近，我是不會放棄的。」

外面的雪愈下愈大了。

巴陵城。

聶天還站在窗前，看著夕陽斜照下的園林景色，心中惦念著尹清雅。這丫頭該已抵達邊荒集，有紅子春照拂她，理該不會出事。希望她氣過了便乖乖回家，千萬勿要與高彥那小子纏上了。

想起高彥，他便無名火起。

想想也覺好笑，他聶天還跺下腳都可震動大江，偏是奈何不了這麼一個荒人小子。對凡事都傾向以武力解決的他來說，這可算是一種新的感受。

這小子怎可能如此福大命大？他親自出手的一次，還可說有燕飛從中作梗；可是桓玄派出了譙嫩玉，仍奈何不了他，就眞是出人意表。也幸好毒不死他，否則如何面對雅兒？想到這裡，也不由暗抹一把冷汗。

雅兒是否眞的愛上了那小子呢？

「任小姐到！」

聶天還應道：「請她進來。」緩緩轉身，看著任青媞從書齋敞開的門進入齋內，她清減了少許，仍是那麼迷人。

任青媞直趨他身前，施禮道：「聶幫主福安。」

聶天還壓下因見到她而激盪的情緒，淡淡道：「任后消瘦了哩！當是路途辛苦。」

任青媞沒有直接回應他，柔聲道：「乾歸在建康刺殺劉裕失手，反給他宰了。」

聶天還雙目精芒驟盛，沉聲道：「竟有此事，桓玄有何反應？」

任青媞唇角露出一絲不屑的表情，從容道：「桓玄立即與乾歸的末亡人搭上了。」

聶天還爲之愕然，好一會兒才道：「你怎會知道的？這種失德的事，桓玄該唯恐暴露才是。」

任青媞道：「我是猜出來的。首先是桓玄對我忽然改變態度，隨便找個藉口要我離開廣陵。其次是他最後見我時，我感應到當時有人躲在屛風後。以桓玄的自負，根本不用高手在暗裡保護，何況我還嗅到桓玄身帶脂粉的香氣，躲在暗處的這人肯定是譙嫩玉，桓玄借驅走我來向她表明心意。」

聶天還一時說不出話來。

任青媞肅容道：「聶幫主正處於非常不利的位置。」

聶天還狠狠罵道：「這個狼心狗肺的小子。」

任青媞淡淡道：「聶幫主不是今天才清楚桓玄是怎樣的一個人吧！現在桓玄和譙縱兩人的關係因譙嫩玉進一步加強，聶幫主反變成了外人，聶幫主有甚麼打算呢？」

聶天還回復平靜，微笑道：「我可以有甚麼打算？一天未攻陷建康，桓玄一天不敢動我。打從開始，大家都清楚明白是互相利用的關係，各施其法，誰都沒得好怨的。」

任青媞道：「桓玄若得了建康又如何呢？」

聶天還道：「那就要看各方形勢的發展，建康可能不是終結，而是開始。」

任青媞道：「各方形勢的發展是否指邊荒集、北府兵和天師軍呢？容我提醒幫主，我曾代表桓玄去密會劉牢之，他絕非不可動搖的人。」

聶天還愕然道：「劉牢之？」

任青媞道：「如劉牢之重投桓玄懷抱，幫主的利用價値會驟減，須小心『狡兔死，走狗烹』這千古不移的至理。」

聶天還露出一個高深莫測的笑容，輕鬆的道：「我並不是桓玄的走狗，他如果這麼想，會發覺自己錯得很厲害。」

任青媞道：「幫主既有把握，青提不再多言了。」

聶天還猶豫片刻，問道：「任后有甚麼打算？」

任青媞道：「如幫主不介意，我想在洞庭找個清靜的地方，休息一段日子。青媞實在很累哩！」

第三十五章　素女心法

劉裕和宋悲風在入黑後，登上一艘往來廣陵和建康，屬於孔老大的貨船，順流往廣陵駛去。屠奉三則坐他到建康來的原船，與追隨他多年的十多名手下，先一步到前線去。

蒯恩留在建康，一邊操練陸續抵達的荒人部隊，一邊等候指令，隨時可以開赴前線，投入戰爭。

在一般情況下，司馬道子是絕不肯接受這種方式的外援，可是現在是晉室生死存亡的關鍵時刻，兼且人數不過二千，劉裕又是眼前唯一可以箝制劉牢之的北府將領，所以司馬道子只好點頭同意。

蒯恩將由司馬元顯親自照拂，王弘則從旁協助。這批荒人子弟兵，在名義上被收入樂屬軍的編制裡，以掩人耳目，事實上他們是由蒯恩直接指揮，司馬元顯只能透過蒯恩向他們發令。

劉裕立在船首，任由大江陣陣颳來的寒風吹得髮飛衣揚，心中百感交集。

幾經辛苦後，他終於踏上人生的另一段路程，正式展開他在南方的征戰生涯，可以想像由這刻開始，他將沒有歇下來的機會，只能盡力奮鬥，直至擊敗所有敵人和反對者。

建康被拋在後方，就像告別了一個過去了的夢，但他的建康夢醒了嗎？不過無論如何，這是個令他歷盡滄桑、神傷魂斷的城市。就是在那裡，他遇上王淡眞，展開一場結局淒涼的苦戀。也只是昨晚，他遭到情場上的淝水之敗，飽受屈辱，體會了高門寒門不可踰越的隔閡。更明白淡眞對他的恩寵，是如何令人感到心碎的珍貴，也更使他懷念淡眞，更忘不了她遭受的恥恨。

從一個藉藉無名的北府兵探子，至掙至現在的權勢地位，其中似經過了無數世的輪迴劫難，現在他終於有了明確的軍事目標，前路清楚展現眼前，再非像以前的見關過關，如若在波濤洶湧的怒海掙扎求存，茫然不知陸岸在哪個方向。

屠奉三已擬定全盤作戰計畫。

首先他們要佔領已落入天師軍之手的海鹽，建立在前線可攻可守的堅強據點，始可以展開對付天師軍的大計。

劉裕別頭朝建康瞧去，仍隱見在大江兩岸的點點燈火。

劉裕深吸一口氣，心忖如他能重回建康之日，天師軍將已全面潰敗，而他與桓玄的正面交鋒，亦會展開。

但他真的能活著回來，向所有人證實，他的確是如假包換的眞命天子嗎？

他內心深處感到無比的戰慄。

自淡眞服毒身亡後，他曉得自己再沒有別的選擇，也沒法走回頭路。只有死亡才可以令他停下來。

邊荒集西北三十里一個隱蔽的山谷裡，高彥「一號行宮」所在的荒棄小村落，在愈下愈密的雪花裡，似與天地渾融爲一體，失去了影蹤。

在荒村後的密林裡，有一座經修補的房舍，離村近千步之遠，即使有敵人到村內搜索，除非搜遍谷內每一寸的地方，否則定會忽略這棟小屋。

如非比別的行宮隱蔽，也沒資格作高彥的「一號行宮」。此屋也是高彥要到邊荒辦事的第一站，途中有種種手段布置，可把任何試圖追蹤他的敵人撇掉，然後再往其他地方辦事。

「一號行宮」下有個地庫，高彥放了各式各樣的裝備和工具，全是高彥藉之成爲邊荒首席風媒的謀生法寶。除小軻外，其他手下亦不曉得有這麼一個地方。

此時高彥在燈火映照下，正從地庫把合用的工具搬上來，次序井然的排放在房內的石板地上。這盞燈是特製的，上有寬蓋，只照亮了地面，燈火不會洩出屋外，惹人注目。

尹清雅脫掉靴子，盤膝坐在床沿處，長劍擺在身旁，大感有趣的看著高彥忙個不休。

高彥情緒高漲的舉起兩件棉袍，得意的道：「看我多麼有先見之明，百寶袍也有兩件，不要小覷這似是平常的禦寒衣，這可是我在邊荒集以重金請人縫製的，質輕卻又能禦寒，不畏雨雪，最特別是可以轉換顏色，反過來便是純白色，試想從頭至腳都被白色包裹，在風雪裡就像隱了形似的。棉袍還有十多個明袋暗袋，可以放置不同的有用法寶。」

最後斜兜她一眼，笑道：「雅兒悶嗎？待我整理好我們兩對『雪翔飛靴』後，我便來說故事爲你解悶兒。」

尹清雅由盤膝變爲曲腳，雙手抱著小腿，下頷枕到雙膝間，在床上俯視著高彥，輕輕叫道：「高彥！高彥！」

高彥被她喚得心都軟了，放下手上的工作，仰臉柔聲道：「有甚麼事呢？」

伊清雅道：「你知否爲何我明知危險，也敢陪你到邊荒去執行任務呢？」

高彥心忖當然是因爲你愛我，捨不得和老子分開，才會這麼做。想是這麼想，卻不敢說出來，怕觸怒她，破壞了兩人間此刻得來不易的融洽氣氛。

欣然道：「這也有理由的嗎？有些事不是全不講理智的嗎？像你要隨我來，我就帶你來。哈！說吧！但不許說假話。我現在是禁不起刺激的。今趟實在太刺激了，我的負荷已接近崩潰的邊緣。」

尹清雅「噗哧」嬌笑，橫他一眼，似是用眼神罵了他一句「你這死性不改的臭小子」，然後油然道：「你要聽眞話，我便說眞話給你聽。原因很簡單，是我的劍法大有精進，尤其在輕身功夫一項上的進步更神奇。」

高彥爲之愕然，一時掌握不到尹清雅這番話背後的含意，茫然點頭，不知該如何回應她。

尹清雅道：「師父的確有眼光，他看出我在練武方面很有天分，唯一的問題是缺乏歷練和實戰的經驗，所以讓我多次隨郝大哥到外面闖蕩，也因而認識你這小子。」

高彥仍沒法掌握她說話的動機，只好順著她的語氣道：「我的雅兒當然不同凡響。」

尹清雅笑道：「甚麼你的我的，你愛說便說吧！但休想我認同。言歸正傳，上回在邊荒被楚無暇追趕了近百里路，事後我很不服氣，所以在回兩湖途上，便專注練功，返兩湖後，更每天找人對仗，把從實戰領悟回來的訣竅，融會貫通。現在儘管再遇上燕飛，他想生擒我嗎？待下一世吧。」

高彥聽得糊塗起來，問道：「你找誰練劍？」

尹清雅傲然道：「當然是我師父，其他人都不夠資格。」

高彥心忖難怪她的功夫這麼好，原來是由南方位居「外九品高手」榜上次席的聶天還親手教出來的。

尹清雅唇角逸出一絲忍俊不住，帶點狡猾頑皮的笑容，續道：「我的根基雖由師父爲我打下，但不論心法招式均和師父大相逕庭，因爲師父是依他得來的一本叫《素身劍經》的劍術寶典，傳人家劍術的。所以我的劍便以『素女』來命名。」

高彥忍不住問道：「雅兒為何忽然說及這些事呢？這與你夠膽子陪我去冒險有甚麼關係？」

尹清雅似忍不住的笑道：「當然大有關係哩！我剛達到《素身劍經》中所描述的初成境界，因而劍法大進，再遇上楚無暇也非全無勝望，否則也擋不了向雨田那傢伙全力擲出的半截榴木棍，救不了你這小子。」

高彥點頭道：「回想當時的情況，雅兒的確比以前厲害多了。」

尹清雅嘟起小嘴，得意的道：「所以我定要陪你來，因為我有保護你這小子的能力，同時也可藉此機會多點磨練。」

高彥一頭霧水道：「很好！很好！」

尹清雅「噗哧」嬌笑起來，斜眼兒著他道：「《素身劍經》顧名思義，只有保持處子元陰之質才能練習，如果一旦失去處子之軀，功力會忽然大幅減退，還會患病。死小子！明白了嗎？」

高彥終於明白過來，呆瞪著她，好一會兒才艱難的道：「你在騙我，對嗎？根本沒有《素身劍經》這回事。」

尹清雅得意的道：「誰騙你呢？本姑娘哪來這種閒情。讓我警告你，千萬不可以對我心懷不軌，如我在這方面有甚麼閃失，我不但沒法保護你，且會成為你的負累，那麼你不但完成不了任務，我們也沒命回去。」

高彥狂叫道：「這不是真的。你在騙我，快告訴我你只是騙我。」

尹清雅做出噤聲的手勢，嗔道：「別大吵大嚷行嗎？想把秘人引來嗎？順道告訴你一件事，你絕不可以對人家動手動腳，喜歡便摟摟抱抱的，那會影響本姑娘的素女心法，清楚了嗎？」

說畢忍不住花枝亂顫的笑個不停，那模樣說有多誘人便多誘人。

高彥呆看著她，恨得牙癢癢的，偏是拿她沒法。

尹清雅移到床的另一邊，把劍放到床的正中，掀被道：「這把劍是我們的楚河漢界，想保持和平便不要越界半步。人家對你是格外開恩的了！准你睡在同一張床上。」

高彥說不出半句話來。

王鎮惡離開大江幫的總壇，從東大街進入夜窩子，想到說書館去找劉穆之共進晚膳。

那感覺就像從黑暗走向光明，且是七彩繽紛的世界。街上擠滿來尋樂子的荒人和參加邊荒遊的團客。在這裡，你會忘掉外間發生的一切。

王鎮惡並不喜歡這種感覺，那種醉生夢死的頹廢感覺，更不合他的脾性。很小他便養成時刻自我警惕的習慣，反而在戰場才可放鬆下來，所以他一直相信，自己是吃軍事這口飯的人才，這令他在戰場上更能從容自若。他絕不怕與慕容垂在戰場正面交鋒，儘管對方被譽為繼王猛之後最出色的統帥，他甚至還非常期待這個機會，他要證明由王猛調教出來的孫兒，不會遜色於任何人。

想著想著，忽然間他發現正置身古鐘廣場，在輝煌的燈火裡，雨雪漫天而降，卻無損眾人到這裡來狂歡的熱情。

數以萬計的荒人，摩肩接踵的在林立的各種攤檔間樂而忘返，盡情的看，盡情的笑，盡情的享受著人生。

王鎮惡心想邊荒集確實是夢幻般的奇異地方，每次進入古鐘廣場，他都有這種念頭，皆因以前他連作夢也未曾想過世界上會有這樣的一處地方。

古鐘樓高聳於廣場核心，似對周圍發生的事全不知情，孤傲不群。誰想過在不久以前，這座建築物是決定了一場激烈大戰成敗的關鍵。

王鎮惡猛地停下，目光落在一個人的背影上。

那人頭戴竹笠，身披灰色長披風，比對起周圍穿上寒衣的人們，他的衣衫頗爲單薄，可是卻沒有絲毫瑟縮的情態，且由於他長得比一般人要高出整個頭，故雖是站在圍觀一個雜耍攤檔的人群最後排處，仍看得非常投入，不住喝采鼓掌！像個天眞的大孩子。

王鎮惡提聚功力，緩緩接近他。

當王鎮惡離他尚有半丈距離，正要雙掌齊發，按在他背上的一刻，那人像背後長了眼睛般，旋風般轉身，微笑道：「王兄你好！」

赫然是秘人向雨田。

王鎮惡暗恨錯失從背後偷襲他的良機，正要喚出他的名字，希望附近有知情的夜窩族兄弟或姊妹，立即去通風報信。向雨田已先他一步從容道：「王兄最好不要提及本人的名字，否則我會全力出手，直至擊殺王兄，然後溜之大吉，王兄千萬勿要嘗試。」

又訝道：「夜窩子不是不准武鬥爭執嗎？外面的恩恩怨怨，絕不可以帶進這個區域來，來這裡唯一的事是尋歡作樂，到明天日出，夜窩子才會消失，我有說錯嗎？」

王鎮惡感到自己落在下風，連他是一意在這裡等待自己，還是湊巧碰上也弄不清楚。不過有一件事是肯定的，如惹火了向雨田，此人絕對有能力把夜窩子鬧個天翻地覆，那對邊荒集是有害無益。

權衡利害下，王鎮惡打消出手的念頭，皺眉道：「向兄到夜窩子來，有何目的呢？」

向雨田見不住有人從他們中間走過，說起話來非常不方便，提議道：「我們邊走邊談好嗎？哈！找個地方喝酒聊天如何？不用害怕，我絕對尊重夜窩子不動干戈、只尋樂子的天條，我說的話，從來沒有不算數的。」

說罷領頭朝古鐘樓的方向舉步，王鎮惡別無選擇，更不願任他離開視線，只好快走兩步，與他並肩而行，那感覺非常古怪。

向雨田瞥他一眼，微笑道：「如果我沒及時轉身，王兄眞的會從背後偷襲我嗎？」

王鎮惡理所當然的道：「現在是貴族與荒人全面開戰的時候，不是一般江湖鬥爭，向兄認爲我仍須講江湖規矩嗎？」

向雨田啞然笑道：「王兄很坦白。不過若換了王兄是燕飛，他會在背後偷襲我嗎？不會！對嗎？因爲燕飛有自信可在正面對決的情況下擊敗我，事實是否如此，當然要見過眞章方曉得。只從這點，便知王兄上次之敗，對王兄生出影響。」

王鎮惡不悅道：「向兄是否專程來羞辱我？」

向雨田笑道：「我絕沒有這個意思，只是我習慣了思索人性這問題，喜歡把握人的本質。事實上我雖與王兄處於敵對的關係，但對王兄卻頗有好感，因爲像你這般有膽色的人，這世上愈來愈少哩！」

王鎮惡的感覺好了些兒，此時向雨田與他經過鐘樓，朝小建康的方向走去，後者還大感興趣的朝樓上的古鐘張望。

王鎮惡道：「向兄到邊荒集來，不是只為到夜窩子湊熱鬧吧！」

向雨田欣然道：「王兄今次猜錯哩！我的確是一心來湊熱鬧的。我們秘人一年四季，每季都有一個狂歡節，狂歌熱舞整夜，人人拋開平時的身分包袱，投入狂歡節中。今天正好是秋節的大日子，我習慣哩！時候一到體內的歡樂蟲便蠢蠢欲動，不由自主的摸入集來，所以你要對我有信心，今晚我是不會惹是生非的。難得才有你這個好伴兒，可解我思鄉之心，我怎會開罪你？」

王鎮惡聽得乏言回應，更弄不清楚向雨田是怎樣的一個人。

向雨田微笑道：「告訴我，我有殺過一個荒人嗎？」

王鎮惡為之愕然，搖頭道：「在這方面向兄確實非常克制，不過如果向兄成功刺殺高彥，那高彥將是第一個命喪向兄之手的荒人。」

向雨田笑道：「如不是因高彥在這場鬥爭裡舉足輕重，我怎會對他下毒手？唉！真希望這些事快些了結，讓我得到自由。」

王鎮惡大訝道：「向兄竟害怕殺人嗎？那天你讓我走，是否基於同樣原因？」

向雨田淡淡道：「我不想殺人是有原因的，如果可以殺死王兄，我也會毫不猶豫的這麼做，別人不知道你在戰場上的本事，但怎瞞得過我向雨田？到哩！哈，真熱鬧，我們到裡面把酒談心如何？」

向雨田駐足一家酒鋪門外，作出邀請。

此處乃夜窩子的邊緣區，再過去便是小建康，王鎮惡只好點頭同意，與他進入酒鋪去。

第三十六章　殺人名額

鬧哄哄的酒舖內，兩人對坐位於一角的桌子，酒過三巡後，向雨田笑道：「眞想高歌一曲，哈！今晚很好！今晚我非常高興。」

王鎮惡心中一動，暗忖可能巧值秘族狂歡節的大日子，此時的向雨田正處於異於平常的狀態下，說不定可從他身上套出點秘密。再勸飮一杯，道：「向兄爲何不輕易動手殺人呢？似乎與秘族一貫凶悍的作風背道而馳。」

向雨田嘆道：「此事說來話長，更是一言難盡。王兄有沒有辦法張羅一罈雪澗香？聽說這是邊荒第一名釀，不過現在喝的女兒紅也相當不錯。」

王鎮惡道：「如果向兄肯立即息止干戈，我可以爲你辦到。」

向雨田苦笑道：「公歸公，私歸私，你的提議是不切實際的，我們秘人是有恩必報，答應過人家的事絕不會中途而廢。我坦白告訴你，邊荒集是沒有將來的，拓跋珪更沒有希望。王兄若是識時務的人，應立即遠離邊荒集，到甚麼地方都好，怎都勝過在這裡等死。」

王鎮惡微笑道：「只要死得轟轟烈烈，縱死也甘心。」

向雨田雙目亮起來，舉罈爲他和自己斟酒，然後舉杯道：「王兄對死亡的看法，與我截然不同，但我仍佩服王兄看透生死的胸襟，來！再喝一杯，我們今夜不醉無歸。」

兩人再盡一杯。

王鎮惡道：「向兄對我們邊荒集的情況倒非常清楚，竟曉得有雪澗香。」

向雨田坦然道：「我對邊荒集的認識，大部分是從燕人那裡聽來的。像高彥那個傢伙，如果不是燕人屢次強調他在此戰中能起的作用，打死我也不相信他可以影響戰果。」

王鎮惡忍不住問道：「憑向兄的身手，那次在鎮荒崗，該有機會可以得手，爲何輕易錯過呢？」

向雨田搖頭道：「教我如何解釋？我的事王兄是很難明白的。可以這麼說，爲了更遠大的目標，我是必須戒殺的，當然更不可以濫殺，否則得不償失。」

王鎮惡大惑不解道：「向兄這番話確實令人難解。依我看向兄該是那種天不怕、地不怕的人，想到便做，不會有任何顧忌。」

向雨田點頭道：「你看得很準，只是不明白我的情況，而我亦很難解釋，說出來亦怕你不肯相信。」又苦笑道：「不怕告訴你，今回我是有個殺人名額的，名額只限三人，於我的立場來說，這三人正是邊荒集最該殺的荒人。」

王鎮惡訝道：「殺人名額？那我是否其中之一呢？」

向雨田笑道：「可能是，也可能不是。只有兩個是燕人指定的，最後一個則任我挑選，可算入我的刺殺名單。只要幹掉這三個人，我便算向本族還了欠債，從此可脫離秘族，過自由自在的生活。」

王鎮惡道：「一個是高彥，另一個是誰呢？」

向雨田微笑道：「以王兄的才智，怎會猜不著呢？」

王鎮惡一震道：「燕飛！」

向雨田欣然道：「縱然燕人沒有指定我必須殺死燕飛，我向雨田也不會放過他，如此對手，豈是易求？」

王鎭惡心忖如果向雨田眞能殺死燕飛，邊荒集肯定不戰而潰，而向雨田則不負慕容垂之託。

向雨田興致盎然的問道：「王兄見過燕飛嗎？噢！你當然見過，否則不會指他是我的勁敵。他究竟是怎樣的一個人？」

王鎭惡呆了一呆，道：「我眞不知道如何回答你的問題，並不是故意爲他隱瞞，而是不知如何可以貼切地描述他。他是個很特別的人，總而言之與其他荒人高手不同，至於不同處在哪裡，我又說不上來。我自問看人很有一手，其他人我多留心點，會曉得其高低強弱，但對燕飛我卻沒法掌握，有點像遇上向兄的情況。」

向雨田雙目神光一閃即逝，點頭道：「那便是高深莫測了。看來燕飛已抵能上窺天道的境界，難怪有資格斬殺練成『十住大乘功』的竺法慶。哈！我恨不得能立即見到他。」

王鎭惡道：「向兄究竟是怎樣的一個人？」

向雨田攤手道：「你又究竟是怎樣的一個人呢？如果你能給我一個滿意的答案，我便老實作答。人是很難弄清楚自己的，一方面是因知之太深，又或不願坦誠面對自己，總言之沒有人能回答這個問題，就算說得出來，通常也經過美化和修飾。有些念頭更是你永遠不想讓人知道的。對嗎？」

王鎭惡爲之語塞。

向雨田微笑道：「王兄對我這麼有興趣，不是因爲我是朋友，反因我是敵人，所以要盡量弄清楚我的虛實，再設計對付。告訴你吧！你們荒人今回是絕無僥倖的，現在由此往北塞的道路已被風雪封鎖，你們北上的水道交通又被燕人截斷，而拓跋珪則陷於沒有希望的苦戰裡，當明年春暖花開之時，他就完蛋了，你們荒人也會跟著完蛋。相信我吧！要離開便及早離開，荒人的命運是注定了的。」

王鎮惡心中一動道：「秘族是否只有向兄一人到邊荒來呢？」

向雨田唇邊的笑意不住擴展，平靜的道：「請恕小弟不能答王兄這句話。」

王鎮惡已從他眼睛洩露的讚賞神色曉得答案，掌握機會，忽然改變話題問道：「花妖是否貴族的人？」

向雨田輕顫一下，垂下目光，探手抓著酒杯。

王鎮惡想不到他竟有此反應，心中納悶，舉罈爲他倒酒，同時道：「向兄如不樂意，不用回答。」

向雨田像被勾起無限的心事，舉杯一口飲盡，放下酒杯，目光凝注桌面，道：「他不單是秘人，還是我的師兄，不過早被師尊逐出門牆，如果不是這樣，師尊也不會再收我這個徒弟。」

接著雙目回復澄明神色，盯著王鎮惡道：「王兄可知爲何我要透露這個秘密嗎？」

王鎮惡茫然搖頭，道：「只要向兄一句話，我絕不會洩露此事。」

向雨田點頭道：「王兄確有乃祖之風。」

稍頓續道：「我要說出他的故事，是因邊荒集是他埋身之地。而王兄是荒人，對你說等於向荒人澄清他的冤屈，算是我對他做的一件好事。」

王鎮惡是到邊荒集後，方曉得花妖的事，聞言愕然道：「冤屈？向兄不是在說笑吧！」

向雨田苦笑道：「我早知你會這麼說，箇中情況，我實難以解釋詳盡。簡單來說，他本來不是這樣子的，可是在某種奇異的狀況下著了魔，致性情大變，不但出賣了族主，令他被你爺爺俘虜，還四出作惡，你們成功殺死他，實是功德無量，我敢肯定他若在天有靈，會非常感激你們結束了他邪惡的生命。這也是敝門欠下秘人的債，所以須由我償還。」

王鎮惡沉聲道：「向兄說的話，每一句都清楚明白，但我卻愈聽愈糊塗。向兄指的在某種奇異情況下著了魔，是否類似練功的走火入魔？可是我從未聽過有人因練功出岔子，會從本性善良變成採花淫魔的。」

向雨田嘆道：「天下無奇不有，其中眞正情況，請恕我不能說出來。唉！人都死了，我還有甚麼好爲他掩飾的。哈！荒人眞有本事，竟有辦法殺死我師兄，省了我一番工夫。」

王鎮惡愕然道：「向兄準備親手殺死他嗎？」

向雨田若無其事的道：「這個當然，不由我出手清理門戶，該由誰負責呢？不妨再向你透露一個秘密，我之所以不敢濫殺，不敢任意妄爲，是因有我師兄作前車之鑑，我怕重蹈他的覆轍。聽到我這麼說，王兄或會想：當然了！你和他修的是相同的武功心法，走的是相同的路子。你這麼想是合乎情理的，但卻是差之毫釐、謬以千里，眞正的情況，是完全超乎你想像之外的。」

王鎮惡道：「向兄是不打算說出來了，對嗎？」

向雨田聳肩道：「這個當然。不過話雖只說一半，但感覺上我已舒服多了。哈！小白雁不是到邊荒集來了嗎？爲何不見高彥帶她來逛夜窩子？」

王鎮惡嘆道：「你是準備在夜窩子刺殺高彥了，但爲何要告訴我呢？」

向雨田訝道：「爲何王兄看穿我的意圖，仍然毫不緊張呢？一定有道理的，對！因爲高彥根本不會到夜窩子來，這麼說，他該是到泗水探敵去了。哈！王兄終於色變哩！」

王鎮惡雙目殺機大盛。

向雨田仍是一副毫不在乎的從容姿態，道：「王兄不但有情義，說不把生死放在心上更非隨口說說，明知不是我的對手，仍想動武。坦白說，我是不會在狂歡節期間殺人的，這是秘族的傳統，故意提起高彥，只是心中疑惑，說出來看王兄的反應吧！」

王鎮惡淡然道：「過了今晚又如何呢？」

向雨田雙目精芒大盛，與王鎮惡毫不相讓的對視，道：「我們來玩個有趣的遊戲如何呢？」

王鎮惡發覺自己真的沒法掌握這個人的想法，他的行事總出人意表，更會被他牽著鼻子走，陷於完全的被動。

王鎮惡道：「向兄說出來吧！」

向雨田道：「由現在開始，我給你們十二個時辰，這期間我不會離開邊荒集半步，只要你們能像上次那般把我找出來，便有殺死我的機會。但時限一過，我立刻動身到泗水去，高彥他肯定沒命，這個遊戲有趣嗎？」

王鎮惡聽得頭皮發麻，向雨田的邀請是輪不到他們拒絕的，否則若讓他曉得高彥在哪，憑他的才智武功，高彥肯定難逃毒手。

說到底，向雨田要弄清楚他們憑甚麼能輕易找到他，不弄清楚此點，向雨田在邊荒集是步步驚心，睡難安寢。

這個人太厲害了。

王鎮惡冷靜地起身，沉聲道：「我們荒人會奉陪到底，向兄小心了！」

說罷，隨即離開。

小屋的黑暗裡。

尹清雅輕呼道：「高彥！高彥！你睡著了嗎？」

高彥早苦候多時，忙側身朝向她道：「娘子有何吩咐？」

尹清雅道：「剛才是甚麼聲音？是否有人在號哭？」

高彥道：「在邊荒，最多是野狼和禿鷹，剛才是狼的呼叫聲，聽聲音離我們的小谷有五、六里遠，娘子不用擔心。」

尹清雅天真的問道：「牠們會不會吃人？」

高彥道：「凡有血肉的東西牠們都吃，亦愛吃腐肉，所以在邊荒的野鬼，都只剩下一副骷髏，原因在此。」

尹清雅嬌嗔道：「你又在嚇人哩！」

高彥道：「告訴我，你先前說的不是眞的，像我一樣是在胡謅。」

尹清雅嗔道：「高彥啊！你說過的話究竟是否算數？又說甚麼會待我師父答應我們的事，才會……不說哩！」

高彥毫不羞慚的道：「我說過的話怎會不算數呢？問題出在娘子身上，你當時並沒有答應我，例如假如師父如此如此，人家便如此如此諸如此類，此事當然告吹。如此我只好不充英雄，先和娘子成親，讓娘子生下兒子後，才回兩湖向岳師父請罪。」

尹清雅坐將起來，大嗔道：「你在耍無賴！」

高彥大樂道：「除非這樣吧！你先親口答應我，如果你師父肯點頭，你便會乖乖的嫁給我，我當然會執行承諾，那我頂多只是摟摟抱抱，親個嘴兒，絕不會越軌。」

尹清雅嘟起嘴兒狠狠道：「死小子！還要我說多少次，人家根本沒想過要嫁給你。」

高彥笑嘻嘻的坐起來，欣然道：「娘子真懂得閨房之樂，曉得甚麼時候和我耍幾招花槍，其中肯定有一招叫『故布疑陣』，另一招是『欲拒還迎』，哈！沒有人比我更清楚娘子的心意。」

尹清雅聽他說得有趣，忍俊不住笑起來，又笑盈盈道：「你試試再喚一聲娘子，人家嫁給你了嗎？」

高彥提醒道：「你這麼快忘記了答應過的事嗎？既不可以對我動粗，更不可以點我的穴道。否則白骨精出現時，誰給你施展猛鬼勿近符法？」

尹清雅氣道：「你才善忘，我說的素女心法禁忌千眞萬確，我尹清雅像你這般無恥嗎？我何時說過謊呢？」

高彥一呆道：「眞的嗎？求雅兒不要騙我吧！上次又沒聽你提及。」

尹清雅得意的道：「那回怎麼相同呢？我可以制止你啊。但今回嘛！又不准人家動手反抗，你使壞時人家怎麼辦？只好坦白告訴你眞相。嘻！這眞是千眞萬確，沒有一字是假的。」

高彥恨得牙癢癢的道：「天下間怎會有這樣的武功？我不相信。」

尹清雅嬌笑道：「你信也好，不信也好，事實便是事實，你今晚勿要越界。」說罷躺回床上去，打個呵欠道：「和你這小子說話很花力氣，雅兒睏了！要睡覺了。」

高彥嘆道：「親個嘴兒行嗎？」

尹清雅斬釘截鐵的道：「不行！」

高彥苦笑道：「親嘴只是高手過招前的見面禮，又不是眞刀眞槍，會有甚麼影響呢？」

尹清雅低聲罵道：「狗嘴吐不出象牙，滿口髒言，鬼才會嫁你。」

高彥碰了一鼻子灰，頹然躺回去，不作一聲。

過了一會兒，尹清雅又喚道：「高彥！高彥！」

高彥頹然應道：「你不是很睏要睡覺嗎？」

尹清雅輕柔的道：「你是否生氣了？」

高彥精神大振，卻不敢表露出來，繼續以萬念俱灰的語調嘆息道：「我敢生任何人的氣，但怎敢生雅兒的氣呢？」

尹清雅道：「不要扮可憐哩！我比你所謂的明白我更清楚你，今次你是身負重任，切記循規蹈矩，否則我們會沒命回邊荒集去，所以你要做個安分的小子，我眞不是騙你的。」

高彥不服道：「親個嘴兒有甚麼問題？」

尹清雅沒好氣道：「親嘴或許沒有問題，但依你那副德性，肯止於親嘴嗎？一發不可收拾時豈非糟糕？」

高彥大樂道：「雅兒終於答應讓我親小嘴哩！哈！耐性老子當然不會缺乏，否則怎做探子？好吧！睡醒再說，時機適合時便大親嘴兒，到時你可不要再推三阻四的。」

尹清雅大嗔道：「人家只是打個譬喻，誰答應你親嘴了？」

高彥笑道：「說出口的話怎可收回去，今次輪到我睏了，睡吧！」

第三十七章　尋人遊戲

大江幫東大街總壇。

一眾鐘樓議會的成員，齊集忠義堂內，其他還有劉穆之、方鴻生和王鎭惡等人。

聽罷王鎭惡剛才的遭遇，人人色變，均曉得在與向雨田的鬥爭上，荒人已處於絕對的下風。

忠義堂的防衛由大江幫的高手負責，空前的嚴密，以免被神出鬼沒的向雨田竊聽機密，那就眞的是糟糕透頂。

王鎭惡最後總結道：「向雨田不論武功才智，均令人感到可怕，如他一意要追殺高彥，又清楚高彥的探察目標，雖說高少從沒有被人在邊荒內追殺成功的紀錄，但今次極可能是例外。」

卓狂生慘然道：「如讓向雨田離開邊荒集，今次高小子是死定了。」

慕容戰皺眉道：「卓館主爲何忽然對高少的命運如此悲觀呢？照我看是鹿死誰手，尚未可知，勝敗仍保持五五之數。」

姚猛頹然道：「若只是高小子一人，理當如此，可是小白雁也隨高小子一齊失去影蹤，肯定是這小子捨不下小白雁，帶她去了。」

紅子春劇震道：「這小子眞不長進，愛得腦袋都壞了，他就算不爲自己設想，也好該爲小白雁著想。」

拓跋儀沉聲道：「所以我們絕不可以讓向雨田活著離開。」又苦笑道：「但如此卻正中向雨田的奸計，他正是要把我們逼進絕路，在邊荒集翻天覆地的找他。」

方鴻生臉上血色盡褪，目光投往窗外正不住飄降的雪花，搖頭道：「每逢下雨或降雪，我的鼻子就不靈光，除非雪停，否則我確實無能為力。」

呼雷方轉向劉穆之道：「劉先生有甚麼好主意？」

人人把目光投向劉穆之。

這位智者仍是從容自若的神態氣度，似乎天下沒有事能令他著急，油然道：「今次向雨田故意現身見鎮惡，好對我們下挑戰書，固是絕頂高明的妙著，可是因他也是眞情眞性的人，兼之鎮惡的才智不遜於他，所以他不自覺洩露了自身的玄機，對我們來說是利弊參半。」

費二撇道：「或許鎮惡只是湊巧碰上他，而所謂公開挑戰是這小子忽然而來的念頭，先生怎可說得如此肯定？」

沒有人會認為費二撇是故意詰難劉穆之，因為費二撇說出大多數人心中的疑問。

劉穆之撚鬚笑道：「自向雨田於鎮荒崗行刺高彥不遂，我們可看到向雨田每一個行動，均是謀定後動，只要他達致目的，我們立陷萬劫不復之地。而他今次看似隨意的公開宣戰，亦深合兵家之旨，如果要憑一次巧合才能進行，那向雨田便不是我心中的向雨田。他根本是蓄意在夜窩子讓鎮惡碰上，再營造把酒言歡的氣氛，刺探高少所在，這才決定是否要對我們下戰書。」

陰奇恍然道：「對！他該是在黃昏時才入集，所以遍尋高小子而不獲，遂把心一橫，現身見鎮惡。他奶奶的！這小子的確膽大包天。」

程蒼古狠狠道：「這小子很聰明，藉向鎮惡透露與花妖的師兄弟關係，令鎮惡生出他對自己推心置腹的感覺，這才單刀直入的提及高小子，鎮惡一時不察下，被他看破端倪。好一個向雨田，我眞的沒遇過比他更有手段的人。」

姚猛不解道：「他的目標既在高小子，何不直接去追殺他，卻偏要在邊荒集多磨蹭十二個時辰呢？」

姬別罵道：「你這小子和高彥混得多了，近墨者黑，變得如他般愚蠢。向雨田這招叫一舉數得，首先是要弄清楚我們憑甚麼可以掌握他的行蹤，其次是如果我們把邊荒集翻過來搜索他，那不但會令邊荒集人心惶惶，嚇走了所有來客，更間接證實了高彥不是躲了起來，而是出外辦事去了。最後是他可從我們搜尋的行動，從而對我們在集內動員的能力作出精確的判斷，若將來他要由集內顚覆我們邊荒集，便可知道甚麼手段最有實效。」

姚猛不服道：「不要把對高小子的怨恨出在我姚猛身上，他是他，老子是老子。」

江文清嗔道：「現在豈是內訌的時候？大家冷靜點，眼前最重要的，是我們必須團結一致。」

丁宣頽然道：「但我眞的想不到解決的妙法。向雨田太明白我們了。」

呼雷方道：「一動不如一靜，我們可否耐心等候停止下雪的時機，然後憑方總的鼻子迅速找到他藏身的地方，再像對付花妖般，一舉擊殺？」

王鎭惡搖頭道：「這等若明著告訴他我們是憑氣味找到他，如此恐怕他殺人名單內的空缺，將由方總補上去。」

方鴻生立即倒抽一口氣，縱然堂內燃起兩個火爐，仍有通體寒冷的感受。

拓跋儀道：「他的所謂殺人名額，會否胡謅出來，只是他的惑敵之計？」

人人望向王鎮惡，因爲只有他有作出判斷的資格。

王鎮惡沉吟片刻，道：「不知是否我的錯覺，他似乎是不愛說假話的人，嘿！該是這麼說，他實在太自負了，根本不屑說假話。」

劉穆之微笑道：「首先我們須分析他了解我們的程度。愚見以爲他對我們所知，仍限於燕人提供的情報。由於到邊荒集時日尚淺，他該仍未能眞正掌握我們的情況。但十二個時辰後將是另一回事。我們這個對手是絕頂聰明的人，懂得如何鬥智不鬥力，如果我沒有猜錯，他是不怕被我們找到的，任我們以眾凌寡，他仍有脫身的計策。只要想想他等若另一個燕飛，大家就更能體會了。」

大堂內靜至落針可聞，只間中響起沉重的呼吸聲。

江文清道：「如此說，我們不但陷於進退兩難、絕對被動的處境，且是立於必敗之地？」

劉穆之從容道：「假若殺不掉他便算失敗，我們確實必敗無勝。但勝敗顯然不是用這種方式去界定的，只有當邊荒集被徹底毀掉，我們才是眞的輸了，現在面對的只是一時的得失。」

卓狂生鼓掌道：「說得非常精采，令我頓然感到渾身輕鬆，從進退兩難的泥淖脫身出來。」

姬別皺眉道：「我們是否以不變應萬變呢？」

劉穆之胸有成竹道：「當然不可以如此示弱。兵法之要，仍是『知己知彼，百戰不殆』這兩句話。讓我們暫時把高少的安危擱在一旁，想想該如何和向雨田玩這場遊戲？」

卓狂生用神打量他道：「先生的『守靜』功夫，我們沒有一個人可望項背。」

劉穆之謙虛的道：「或許因我不諳技擊，所以須比別人多動點腦筋吧！」

紅子春道：「請先生指點。」

劉穆之道：「首先讓我們假設向雨田今趟冒險重臨邊荒集，目的仍是要殺死高少。我這個推斷，該離實情不遠，因向雨田初露行藏，正爲了刺殺高少。由此可見他是急於完成他的『殺人名額』，還了對秘族的債，好能回復無牽無掛的自由身。」

慕容戰喝采道：「分析得好，確令人生出知敵的感覺。」

劉穆之淡淡道：「當他找不到高彥，更發覺我們並不曉得他回來了，由此而想到我們可能是憑氣味才掌握到他的行蹤，另一方面他亦猜到高少不在集內。在後一項上，他仍不是有絕對把握，因爲高彥也可能是躲在集內，在某處與小白雁足不出戶的享受人生，這與高彥給人的印象相符。」

拓跋儀拍額道：「說得好！反是高彥撇下小白雁獨自到北線做探子去，又或攜美去進行最危險的任務，會令對高小子認識不深的人難以相信。哈！這麼說，向雨田對高小子和小白雁同告失蹤，究竟是到了北線去，還是留在集內某處胡天胡地，仍弄不清楚。」

卓狂生拍腿嘆道：「先生的話，眞令人有撥開迷霧見青天的感覺，應付之法，已是呼之欲出了。嘿！當然我仍未想到對付這傢伙確實可行的辦法，但肯定先生已有定計，對嗎？」

劉穆之撚鬚笑道：「我的計策，正是針對聰明人而設的，且對方愈聰明愈好，對蠢人反而不會有任何作用。」

慕容戰舒一口氣道：「我的心現在才安定下來，計將安出？」

卓狂生搶著道：「首先我們虛應故事般，在集內各處裝模作樣的搜查，顯示我們對是否能找到他根本不放在心上。對吧？」

大部分人都點頭，表示同意卓狂生的說法，因爲對方既是聰明人，該可從他們敷衍了事的搜索方式，看破荒人根本不在乎他會否去追殺高彥。

劉穆之不好意思的道：「我的計策剛好相反，因爲如此太著痕跡了，且太過示弱。我的方法是要向對方展示我們不惜一切找到他的決心，顯示我們荒人團結一致、上下一心的威力，令他打消顛覆我集的意圖。那不論他是孤身一人，還是有大批秘族武士等待他發號施令，他要明攻暗襲，都要三思而行。」

眾人均感愕然。

方鴻生囁嚅道：「可是我眞的沒法在現在的情況下找到他。」

劉穆之道：「在邊荒集誰的畫功最好？」

慕容戰答道：「在邊荒集以繪畫稱著者，我隨時可以說出十來二十個名字。先生是否要用懸圖尋人的招數呢？」

劉穆之往王鎭惡望去。王鎭惡精神大振道：「向雨田的臉相非常特別，身材更是異常特出，只要依我的描述，畫出五、六分神似來，肯定有心者可以一眼將他辨認出來。」

劉穆之道：「邊荒集只是個小地方，如果每個人都曉得向雨田的身形長相，他可以躲到哪裡去呢？」

江文清道：「如此勢將動員全集的人，更怕嚇壞來邊荒集的遊人。」

卓狂生道：「今次我又可一展所長哩！我卓狂生別的不行，異想天開最行。讓我化壞事爲好事如何？就讓我們進行一個別開生面的尋人遊戲，令主客盡歡，還可強調這個被尋找的目標，絕不會胡亂殺人。哈！夠荒謬吧！」

紅子春大笑道：「精采！他娘的！懸賞百兩黃金如何呢？夠吸引人吧！誰不想發財，只要找到老向，而我們又成功將他圍捕，舉報者便可得百兩黃金。」

拓跋儀點頭道：「這個方法最巧妙處，是把本是擾民的事，變成任可人均可參與的遊戲。在白天向雨田更難躲藏，如忽然雪停，他將更避不過方總的靈鼻。」

慕容戰道：「我們只須預備一支有足夠實力殺死向雨田的高手隊，便可以坐著等收成了。」

紅子春喝道：「就這麼辦，計畫通過。」

劉穆之微笑道：「這只是計策的一半，還有另一半。」

眾人大訝，靜下來聽他說話。

劉穆之道：「我們必須製造一個假象，就是高少和小白雁仍在集內，這更是一個陷阱，如果向雨田過於高估自己，大有中計的可能。」

眾人明白過來。

卓狂生思索道：「如果高小子要找個地方躲起來與小白雁度春宵，會選哪個地方呢？」

姚猛道：「肯定是集內最安全的地方。」

姬別道：「最安全的地方，該就是這裡，否則劉先生該到別處去。」

卓狂生道：「可是這裡太多房舍，防守上並不容易。」

紅子春道：「可否這麼想呢？高小子因爲想無驚無險地度過一個溫馨難忘的晚上，所以到大小姐這處來借宿一宵，接著鎮惡遇上向雨田，大吃一驚下立即趕到這裡來，向高小子發出警告，同時召集我們來商量大計。於是在大家同意下，立即展開大規模的搜捕行動，同時把高小子和小白雁送往更安全的地方，以免他受到打擾。而比這裡更安全的地方，便恐怕只有……嘿！只有是……」

卓狂生、陰奇和丁宣齊聲喝道：「鐘樓！」

紅子春拍腿道：「肯定是鐘樓。」

慕容戰總結道：「現在只剩下十一個時辰，便讓我們做一台好戲給老向看，讓他曉得我們別出心裁玩遊戲的方式，展示我們邊荒集不但人才濟濟，且有驚人的動員能力和高效率。不論他是否中計，也要令他疑神疑鬼，舉棋不定。」

江文清道：「我們應不應另派人去照應高小子呢？」

卓狂生道：「這樣做我們的惑敵之計便不靈光，只要被向雨田發覺我們少了幾個不應少的人，一切都變成白費心機。」

接著目光投往窗外飄飛的雪花，道：「高小子是我們集裡最擅長潛蹤匿跡的人，他更比我們任何人在意小白雁，他既有膽量帶小白雁去，當有本事帶她回來。我們勉強去幫他，只會壞事，只要向雨田對他們行蹤有一絲存疑，他們或可逃過大難，並完成任務，令我們能在明年春暖前，破掉燕兵的封鎖。辦事的時間到了，請戰爺分配工作。」

眾人轟然應是，士氣大振。

燕飛在平野飛馳。

今夜星月無光，天上布滿雲層。

假如自己成了長生不死的人，會否便等如世人所稱的地仙。

唉！做仙人又如何呢？還不是滿懷苦惱？但無可否認的是，自己的確變成別於常人的異物，他再沒法像以前般的投入去做「人」這生物。

如果他眞的變成了「地仙」一類的「人」，那另一個地仙該是孫恩，這位名震天下的天師，不但擁有像他這般的靈覺，更與他有著同樣的認知，曉得人世只是一場幻夢，這幻夢之外尙有另一個處所。至於究竟這處所是洞天福地，還是修羅地獄，則只有天才曉得。

燕飛心中苦笑，他眞的不明白，孫恩爲何仍看不破？對孫恩來說，該沒有任何事可以比破空而去更重要。想到這裡，燕飛心中一動，停了下來，剛好在一座小丘之上，四周是無邊無際的黑暗。

對！

孫恩是有智慧的人，絕不會做無謂的事。既然如此，他約戰自己，肯定與仙門有關。

想到這裡，燕飛差點出了一身冷汗。

他終於勘破了孫恩約戰他的動機，同時掌握了擊敗孫恩的訣竅。

就在這刻，他感應到被人盯梢著。

此人充滿了敵意，正在七、八里外的某高處瞧著他。

以燕飛的修養功夫，心中也湧出寒意。

對方肯定不是孫恩，卻是近乎孫恩那一級的高手。

此人會是誰呢？

第三十八章　同床共寢

夜窩子自二更時分開始，沸騰起來，因爲墨汁尚未乾透的懸賞圖，像天正下著的雪花般送往邊荒集各處，張貼於顯眼的地方，列明獎賞的規則，還加上提示：例如要緝拿的人善於易容至乎能改變體形之術，靈感當然是來自花妖。

不過最奪目的，仍是以硃砂書於最上方「黃金百兩」四個大字。對目前邊荒集內任何人來說，這都是一筆非常可觀的財富，只要不揮霍，足夠一個普通人家富足兩代。

更沒有人認爲這是鬧著玩的，因爲懸賞者是代表邊荒集、信譽昭著的鐘樓議會，由議會成員集體簽署。

那種反應是沒有人想像過的，包括構思這招絕活的劉穆之在內。

首先受影響的是古鐘廣場，到這裡擺攤子的都是爲多賺幾個子兒，現在忽然來了個發橫財的機會，又有時間上的限制，連忙收拾攤檔，全情投入尋寶遊戲裡去。接著同樣的情況擴展至夜窩子內的各行各業，人人收舖關門，擁到街上湊熱鬧。

到夜窩子吃喝玩樂的荒人和外客，不但沒有因此而不快，還大感刺激好玩，成群結隊的四處尋找懸賞圖上的人。

好事的夜窩族，一向沒事也可以找事來做，何況眞的有事。他們更比任何人都有組織，一批批策馬馳騁於大街小巷，大呼小叫，更添尋人的熱烈氣氛。

到最後整個邊荒集動員起來，火把光照遍每一個角落，包括偏僻的廢墟。如此水銀瀉地式的搜索，在邊荒集是史無前例的創舉。屋宅院舍都不能倖免，能高來高去者就那麼翻牆入屋，當然沒有人敢不謹守邊荒集的規矩，絕不能乘機盜取或破壞別人的財物。

所有制高點均有夜窩族人居高臨下監視遠近，只要向雨田被逼出藏身處，肯定躲不過人們的眼睛。

劉穆之、慕容戰和拓跋儀立在古鐘樓頂的觀遠台，居高臨下監察著整個邊荒集的情況。只要向雨田行藏敗露，無處不在的夜窩族會以煙花火箭告知敵人的位置，而候命在古鐘樓的數十名精銳好手，會依最新的指示信號，趕往圍剿向雨田。

拓跋儀道：「在夜色掩護下，向雨田或許仍能躲藏一時，但天亮後他肯定無所遁形。我們荒人都是老江湖，只要他依諾不離集，今次是輸定了。」

慕容戰道：「我卻沒有你這般有信心，據朔千黛所說的，此子奇功絕藝層出不窮，想想花妖吧！如果沒有方總的靈鼻，怎想得到他會扮成女人，不看走眼才怪。」

拓跋儀笑道：「劉先生早有見及此，所以第一個提示是大家必須成群結隊的進行搜索，那任何落單者，都會令人生疑。試問在這樣的情況下，向雨田如何孤身在街上走，這已大幅減少他能活動的空間，只能找個隱秘處躲起來，一旦被發現，他便有難了。」

劉穆之看著仍無休止地降下來的雪花，微笑道：「能否找著向雨田並不重要，因我深信縱然被發現行蹤，他仍有脫身的本領，最重要是能令他認爲高少和小白雁仍在集內，如此我們便成功了。」

慕容戰苦笑道：「我正擔心此事，詐作裝載高小子和小白雁的馬車即將從大江幫總壇開出，到鐘樓這裡來，但在眼前的情況下，姓向的那傢伙能藏妥已很了不起，遑論監視發覺集內任何異樣的情況。眞怕這小子根本不曉得有這回事，如此我們將是白費心機。」

劉穆之欣然道：「正是這種情況，才可以騙倒像他那般的聰明人。希望我沒有高估他，照我的猜測，他該是緊跟在鎮惡身後，直跟到東門總壇，看著我方的重要人物逐一抵達，看著所有事情發生，而離開的要人，便只有你們兩位，如他眞的是那麼聰明，該想到壇內有最需要保護的人，這人當然是高少。」

慕容戰道：「他乃絕頂聰明的人該是毫無疑問，只希望他聰明反被聰明誤，否則今次高小子眞的很險。」

拓跋儀道：「我對先生的疑兵之計有信心，關鍵處在於向雨田發覺小白雁也失去了蹤影，照常理論，我們是絕不容高小子帶小白雁到前線去執行任務的，他怎猜到高彥是攜美潛離，我們也是事後才曉得。向雨田正因心中懷疑，故行此險著，以觀測我們的反應。而先生最妙的一著，就是順其心意，虛虛實實的，給他一個最激烈的反應。然後故布疑陣，裝成高小子和小白雁是在大江幫總壇內的樣子。」

慕容戰點頭道：「對！我的確沒想及此點，照道理小白雁剛抵邊荒集，我們於情於理，好該讓高小子和小白雁在集內歡敘一夜，然後高小子才孤身上路去辦事。」

劉穆之道：「向雨田故意向鎮惡洩露他的殺人名單，正是要教鎮惡立即去警告高少，雖說他當時從鎮惡的反應推測高少早已離集，但也可以是鎮惡的惑敵之計，所以我敢肯定他對高少是否在集內，仍止於懷疑，難作定論，在這樣的情況下，他大有中計的可能。」

拓跋儀沉吟道：「如果先生的推論正確，此刻向雨田該在大江幫總壇附近某處，我們該不該把握這個機會呢？」

劉穆之道：「向雨田並不是那種行事一成不變的人，相反卻是靈通變化，令人難以把握。他雖口出狂言，說甚麼十二個時辰內不離開邊荒集半步，但如形勢的發展急轉直下，威脅到他的生命，他或會立即逃出邊荒集去，當是輸掉這一場又如何呢？」

拓跋儀不解道：「先生說的這番話，和我剛才說的有何關係，是否想指出我們沒法殺死他？」

劉穆之從容道：「我是在分析他的心態，如果他有隨時遁逃的心，當會藏身於集內的邊緣區域，逃起來方便多了。而最有利他逃生的，肯定是潁水，最妙是勉強來說，潁水流經邊荒集的部分仍可算是集內，因爲對岸有多座箭樓。」

慕容戰一震道：「先生確不負智者之名，你的推斷肯定雖不中亦不遠矣，他的藏身處該在潁水附近，危急時便可輕易借水遁走，同時又可監察大江幫總壇的情況。」

劉穆之道：「從向雨田的行動，我們可以看出慕容垂對我們的戰術，是經過周詳的計畫，處處掌握主動。首先是由向雨田來打頭陣，只要被他成功刺殺高少，不但會在邊荒集引起大恐慌，弄得人人自危，更令邊荒集失去探聽敵情的耳目，致無力反擊燕軍封鎖北潁口的行動。」

拓跋儀笑道：「幸好高小子福大命大，向雨田兩次刺殺他均告失敗，於是向小子急了，今晚來此鋌而走險的一著，最終目的仍是爲了殺高小子。」

慕容戰道：「幸好他曾被識破藏身處，故而心中有顧忌，會等天黑才到集裡來，致錯失了對付高彥的最佳時機。」

拓跋儀道：「或許是這樣子，但也有另一個可能性，就是他於潁水刺殺失敗後，立即趕往北線去，與燕人接觸，收集最新的情報，這才趕返邊荒集來，更曉得目前最重要的，是幹掉高小子。」

劉穆之道：「高少眞能起這麼關鍵性的作用嗎？論武功，邊荒集內勝過他的大不乏人。」

慕容戰解釋道：「這要分兩方面來說。首先是邊荒本身獨特的形勢，由這裡到泗水過百里的區域，都是無人地帶，有的只是廢墟荒村，是情報的盲點，要搜集情報，掌握對方的布置虛實，只有派出探子一法，敵人當然深悉這方面的情況，所以必有封鎖消息的手段，在這樣的情況下，只有像高彥這種最出色的探子，才有可能於完成任務後活著回來。另一個有資格的人該是燕飛，可惜他身在南方。像上回反擊邊荒集，便全賴燕飛潛往敵陣，故能一戰功成。」

拓跋儀接口道：「高彥是天生的探子人才，不但頭腦靈活，精通探察之道，且有驚人的記憶力，看過的東西絕不會忘記，還可在事後全無誤差的默寫出來，於這方面的技能來說，邊荒集裡無人能及。而他最使人放心的，是周身法寶，創下從沒有人能在邊荒範圍內追上他的驕人紀錄，否則他也不能在邊荒集這麼吃得開。當日苻融入集，只有他可安然離開。」

劉穆之吁一口氣道：「眞的明白了。希望今回也不例外。時候差不多了！」

慕容戰發下命令，在三人身後等待的八位燈女，連忙擺出燈陣，送出訊息，發揮高台指揮的威力。

看到信號的夜窩族，會全力搜索東門大江幫總壇一帶和通往鐘樓的區域，營造出送高彥和小白雁到鐘樓的氣氛。

只要向雨田相信高彥仍在邊荒集，延遲了離集追殺高彥，他們便成功了。

高彥在尹清雅耳旁低呼道：「小寶貝！要起床哩！」

尹清雅翻了個身，以背向著他，不依的道：「天還未亮，多睡一會兒行嗎？」

高彥探手愛憐地抓著她肩膀，把她翻轉過來，見到她海棠春睡般的美態、慵懶不起的動人風情，登時說不出話來。

尹清雅擁被微睜美目，接著瞪大眼睛，訝道：「你竟穿好了衣服，爲何我不曉得呢？」

高彥壓抑住吻她的衝動，得意的道：「我可以在無聲無息中完成任何事，快起來！我們必須趁天未亮前離開這裡，抵達第一個起點。」

尹清雅不情願的坐起來，睡眼惺忪的接過高彥遞過來的百寶袍，在高彥悉心伺候下穿上，不解道：「甚麼第一個起點？」

高彥傲然道：「我高彥有別於其他的探子，便是懂得如何利用天氣，不論陰晴雨露，大風大雪，我都可以轉變爲有利於我的因素。像現在整個邊荒全被大雪覆蓋，我的『雪翔飛靴』可大派用場，只要借夜色掩護抵達第一個起點，便可將任何跟監在我們身後的人拋在大後方吃塵。哈！該是吃雪才對。來！快移到床邊，讓我爲你穿靴子，我還要教你用法，如果不懂如何用力，保證你會絆倒，我都不知吃了多少苦頭才創出這套雪翔奇技。」

尹清雅無奈下移到床邊坐好，見高彥抓著她一雙赤足一副愛不釋手的模樣，清醒了點，狠狠道：「信不信我踹你一腳。」

高彥笑道：「要用力一點，踹死我便可以化作愛鬼永遠不離你左右了。」

尹清雅打了個寒顫，罵道：「不准嚇我！」

話雖是這麼說，或許因快天亮了，沒時間佔便宜，高彥老老實實的爲她纏上綁腿，再爲她裝上有點像艘平底小舟的飛靴。

尹清雅懷疑的道：「穿上這鬼東西，還如何走路？」

高彥信心十足的道：「很快你會明白我創造出來的東西有多神奇。在平時穿上這東西走路當然不方便，但在雪地行走卻完全是另一回事，只要你懂得如何縱躍，利用靴底前後翹起的滑板，可如船兒在水面滑翔般踏雪而行，那感覺妙不可言，好像不用費力般，最重要是保持平衡，更不會在雪面留下痕跡。」

尹清雅道：「你少誇大。」

高彥完成任務，站起來道：「是否言過其實，立即可見分明。」

尹清雅道：「好！我們立即去試。」

高彥笑道：「我還要收拾這裡。看！這樣的夫婿哪裡去找呢？服侍得你妥妥當當的。」

尹清雅有點不好意思的幫他收拾整理，把一切回復原狀。

一切準備就緒，尹清雅隨高彥來到門後，外面仍在下雪，黑沉沉一片。

高彥別頭柔聲問道：「雅兒習慣嗎？」

尹清雅訝道：「習慣甚麼？」

高彥笑道：「當然是起床後不梳洗的生活。」

尹清雅氣道：「這麼冷，人家想都未想過。」

高彥道：「我們會循由我精心設計的路線直赴泗水，這段路保證安全，但到泗水後便要靠功夫了。幸好向雨田那傢伙不曉得我們到了邊荒來，那神出鬼沒的傢伙很不好應付。」

尹清雅沒好氣道：「快開門，你不是說快天亮嗎？」

高彥把門推門，雨雪夾著寒風迎頭照面的吹進來，虧高彥還有心情轉頭笑道：「別忘記我們曾同床共寢，以後你只能嫁給我，再不可以多心。」

說畢機伶地溜出屋外。

尹清雅只好動手關門，等追到外面，方發覺高彥已不知影蹤，最可恨是穿著的那對鬼靴子，走起路來非常不方便，在林內更易絆上樹根一類的障礙，別說要走快兩步，舉步也有困難。

尹清雅心中痛罵高彥時，倏地生出警覺，朝左方望去。

只見一道人影腳不沾地，快如鬼魅，毫無困難的在林木間以奇異的姿勢，疾似狂風的朝她飄飛而至。

尹清雅想起可能是高彥提過的白骨精，登時嚇得花容失色，尖叫道：「高彥救我！鬼來哩！」

正要拔劍，鬼影變成了高彥，只見這小子沉腰坐馬，一手曲肘高舉身後，另一手伸前擺出個「仙人指路」的架式，眼看要撞她一個正著，竟奇蹟的忽然煞止。

高彥得意的道：「娘子莫驚，爲夫仍然健在，尚未化爲愛鬼。」

尹清雅驚魂甫定，忘記了和他算賬，兩手抓起他的手臂搖晃雀躍，大喜道：「你是怎麼辦到的？」

高彥一本正經的道：「最重要是姿勢的問題，你把雙手垂下，挺直脊骨。對了！便是這樣子。」

尹清雅歡喜地乖乖站著，到見高彥探手來摟她腰肢，方抗議道：「你又想幹甚麼呢？」

高彥摟著她柔軟纖細的小蠻腰，哪還知人間何世，胡謅道：「只有這樣才可以測試你的站姿是否正確，我這玩意兒最要緊是平衡。記著！一直要保持筆挺的姿態，才可以把我飛靴的性能發揮得淋漓盡致。」

尹清雅低聲罵道：「摟夠了嗎？死小子！」

高彥心中大樂，湊到她小耳旁，先親了一口，不容她有機會反應，緊接道：「平衡後便是身法，穿上我的飛靴，可不能像平時般奔跑，而是要施展縱躍的功夫，觸雪地那一下最考驗技術，必須俯衝而下，先以靴頭落地，借衝力滑雪而行，有點像騰雲駕霧，包管你覺得過癮好玩。」

尹清雅喜孜孜道：「你這小子果然有點鬼門道，放開我行嗎？我也要試試看呵！」

高彥依依不捨的鬆手。

尹清雅又猶豫起來，道：「你先示範一次給人家看。」

高彥一把拖著她的手，笑道：「先試平衡的功夫，出林外再學習如何縱躍，來吧！」

忽然腳步加快，就那麼拖著勉力保持平衡的尹清雅在林木間左穿右插，滑往林外去。

第三十九章　弄巧反拙

劉裕醒了過來，是因船速忽然減緩。茫然裡，他坐了起來。

片刻後，敲門聲響，有人在外喚道：「劉爺，孔老大來了。」

劉裕連忙開門，神色凝重的孔老大進入窄小的艙房內，後面跟著的竟是曾與他出生入死、北府兵最出色的操舟高手——老手。

老手關門後，就那麼靠在艙門處。

孔老大搭著劉裕肩頭，著他坐到床沿邊，然後坐到他身旁，道：「我收到你送來的消息，連忙坐船來攔截你，幸好沒有錯過。」

劉裕朝老手望去，後者報以苦笑，卻沒有說話，暗感不妙，道：「發生了甚麼事？」

孔老大沉聲道：「發生了很多事，劉牢之出征前把孫爺調走了，他幾乎是被劉牢之的人押上路的，劉牢之雖然宣稱是把孫爺調職，但沒有人知道孫爺到了哪裡去，說不定已被他害了。」

劉裕劇震道：「我操劉牢之的十八代祖宗，如果孫爺有甚麼事，我絕不饒他。」

孔老大狠聲道：「我也想操這個卑鄙小人的十八代祖宗，如果不是我溜得快，肯定必死無疑，可是我在廣陵的生意已被他連根拔起，還有一批兄弟被他硬冠上各種罪狀致含冤入獄。我操他的娘，這個仇我定要報的。」

見劉裕一臉悲憤，拍拍他的寬背道：「那直娘賊該還不敢動孫爺，希望他吉人天相吧！」

劉裕道：「你現在情況如何？」

孔老大冷哼道：「劉牢之想我死嗎？沒那麼容易的，哪裡沒有我的生意？哪裡沒有我的根？你不用爲我擔心，我會支持你到底，把性命身家賠進去又如何？我仍然最看好你。」

劉裕目光往老手投去。

老手攤手道：「劉牢之曉得我和手下兄弟站在你的一方，一怒之下把我們全革了職。現在由孔老大收留我們。」

劉裕壓下心中的悲苦，道：「現在廣陵由誰主事？」

孔老大道：「就是那個甚麼何無忌，他娘的，我還以爲他追隨玄帥多年，知道分辨是非，豈知與劉牢之是一丘之貉。劉爺你千萬不要踏入廣陵半步，否則肯定沒命離開。」

劉裕朝老手望去，道：「有沒有辦法弄一艘性能超卓的戰船？」

孔老大代答道：「你問得眞是合時，我剛買了一艘新船，正由老手和他的兄弟改裝爲戰船，本想仗之在危急時避往海外，既然你用得著，便改贈給你。」

劉裕感激的道：「這是你的救命船，怎好意思呢？」

孔老大豪氣的道：「大家兄弟，何須說客氣話？而且你讓我賺了很多錢，就當是付你的佣金好了。」

又向老手道：「船弄好了嗎？」

老手立即雙目放光，點頭道：「隨時可以起航。」

劉裕道：「還有一件事要和孔老大商量，我想借老手和他的兄弟……」

孔老大呵呵笑道：「這正是我帶老手來見你的原因。」

老手「噗」的一聲跪到地上，肅容道：「老手和手下兒郎誓死追隨劉爺。」

劉裕忙跳將起來，把老手扶起來，心中立誓，終有一天他會令劉牢之後悔他所做過的事。

大江幫東門總壇中門大開，一輛馬車在十多騎簇擁下，由內駛出來，乍看似屬平常，但只要對邊荒集有認識的人，認得護駕者全是集內最有頭臉的人物，會猜到馬車內的人物關係重大，否則怎能興師動眾？

整條東大街盡是往來馳騁的夜窩族，火把光照得大街明如白晝，樓房高處也站了人，整個區域處於荒人的絕對控制下，不要說向雨田可以在這樣的情況下進行刺殺行動，縱使化身小鳥，也難逃以百計銳利眼睛。

江文清、卓狂生、姚猛、陰奇、費二撇、程蒼古、姬別、紅子春、方鴻生、丁宣等隨馬車來到街上，均感有點洩氣，因爲在現時的情況底下，向雨田能找個地方躲起來已不容易，遑論在旁窺見此事的發生，進行刺殺則更不用說了。

任他向雨田如何自負，也沒有可能在這樣的情況下偷襲馬車，更沒有可能脫身，換了是燕飛亦辦不到。

如果向雨田根本不曉得此事，他們的故布疑陣可能白忙一場。

馬車隊轉入東大街，開始朝夜窩子古鐘樓的方向馳去。

江文清和紅子春並肩領路，前者苦笑道：「我們該是把向雨田估計得太高了。」

紅子春正要答話，驀地喝叫聲起，從總壇的方向傳來。

眾皆愕然。

難道一向怕受傷的向雨田，竟在如此不能進行刺殺的情況下，不顧自身死活的冒死進襲。

四周的夜窩族全體騷動起來，勒馬的勒馬，拔刀的拔刀，人人嚴陣以待。

喝叫聲愈趨緊急激烈。

驀地有人在樓房頂狂喝道：「敵人從天上來哩！」

江文清等駭然翹首上望，但已遲了一步。

只見上方六、七丈高處，於雨雪茫茫裡出現一道人影，其速度驚人至極點，當眾人看清楚是怎麼一回事時，刺客已駕臨馬車右側上空的兩丈許近處，朝馬車斜衝而來。

驚叫聲中，被火把光照得纖毫畢現的向雨田，正由一個黑黝黝直徑半尺的鐵球帶動，一條鐵鍊子把他和重鐵球連接起來，炮彈似的直朝馬車擊去。

眾人終於明白是怎麼一回事，也只有這個方法可避開護駕隊伍和街上所有人，直接突襲馬車。

這傢伙顯是一直躲在大江幫總壇內，到馬車離開總壇，才忽然躍上主堂之頂，然後騰上高空，再揮動重達百斤的鍊子鐵球，借鐵球衝擊的力道，如雄鷹搏兔般從天空發動襲擊。

「轟！」

車頂碎裂，駕車的大江幫高手忙從御者的位置躍起橫投躲避。

向雨田連人帶球投進了車廂裡去，如果裡面確實載著高彥和小白雁，肯定兩人立斃當場。

江文清、王鎮惡、卓狂生等，人人不驚反喜，心忖要宰向雨田，正是此刻。叱喝聲中，眾人齊朝破了頂的馬車攻去，四周的夜窩族則怪嘯著圍攏過來。

馬車忽地化成往四方激濺的碎片木屑，受驚的馬兒登時人立而起，狂嘶踢蹄，原來車內的向雨田把鍊子球旋轉一匝，將車廂四邊轟成碎片，其內勁的強橫霸道，不但沒有人見過，更沒有人曾想過。拉車的馬兒驚嘶著拉著不成車形的馬車朝大街另一端衝去，惹起另一陣混亂。

眾人的攻勢立即因馬兒的驚慌而受挫，沒法組成有威脅力的圍剿。

剎那之間，已立足地上的向雨田繼續揮動鐵球，眾人心叫不妙時，借旋轉積蓄了足夠動力的鐵球沖天而上，帶得矯若遊龍的向雨田斜掠而起，倏忽間躍上七、八丈的高空。橫跨近二十丈的距離，朝潁水的方向投去。

在空中的向雨田長笑道：「本人要取高彥的人頭去了！這裡恕不奉陪了。」

眾人眼睜睜瞧著他來，又眼睜睜瞧著他離開，偏是沾不到他的邊兒，心中的窩囊感覺真是難以形容。

最糟糕是弄巧成拙，被向雨田肯定了高、小兩人的去向，今次高彥危矣，偏是他們毫無辦法，只好看高彥和小白雁的運數了。

向雨田實在太厲害哩！

天明時分。前方出現一個小村莊，卻不見半點生氣，既看不到代表村民生活氣息的裊裊炊煙，亦不聞雞鳴犬吠的太平之音。

燕飛來到入村的牌匾處，倏地立定。

牌匾上寫著「馬家里」三字，牌匾下躺了六、七條狗屍，血漬尚未乾涸。

燕飛心中湧起濃烈的殺意，自刺殺慕容文後，他很少動殺人的念頭，但現在卻爲無辜慘遭毒手的狗兒生出憤慨。

可以想見下毒手殺狗的人是衝著他燕飛而來，只因狗兒向其狂吠，遂擊殺狗兒們，此人肯定是天性凶殘惡毒之人。

燕飛爲狗兒默哀片刻，壓下心中的怒火，回復冰雪般冷靜的心境，舉步入村。

他感應到等待他的不止一人，共有三人之多，且無一不是近乎孫恩那級數的高手，但他卻一無所懼。

對方究竟是何方神聖呢？

《邊荒傳說》卷十一終

邊荒傳說

卷11

新編完整版

國家圖書館出版品預行編目資料

邊荒傳說／ 黃易著. --初版.--台北市 ：
蓋亞文化，2015.07－
冊; 公分. --

ISBN 978-986-319-160-5 (卷11：平裝)

857.9 104000521

作者／黃易
封面題字／錢開文
裝幀設計／克里斯
出版／蓋亞文化有限公司
地址◎台北市103赤峰街41巷7號1樓
電話◎（02）25585438 傳真◎（02）25585439
部落格◎gaeabooks.pixnet.net/blog
服務信箱◎gaea@gaeabooks.com.tw
投稿信箱◎editor@gaeabooks.com.tw
郵撥帳號◎19769541 戶名：蓋亞文化有限公司
法律顧問／義正國際法律事務所
總經銷／聯合發行股份有限公司
地址◎新北市新店區寶橋路二三五巷六弄六號二樓
電話◎（02）29178022 傳真◎（02）29156275
初版一刷／2015年07月
定價／新台幣 280元
Printed in Taiwan

ISBN／978-986-319-160-5